JN311867

密命警視

南　英男

Minami Hideo

文芸社文庫

目次

プロローグ

視界が悪い。

雪が降りしきっている。牡丹《ぼたん》雪だった。

現金輸送車は、定刻の午後十時に『ショッピングマート赤羽店』の通用口に横づけされた。一月下旬のある夜だ。

荷台には、都内の八つの支店から集めた売上金約二億円が積んであった。大型スーパーの売上金集めを委託されているのは、最大手の警備保障会社『東京安全輸送』だった。

現金輸送車には、二人の社員が乗り込んでいた。

運転席に坐った男は、四十代の後半だった。助手席のガードマンは三十代の前半だ。彼は数年前まで陸上自衛官だった。

二人が車を降りようとしたとき、元自衛官の携帯電話が鳴った。そのガードマンが素早く携帯電話を耳に当てる。

「業務に何も問題はないね？」

本社にいる上司が、いきなり訊《き》いた。いつになく緊張した声だった。

「はい。何かあったんですか？」

「ああ。ついさっき『東都セキュリティー・サービス』の現金輸送車が渋谷の裏通りで外国人グループに襲われ、車ごと二億七千万円あまり強奪されたそうだ」

「なんですって⁉」

「ガードの三人は、東洋系の犯人グループに短機関銃《サブマシンガン》で射殺されたらしい」

「で、犯人たちはもう捕《つか》まったんですか？」

「いや、現在、逃走中だそうだ。被害に遭《あ》ったのは、都内に二十数店舗を持つ大型パチンコチェーン店だよ。きみらも充分に気をつけてくれ」

「わかりました」

助手席の男は神妙に答え、携帯電話を懐《ふところ》に戻した。運転席の男がすぐに若い同僚に問いかけた。

「何があったんだ？」

「少し前に『東都セキュリティー・サービス』の現金輸送車が強奪されたらしいんです。車の中には、集金したパチンコ店の売上金が二億七千万円ほど……」

「物騒《ぶっそう》な世の中になったな。五日前にも、西急《せいきゅう》デパートと三協《さんきょう》銀行の現金輸送車が中国人グループに車ごと強奪されてる」

「ええ、そうですね。確か被害額は、併《あわ》せて十三億円だったんじゃなかったかな？」

「ああ、そうだったね。デパートも銀行も盗難保険に入ってたんで、実害はなかった。それでも、大変な迷惑を受けたはずだ」

中年のガードマンが言った。

「でしょうね。五日前の強奪事件では、計七人のガードマンが撃ち殺されたんでしたっけ？」

「ああ、そうだ。どちらの事件も、凶器は中国製のノーリンコ54だった。いわゆるトカレフだな」

「荒っぽい手口から考えて、中国人マフィアの仕業臭《しわざくさ》いですね？」

「おそらく、そうなんだろう。とにかく、われわれも気をつけよう」

「そうしましょう」

若いガードマンが特殊警棒を手にして、先に車を降りた。

中年のガードマンも外に出る。二人は、それぞれ高圧電流銃《スタンガン》を携《たずさ》えていた。

「早いとこ最後の集金を済ませて、どっかで一杯飲もうや」

「そうですね」

元自衛官は言って、『ショッピングマート赤羽店』の一階通用口に駆け込んだ。建物の中には、経理担当者や守衛がいた。

中年のガードマンは現金輸送車の真横に立った。いつものように、周囲に視線を泳がせる。

乱舞する雪で、ひどく見通しが悪い。懸命に目を凝《こ》らす。あたりに、怪しい人影は見当たらなかった。

男は、ひと安心した。

そのすぐあと、広い駐車場の隅で男たちの怒声が重なった。日本語ではなかった。どうやら外国人同士が言い争っているらしい。

中年のガードマンは耳に神経を集めた。

口論している男たちは、おのおの母国語で激しく罵《ののし》っていた。英語やフランス語ではない。イタリア語やドイツ語でもなさそうだ。

白い闇《やみ》を透《す》かして見る。

男たちの影が縺《もつ》れ合っていた。

ほどなく片方の男が呻《うめ》いた。どこかを蹴られたようだ。もうひとりの男が何か喚《わめ》きながら、現金輸送車に駆け寄ってくる。

中年のガードマンは困惑した。集金中はたとえ何があっても、持ち場を離れてはいけない規則になっていた。

乱れた靴音が響き、雪の中からヒスパニック系の男が姿を現わした。

三十歳前後だった。地味なデザインセーターの上に、焦茶《こげちゃ》のレザー・ブルゾンを羽《は》織《お》っている。その男を追っている髭面《ひげづら》の外国人は、ナイフを握りしめていた。彫りが深い。中東系の顔立ちだ。イラン人だろうか。

「救《たす》けて！　わたし、悪いイラン人に殺される。まだ死にたくないよ」

ヒスパニック系の男が訛《なまり》のある日本語で訴え、ガードマンに抱き縋《すが》った。

「おい、困るよ。離れてくれないか。いま、わたしは仕事中なんだ。誰かほかの人に救けてもらってくれ」

「わたし、いいコロンビア人ね。日本で何も悪いことしてないよ。お願いだから、悪いイラン人を追っ払ってください」

「気の毒だが、救けてやれないんだ。早く離れてくれないか」

中年のガードマンは、コロンビア人と称した三十男を突き放した。相手が足を縺れさせ、雪の上に尻餅《しりもち》をついた。

髭面の男が険《けわ》しい顔つきで迫ってきた。

大柄だった。三十七、八か。男は、ヒスパニック系の男には目もくれなかった。ナイフを振り翳《かざ》しながら、まっすぐ中年ガードマンに迫ってくる。

ガードマンは特殊警棒を握り直して、慌《あわ》てて身構えた。

「さっきの喧嘩は芝居だったんだなっ。そうか、おまえたちは……」

「命、ひとつだけ。あなた、車から離れたほうが利口ね」

イラン人らしい男が、たどたどしい日本語で言った。

「やっぱり、強盗なんだな！」

「あなた、ばかね」

「この車から離れろっ」

ガードマンは制服のポケットを探《さぐ》った。

銀色の呼び子を抓《つま》み出しかけたとき、相手がナイフを一閃《いっせん》させた。刃風《はかぜ》は重かった。

中年のガードマンは、左の頬に尖鋭《せんえい》な痛みを覚えた。

反射的に顔に手を当てると、鮮血が付着した。ガードマンは、たちまち竦《すく》み上がった。反撃しなければと思いつつも、体が動かなかった。

髭面の男が残忍そうに笑い、ナイフを振って血の雫《しずく》を切った。雪が赤く染まる。

ガードマンは右の肩に灼熱感《しゃくねつかん》を覚えた。被弾したことを知るまでに、何秒かかかった。

銃声は聞こえなかった。消音器を装着した拳銃で撃たれたようだ。

ガードマンは横倒れに転がった。こわごわ後方を見た。

二人の男が中国語で何か言い交わしながら、近づいてくる。どちらも消音器付きの自動拳銃を手にしていた。

ガードマンは救いを求めたかった。しかし、恐怖で叫ぶことさえできなかった。

「次の仕事、片づけよう」

イラン人らしい男が仲間を摑み起こし、先に通用口に向かって走りはじめた。コロンビア人と思われる男は、すぐさま髭面の男を追った。

ガードマンは勇気を奮《ふる》い起こし、立ち上がった。

ほとんど同時に、二梃《ちょう》の自動拳銃の銃口炎《マズル・フラッシュ》が瞬《またた》いた。

発射音は、きわめて小さかった。空気の洩《も》れるような音がしたきりだった。

顔面と心臓部を撃ち抜かれた中年のガードマンは、仰向《あおむ》けに倒れた。即死だった。

その数分後、集金袋を提《さ》げた若い同僚が背後から髭面の男に組みつかれ、一気にナイフで喉《のど》を掻《か》き切られた。

血しぶきが迸《ほとばし》った。若いガードマンは頽《くずお》れる前に、ヒスパニック系の男に売上金の詰まった集金袋を奪い取られた。

それを見届けた中国人らしい二人組は、慌《あわ》ただしく現金輸送車に乗り込んだ。イラン人とコロンビア人と思われる二人は駐車場を斜めに横切り、待機していた仲間の黒いワンボックス・カーに飛び乗った。

現金輸送車とワンボックス・カーは、相前後して急発進した。

二台の車は数百メートル先の大通りで合流すると、そのままフルスピードで走り去った。

第一章　謎の現金強奪集団

1

息を詰める。

握り込んだグロック17が静止した。オーストリア製の自動拳銃だ。

鰐沢賢《わにざわけん》は秘密射撃訓練場のブースの中に立っていた。

両脚は六十センチほど開き、両腕を前に突き出している。腕の中は、二等辺三角形《アソセレス》になっていた。いわゆるアソセレス・スタンスだ。

この立射姿勢は最も命中率が高い。欧米の警察や特殊部隊で広く採用されているスタンスだった。

鰐沢はゆっくりと息を吐き、二十三メートル先の標的を見た。

人の形をした黒いマン・ターゲットは穴だらけだった。弾痕《だんこん》は頭部と心臓部に集中している。

すでに鰐沢はベレッタ92Fとシグ・ザウエルP226を使って、計三十発の九ミリ弾をターゲット・ペーパーに撃ち込んでいた。彼は一日百発以上の実射を自分に課している。射撃術は訓練を怠《おこた》ると、たちまち腕が鈍《にぶ》ってしまう。

そもそも拳銃の扱いは難しい。素人《しろうと》だと、まず十メートル離れた標的さえ撃ち抜けない。実射体験のある者でも、的《まと》に命中させられるのは二十メートル前後だろう。

射撃訓練を重ねてきた鰐沢は、五十メートル先の標的も撃てる。命中率は百パーセント近かった。

鰐沢は引き金を絞った。

銃声が轟《とどろ》き、空薬莢《からやっきょう》が右斜め後ろに弾《はじ》き出された。硝煙がたなびきはじめる。

初弾はマン・ターゲットの眉間《みけん》に当たった。鰐沢は残りの十四発を連射した。放った銃弾は、すべて標的に深く埋まった。

鰐沢は、警察庁長官直属の特別広域捜査班『隼《はやぶさ》』の班長《キャップ》である。アメリカのFBI捜査官と似たような覆面捜査官《アンダーカバー・コップ》だ。

『隼』の存在は、警察関係者にもほとんど知られていない。

三十五歳の鰐沢は半年前まで、警視庁に勤務していた。捜査一課や組織犯罪対策部第四課で、数々の凶悪事件を解決してきた。ノンキャリアながら、職階は警視だった。

悪に対しては、常に敢然と立ち向かう。極悪人には、獰猛《どうもう》なまでに牙《きば》を剥《む》く。そんなことから、〝鰐《アリゲーター》〟という渾名《あだな》がついていた。

身長百七十八センチ、体重七十三キロだ。筋肉質の体軀《たいく》で、顔立ちも男っぽい。柔道や剣道のほか、ボクシングの心得もある。もちろん、射撃術は上級の腕前だ。警察庁長官の弓削陽介《ゆげようすけ》が文武両道の鰐沢に白羽の矢を立てたのである。警視庁は自治体だが、警察庁の直接の指導監督下にある。そんなことから、鰐沢は二人の部下ともども『隼』のメンバーに抜擢《ばってき》されたのだ。

覆面捜査機関の存在を知っているのは、総理大臣、国務大臣を含む国家公安委員会の六名、警察庁長官、都知事、東京都公安委員会の五名、警視総監、そして警察庁と警視庁の特命捜査員たちだけだ。

鰐沢も表向きは、丸の内のオフィス街の外れにある桜田物産株式会社の代表取締役となっている。

射撃訓練場と武器庫は桜田物産本社の地下二階にある。特殊な防音工事が施《ほどこ》され、銃声が外に洩《も》れるようなことはない。

武器庫には、各種の拳銃、短機関銃《サブマシンガン》、自動小銃、狙撃《そげき》銃などが揃《そろ》っている。弾薬も豊富だ。手榴弾《しゆりゆうだん》や榴弾《グレネード》もある。ボディー・アーマー、防弾スーツ、爆風ブランケットなど抗弾装備も整っている。

さまざまなタイプの無線機、応急衛生キット、検索《けんさく》道具、エレクトロニクス機材、防犯装置、護身具、車輌《しやりよう》が用意されていた。

鰐沢はグロック17の弾倉《マガジン》を空にすると、S&W《スミス&ウエッソン》457、コルト・ガバメント、ヘッケラー&コッホP7M8、Cz《セスカ・ゾブロジョブカ》75と次々に拳銃を持ち替えた。

やがて、百数十発撃ち終えた。

鰐沢はイヤー・プロテクターを外し、使用した拳銃を両腕で抱えてシューティング・ブースを出た。ガン・ロッカーの前の木製テーブルの上に拳銃を置く。

午後三時過ぎだった。

鰐沢はテーブルに向かい、銃器に付着した火薬の残滓《ざんし》を布で丁寧《ていねい》に拭《ぬぐ》いはじめた。面倒な作業だが、銃器の手入れが悪いと、作動不良を招きかねない。

火薬の臭《にお》いを嗅《か》いでいるうちに、ふと鰐沢は五年前に爆弾テロの犠牲になった婚約者のことを思い出した。

その女性は八つ年下で、洋画配給会社に勤めていた。デートの待ち合わせ場所に先に着いた彼女は、たまたま過激派テロリストが近くに仕掛けた時限爆破装置の爆発によって若い命を散らせてしまったのである。

爆発物のすぐ近くに立っていた婚約者は、無残にもミンチと化した。

恋人の爆死を知った鰐沢は泣きながら、血みどろの肉片を拾い集めた。無意識の行動だった。二人は数カ月後に結婚式を挙げることになっていた。

鰐沢のショックは大きかった。酒浸《ひた》りの日々がつづいた。

鰐沢は、人の命の儚《はかな》さをつくづく思い知らされた。

不幸な死に方をした婚約者とは、事件のわずか五十分前に電話で喋《しゃべ》っていた。その前夜には、狂おしく互いの肌を貪《むさぼ》り合った。甘やかな一刻《ひととき》だった。

その相手が翌日には、この世の人ではなくなっていた。何か悪い夢を見ているような気持ちだった。

だが、現実の出来事だ。立ち直るのに、たっぷり一年はかかった。

婚約者が亡くなってから、鰐沢は女性とクールにつき合うようになった。束《つか》の間《ま》の安らぎを得られれば、それで充分だ。多くのものを求めたら、別れが辛《つら》くなる。

季節ごとに恋人を替えているのは、一種の自己防衛だった。

しかし、他人の目には単なる女好きにしか映らないだろう。そう思われても、いちいち弁解する気はなかった。

鰐沢は銃器をガン・ロッカーに収めると、射撃訓練場兼武器庫を出た。

本社ビルは七階建てだった。地下一階は駐車場になっていた。一階から六階まで事務机やＯＡ機器を置いてあるが、いつも道路側の窓はブラインドで閉ざされている。

『隼』の本部は最上階にあった。

といっても、別にプレートを掲《かか》げているわけではない。七階には、社長室、応接室、会議室、無線室などがある。

特別広域捜査班の正規メンバーは、鰐沢のほかは梶浦雄司《かじうらゆうじ》と森脇麻衣《もりわきまい》の二人だけだ。ただ、別に民間人が三人、助っ人要員として働いている。

総勢六人の小さなチームながら、鰐沢たちはこの半年で五つの凶悪事件をスピード解決させた。犯人の半数は、チームが密《ひそ》かに闇に葬《ほうむ》った。

鰐沢の率《ひき》いる『隼』は、単なる覆面捜査機関ではない。私刑執行グループでもあった。始末した極悪人《ごくあくにん》どもの死体は、警視総監直属の別働隊が片づけている。

超法規の覆面捜査活動は常に危険と背中合わせだ。鰐沢たち三人の正規メンバーは、事件一件に付き三百万円の危険手当を貰《もら》える。むろん、俸給とは別払いだ。捜査費も自由に遣《つか》える。

民間のアシスタント・スタッフには、出動のたびに現金で百万円ずつ払われる。領収証は切らなくてもいい。

鰐沢はエレベーターで七階に上がった。

応接室を覗《のぞ》くと、梶浦が長椅子に横たわっていた。後ろ向きだった。規則正しい寝息を刻んでいる。

三十二歳の梶浦は、警視庁の特殊急襲部隊『ＳＡＴ《スペシャル・アサルト・チーム》』の元メンバーだ。職階は警部である。レスラー並の巨身だが、身ごなしは軽い。

五分刈りで、一見、やくざ風だ。短気だが、人情味はある。

チーム一の武闘派だ。柔道、剣道、空手、少林寺拳法の段位は併《あわ》せて十二段になる。大酒飲みだが、煙草《たばこ》は喫《す》わない。

まだ独身で、OLの妹と高円寺のマンションで暮らしている。二十七歳の妹の婚期を気にしているくせに、いつも見合い相手をけなしている。

当の梶浦には恋人はいない。時々、プロの女性を抱いているようだ。

梶《かじ》の防衛本能を探《さぐ》ってみるか。

鰐沢は忍び足で、長椅子に近づいた。

すると、梶浦が敏捷《びんしょう》に跳《は》ね起きた。

「さすがは『SAT《サット》』で鍛《きた》えられただけのことはあるな」

「たまたま目が覚めただけですよ」

「謙遜《けんそん》するなって」

鰐沢は笑いかけた。梶浦が巨体を縮めて、子供のように照れる。

『SAT《サット》』は、ハイジャックやテロ事件の際《さい》に犯人制圧や人質の救出に当たっていた。警視庁、大阪府警、北海道警、千葉、神奈川、愛知、福岡、沖縄各県警に配置され、計十チームある。

警視庁には三チームあり、各隊は二十人で構成されている。メンバーは、いずれも既存の特殊チームから選ばれた者ばかりだ。

柔道、剣道、空手、少林寺拳法などの高段者揃いである。むろん、射撃術にも長《た》けていなければならない。危険を伴う任務のため、隊員は原則として独身者に限られている。

「キャップ、最近、外国人による凶悪な集団犯罪が目立ちますね」

梶浦が言った。

「そうだな。昨夜《ゆうべ》は渋谷の裏通りで『東都セキュリティー・サービス』の現金輸送車が狙《ねら》われて、車ごと二億七千万円ほど強奪された」

「ええ。それから、『ショッピングマート赤羽店』で、八店分の売上金二億数千万円を載せた現金輸送車が奪われてますよね」

「六日前には、西急デパートと三協銀行の現金輸送車が襲われて、計十三億円も強奪された」

鰐沢は言いながら、梶浦と向かい合う位置に坐った。

「それぞれの事件《ヤマ》の実行犯は別々のようですが、いずれも中国人が主犯格です。密航ビジネスや麻薬の密売は手間隙《てまひま》かかるんで、チャイニーズ・マフィアどもは手っ取り早い犯罪《ヤマ》を踏むようになったんですかね？」

「そうなのかもしれない。長引く不況で外国人マフィアたちの犯罪の手口が年々、荒っぽくなってる。家電量販店や宝石店に真夜中に押し入って、商品をごっそり盗み出したり、高級外車を次々に盗《ギ》ったりな」

「そうですね。ほんの数年前まで、連中は変造ロムを使った不正パチンコや自販機荒らしなんかで小働《こばたら》きしてたんですが、近頃は中国クラブの売上金を強奪したり、同胞を誘拐して身代金を要求するようになってます」

「それだけ、不法残留の不良外国人たちも稼《シノ》ぎが厳しくなってるんだろう」

「そうなんだと思います。それにしても、きのうの赤羽の事件《ヤマ》には驚かされましたよ。『ショッピングマート赤羽店』の従業員の目撃証言によると、犯行グループは中国人、イラン人、コロンビア人の混成部隊だと言うんですから」

「おれも、それには驚いたよ。これまでもコロンビア人マフィアが仕入れたコカインをイラン人が売ってたケースはある。それから、イラン人の男がコロンビア人街娼の用心棒になってることも少なくない」

「ええ、そうですね」

梶浦が相槌《あいづち》を打った。

「新宿歌舞伎町に棲《す》みついてる中国系の流氓《リュウマン》たちも以前は、北京《ペキン》系、上海《シャンハイ》系、福建《フジエン》系と出身地単位でいがみ合ってた。それが数年前に上海グループと福建グループが手打ちをして、無益な抗争は避けるようになった。北京系や香港系の奴らも、ビジネスにならない揉《も》め事は起こさないようになってる」

「キャップは組対《そたい》四課にも何年かいたから、闇《やみ》社会にはいまも明るいんですね」

「いや、最近はだいぶ疎《うと》くなってるよ」

鰐沢は茶色のスエード・ジャケットの内ポケットから、キャビンとライターを摑み出した。警視庁組織犯罪対策部第四課は、主に暴力団絡《がら》みの凶悪な犯罪を手がけている。同部各課の刑事たちは仕事柄、裏社会には精《くわ》しい。

一九九二年三月に施行された暴力団対策法によって、日本のやくざは動きを封じられた。といっても、沈静化したように見えるのは表向きだけだ。

広域暴力団の大半が裏では、相変わらず非合法な手段で資金源を確保している。素顔は少しも変わっていない。

鰐沢は個人的には暴力団対策法は悪法だと考えている。妙な締めつけ方をしたら、かえって悪ははびこるものだ。現に多くの暴力団の悪事は陰湿になった。

新法導入以来、経済やくざが急増したことが好例だろう。彼らは堅気《かたぎ》を装い、民事のトラブルに首を突っ込み、甘い汁を吸っている。

また、暴力団対策法は外国人犯罪者たちをのさばらせることにもなった。犯罪件数は年ごとに増え、しかも凶悪化している。

戦後最悪の不景気と言われながらも、密航、偽造旅券による不法入国者の数はいっこうに減らない。ビザの切れた不法残留者は何十万人にものぼる。

一攫千金《いっかくせんきん》を夢見る外国人犯罪者にとって、不夜城と呼ばれる新宿歌舞伎《かぶき》町は居心地のいい場所なのだろう。いつからか、中国系のマフィアを中心に、多くの外国人犯罪者が棲《す》みついてしまった。

「四、五年前まで歌舞伎町の中国人マフィアどもの勢力争いが繰り返されてましたけど、九四年の秋に警視庁と新宿署が合同でやった外国人マフィア狩り以来、中国人同士の喧嘩《けんか》はぐっと少なくなりましたよね。連中は血腥《ちなまぐさ》い事件を起こして日本の刑務所にぶち込まれたり、本国に強制送還されたりしたら、元も子もなくなると思うようになったんでしょう」

「そうにちがいない。連中は金を稼ぎたくて、日本に来てるんだ。逮捕されたら、自分の首を絞めることになる。だから、彼らは巧妙に地下深く潜《もぐ》り込んでしまったんだろう」

「そんな外国人マフィアどもを一掃《いっそう》するのは、難しいでしょうね」

梶浦が溜息《ためいき》をついた。

鰐沢は喫いさしの煙草の火を揉《も》み消し、おもむろに立ち上がった。応接室を出て、事務フロアに歩《ほ》を運ぶ。

チームの紅一点の森脇麻衣がインドネシアの商社に電話をかけていた。桜田物産はカムフラージュのため、時々、東南アジア諸国から民芸品や衣料を仕入れている。船荷が届くと、アルバイトの偽社員に輸入品の搬入《はんにゅう》をさせる。それらの商品を半月ほど社内に保管し、中小の商社に転売してしまう。当然、赤字だ。

麻衣は警視庁一の美人刑事で、外事二課と捜査二課で働いていた。二十七歳だ。警部補である。

麻衣が電話を切って、回転椅子ごと振り向いた。

ツイード地の灰色のスーツ姿だ。ミニスカートから覗《のぞ》く脚《あし》は、すんなりと長い。身長は百六十八センチだった。

「例の籐家具《とうかぐ》を二十セットほど買い付けました。仕入れ値は総額で五十万円弱でした。荷は三週間以内に入るとのことでした」

「そうか」

「コーヒー、淹《い》れましょうか?」

「いや、いまはいい」

「そうですか」

「麻衣は変わり者だな」

鰐沢は言った。麻衣が切れ長の目を大きく見開いた。

「そんなことを言われたのは、わたし、初めてです。どこが変わってます?」

「外務省のエリートとの婚約を解消して、チーム入りするなんてな。おとなしく結婚してたら、将来は外交官夫人だったのに」

「先の見える人生は何だかとてもつまらなく思えてきちゃったんです。相手には悪いことをしたと思ってますけど、わたし自身はチーム入りしたことを少しも後悔してません」

「そんなふうに考えることが、そもそも変わってるよ」

「そうかしら？　自分では、ごく平凡な女だと思ってますけど」

「いや、きみは変わってる。開業医のひとり娘に生まれながら、両親の反対を押しきって女刑事になった。平均的な女性なら、医大に進んで父親の病院を継《つ》ぐと思うがね」

「わたし、消毒液の臭《にお》いが苦手なんです。だから、小学生のときから、医者には絶対になりたくないと……」

「で、将来は女優になりたいと思ってたんだな？」

「えっ⁉　わたし、女優に憧《あこが》れたことなんか一度もありませんよ」

「大学時代に演劇部に入ってたんだろう？」

鰐沢は訊いた。

「ああ、それで誤解されたんですね。確かに演劇部には入ってました。でも、別に女優に憧れて入ったわけではありません。そのころ、熱を上げてた一級先輩の彼が演劇部にいたんですよ。それで、わたしも入部しただけなんです」

「そうだったのか」

「芝居はちっともうまくなりませんでしたが、メイクの技術は習得できました」

麻衣が微苦笑した。彼女は特殊メイクの名人だった。潜入捜査で別人に化けるときは、完璧《かんぺき》に自分の素顔を隠してしまう。

それだけではなかった。鉄火肌の女になりすますときは、実にリアルに化ける。話し方や物腰まで、それらしく変える。

中年の主婦に化ければ、それなりに見えた。学生時代にその気になっていたら、いまごろはプロの女優になっていたかもしれない。

「相変わらず実家には、あまり顔を出してないのか？」

「ええ。マンションで独り暮らしをするようになってからは、ほんの数回顔を出しただけです。今年の正月休みも行きませんでした」

「親不孝め！　同じ世田谷区内に実家があるんだから、新年の挨拶《あいさつ》ぐらいしておけよ。それとも、どっかの女たらしと暮れから正月にかけて温泉旅行でもしてたのか？」

「冗談なんでしょうけど、それ、一種のセクハラですよ」

「そうか、そうだな。悪かった、ごめん！」

鰐沢は片手で拝む真似《まね》をした。

「キャップにあんなことを言われると、なんか悲しくなります」

「なぜだい？」

「どうしてなんでしょうね？　わたしにも、よくわかりません」

麻衣が呟《つぶや》き、長い睫毛《まつげ》をこころもち伏せた。

鰐沢は曖昧《あいまい》に笑って、社長室に入った。麻衣が自分に淡い思慕《しぼ》を寄せていることは薄々、感じていた。彼女は魅力的な女性だが、恋愛の対象としては考えたこともない。

社長室は十五畳ほどのスペースだ。

入口近くにソファ・セットがあり、奥のウォール・キャビネットの前にマホガニーの両袖机《りょうそでづくえ》が置いてある。卓上には、二つの電話機が載っている。

一台は民間の固定電話で、もう一台は警察電話だった。鰐沢は机に向かって、ゆったりと紫煙をくゆらせはじめた。

ふた口ほど喫ったとき、警察電話が鳴った。

受話器を耳に当てると、弓削長官の落ち着いた声が響いてきた。

「わたしだ」

「鰐沢です。出動命令ですね？」

「そうだ。このところ、外国人マフィアによる凶悪な現金強奪事件が頻発《ひんぱつ》してるね？」

「はい。各捜査本部の捜査は難航しているのでしょうか？」

「そういう報告を受けてる」

「そうですか」

鰐沢の脳裏に、歯嚙《はが》みする弓削長官の顔が浮かんだ。

五十六歳の弓削は銀髪で、学者ふうの容貌《ようぼう》をしている。だが、負けん気が強い。

「一連の外国人による現金強奪事件の裏には、何か大きな陰謀があるような気がしてならないんだ」

「わたしも、そう思いはじめていたところです」

「そうかね。一連の邪悪な事件の覆面捜査に当たり、一日も早く首謀者を見つけ出してくれ。例によって、救いようのない犯人なら、密かに裁《さば》いてもかまわん」

「わかりました」

「一時間以内には子安《こやす》警視総監がお忍びで捜査資料を届けに行く。詳しいことは警視総監から聞いてくれ」

「はい」

鰐沢は受話器をフックに返した。

2

警視総監が訪れた。

ちょうど午後四時だった。子安雅光《まさみつ》の禿《は》げ上がった額には、汗が浮かんでいる。五十六歳の警視総監は小太りで、汗っかきだった。

「総監、桜田門から歩いてこられたんですね？」

鰐沢は確かめた。

「そう。少し体を動かさないと、健康によくないからな」

「ご苦労さまです。本来なら、わたしが総監を本庁にお訪ねしなければならないのに」

「いいんだ。気にしないでくれ。きみがわたしの部屋に来たら、本庁の連中に怪しまれるからね」

「それは、そうですが」

「弓削長官から話のアウトラインは聞いてるな？」

「はい」

「それじゃ、各捜査本部の捜査資料に目を通してもらおうか」

子安は脱いだウールコートを麻衣に預けると、真っ先に会議室に入った。

鰐沢は横にいる梶浦を目で促《うなが》し、警視総監の後につづいた。麻衣は茶の用意に取りかかった。

会議室は割に広い。

中央に楕円形《だえんけい》の白樫《しらかし》のテーブルが据《す》えてある。椅子は、ちょうど十脚あった。右手には、ホワイトボードがある。

鰐沢は、子安の真ん前に坐った。子安はテーブルの向こう側に腰かけた。子安は渋い色合のスリーピースで、ずんぐりとした体を包んでいる。梶浦が鰐沢の左隣に腰を落とした。

「とりあえず、捜査資料を読んでくれ」

警視総監がブリーフケースから、四冊のファイルを取り出した。

鰐沢はファイルをまとめて受け取った。一冊目は、池袋署に設けられた捜査本部の事件綴《つづ》りだった。

六日前の夜に発生した西急デパート売上金強奪事件の初動捜査や地取り捜査の報告が克明に記されている。現場写真も十葉ほど添えてあった。

被害額は五億円近い。警備保障会社のガードマン三人が西急デパート池袋店の売上金を現金輸送車に積み込んだ直後に、中国人らしい三人組が犯行に及んだ。犯人グループは、それぞれノーリンコ54を持っていた。三人組は無言でガードマンを射殺し、現金輸送車に乗って逃走した。

その翌朝、埼玉県さいたま市大宮の雑木林で現金輸送車が発見された。だが、現金はそっくり消えていた。犯人たちの遺留品はなかった。

捜査本部は池袋周辺に住む福建省出身の不法残留者たちを徹底的に洗ったようだが、まだ容疑者は絞り込めていない。

鰐沢は、読み終えたファイルをかたわらの梶浦に渡した。

そのとき、四人分の緑茶を盆に載せた麻衣が会議室に入ってきた。彼女は湯呑《の》みを配ると、梶浦の向こう側に浅く腰かけた。

鰐沢はキャビンに火を点《つ》けてから、二冊目の捜査資料を手に取った。

神田署に設置された捜査本部の事件記録だった。三協銀行本店近くの路上で、中国人らしい三人組に現金約八億円の積まれた輸送車が強奪されたのは、やはり六日前の深夜だ。

事件発生時刻は、池袋の事件から十五分後だった。同一グループの犯行ではないだろう。

三人のガードマンと行員一名は三人組にノーリンコ54やマカロフで撃ち殺されている。凶器はどちらも原産国のロシア製ではなく、中国でライセンス生産された拳銃だった。

本家のマカロフは、ロシア軍の将校やスペツナズ隊員が使用している高性能拳銃だ。

奪われた現金輸送車は未《いま》だに見つかっていない。犯人グループは現金輸送車を海底か、湖底に沈めてしまったのか。

操作本部は犯人たちの足取りをまったく捕捉《ほそく》していない。

鰐沢は短くなったキャビンの火を消し、二冊目のファイルを梶浦に回した。一冊目の捜査資料は麻衣に渡されていた。

子安はゆったりとした表情で茶を啜《すす》っている。もう汗はかいていなかった。

鰐沢は三冊目の事件綴《つづ》りに目を落とした。

渋谷署に置かれた捜査本部の捜査記録だ。きのうの午後九時四十分ごろ、『東都セキュリティー・サービス』の現金輸送車が中国人と思われる三人組に強奪された。およそ二億七千万円の売上金を奪われたのは、首都圏で二十店舗近い大型パチンコ店を経営している大松《だいまつ》商事だった。

社長の張季民《チャンジーミン》は台湾出身の実業家で、歌舞伎町でゲームセンターや台湾料理店も経営している。五十六歳だ。

捜査本部は大松商事の社員の誰かが犯人グループを手引きしたと睨《にら》み、全社員の交友関係の洗い出しを急いでいる。しかし、まだ手がかりは得ていない。

鰐沢は三冊目のファイルを梶浦に回し、赤羽署に設けられた捜査本部の捜査記録を読みはじめた。

昨夜、『ショッピングマート赤羽店』の通用口の近くで『東京安全輸送』の現金輸送車を襲ったのは中国人、イラン人、コロンビア人の混成部隊の四人組だと思われる。三十代のガードマンは、鋭利な刃物で喉《のど》を掻《か》っ切られていた。四十代のガードマンは顔面をナイフで傷つけられた上に、三発の銃弾を浴びせられた。

イラン人とコロンビア人らしい二人は集金袋を奪って、仲間の運転する黒いワンボックス・カーで逃走した。車ごと約二億円の売上金を奪った中国人らしい二人組の足取りも、まだわかっていない。

鰐沢は最後のファイルを梶浦に渡して、正面の警視総監に顔を向けた。

「もう少し手がかりがあると、ありがたいんですがね」

「きみもよく知ってるように、日本に不法残留してる外国人犯罪者のことは本庁も警察庁《サッチョウ》も把握しきれてないんだ。ことに、中国系のマフィアのことがね。連中はアジトをしょっちゅう変えてるからな」

「そうですね。といって、彼らは日本の警察や暴力団に怯《おび》えてるわけじゃありません。稼ぐためなら、命も不要とさえ考えてる連中だから、ひどくアナーキーです」

「そうだね。そのうち外国人マフィアどもに、日本の闇社会は牛耳られることになるのかもしれない。暴対法で日本のやくざを抑《おさ》えつけたのがいけなかったのかもしれんな」

「確かに抑え込みすぎましたよね。口では威勢のいいことを言ってる組《くみ》関係者たちも、内心では外国人マフィアに脅威を感じはじめてるはずです」

「暴力団は潰《つぶ》すべきだが、外国人マフィアどもに日本の暗黒社会を支配させるのもまずい。といって、終戦直後のように警察と暴力団が手を組んで不良外国人を追放したりしたら、社会問題になってしまう」

「警察が大っぴらに暴力団の力を借りるのは、まずいと思います。ただでさえ警察は一般の市民には毛嫌いされてますからね。やくざ者の力を借りて外国人マフィアを一掃したとわかったら、威信は失墜するでしょう」

「むろん、暴力団と本気で共同戦線を張る気なんかないさ。わたしは、きみらのチームが外国人マフィア退治をしてくれると信じてる。頼むぞ、鰐沢君！」

「全力を尽くします」

「弓削長官からも言われただろうが、一連の強盗殺人事件のスピード解決をめざしてくれないか。例によって、極刑に価《あたい》するような凶行を重ねた奴は容赦《ようしゃ》なく処刑してもいい。何かあった場合は、弓削長官とわたしが全責任を負う」

子安が昂然《こうぜん》と言い、腰を浮かせた。

鰐沢たち三人は一斉《いっせい》に立ち上がり、揃《そろ》って警視総監を七階のエレベーター・ホールまで見送った。会議室に戻り、ふたたび捜査資料に目を通す。三人の助っ人要員には、数十分前に招集をかけてあった。

最初に姿を見せたのは、笠原友行《かさはらともゆき》だった。

笠原は四十一歳である。関東侠友会《かんとうきょうゆうかい》白井組《しらいぐみ》の若頭だ。関東侠友会は大正時代に結成された博徒《ばくと》集団で、浅草や上野を縄張りにしている。構成員は約三千人だ。

笠原は、いつも和服を着ている。

きょうも大島紬《つむぎ》の対《つい》をまとっていた。角帯をきりりと締めている。白足袋《しろたび》に、雪《せっ》駄《た》履《ば》きだった。中肉中背だが、ナイフのような鋭い目に凄《すご》みがある。角刈りで、色は浅黒い。

「若頭《カシラ》、雪駄履きじゃ、雪に足を取られて大変だったろう?」

鰐沢は、昔気質《むかしかたぎ》の博徒に声をかけた。

「ちょいと足袋が濡《ぬ》れやしたが、どうってことありやせん。渡世人《とせいにん》は日頃、警察《サツ》の旦《だん》那《な》方に迷惑かけてんですから、少しは奉公しねえとね」

「笠原さんよ、あんまりいい子ぶるなって」

梶浦が口を挟んだ。

「あっしがいい子ぶってるですって⁉」

「ああ。残雪踏みしめて、ここに来たのは百万円の報酬に釣られたからだろう?」

「冗談じゃねえ。百や二百万で、あっしが尻尾《しっぽ》振るかよっ。いまだって、一晩で一千万のテラ銭稼げるんだ」

「一千万とは大きく出たな。この不景気に、それだけのテラ銭稼げる賭場《とば》はないぜ」

「あんた、関東侠友会をなめてんのか。それとも、あっし個人に喧嘩《ゴロ》巻いてんのかいっ。おれが『隼』に協力してんのは、三年前に鰐沢の旦那に命を救ってもらったからでえ。銭金《ぜにかね》だけで、捜査に協力してんじゃねえや。あの晩、旦那が近くにいなかったら、おれは上野公園の前でペルシャ野郎たちに撃《ハジ》かれてたにちげえねえ。若造がでけえ口たたくんじゃねえよ」

笠原が息巻き、羽織《はおり》の紐《ひも》をほどいた。梶浦も気色《けしき》ばみ、勢いよく椅子から立ち上がった。

「二人とも、みっともないわよ。まるで中学生みたいじゃないの」

麻衣が男たちの間に割って入り、やんわりと窘《たしな》めた。それでも、笠原と梶浦は睨《にら》み合ったままだった。

「梶、おまえが悪い。若頭《カシラ》に謝れ」

鰐沢は、巨身の部下に言った。

「おれ、ヤー公が嫌いなんですよ。口でカッコいいことを言ってても、ヤー公はヤー公ですからね」

「若頭《カシラ》をそのへんの屑《くず》と一緒にしたら、おれが黙っちゃないぞ」

「…………」

梶浦が不服そうに口を尖《とが》らせた。

「チームワークを乱すようなメンバーはいらない。おまえ、脱《ぬ》けたかったら、脱けてもいいんだぞ」

「キャップ、待ってくださいよ」

「『隼』にいたかったら、早く若頭《カシラ》に詫《わ》びるんだな」

鰐沢は突き放すように言った。

梶浦は短く迷ってから、笠原に謝罪した。

「そっちが頭《ペテン》下げてくれたんだから、水に流さあ。けど、二度となめた真似《まね》をすんなよ」

笠原が言って、鰐沢の横に腰かけた。

そのとき、弁護士の畑秀樹《はたひでき》が飄然《ひょうぜん》と会議室に入ってきた。四十五歳の畑は二年数カ月前まで、東京地検の検事だった。

上司と大喧嘩をして、その勢いで依願退職願を書いてしまったのである。現在は新橋に自分の法律事務所を構え、好んでアウトローたちの弁護活動を手がけている。大阪人だ。

「みんな、どないしたん？　なんや空気がいつもと違うやんか」

畑が関西弁で言い、メンバーの顔を順番に見た。誰も口を開かなかった。

「たいしたことじゃないんだ。おれがつまらないジョークを飛ばして、みんなを白けさせちゃったんだよ」

鰐沢は言った。

「それで言い繕《つくろ》うたつもりやろうけど、そうはいきまへんで。何があってん？」

「何もないよ。ヤメ検先生、適当なとこに坐ってくれないか」

「なんや感じ悪いな。わしも仲間やないか」

畑弁護士がぼやきながら、麻衣の横に腰を下《お》ろした。

麻衣が静かに立ち上がり、会議室から出ていった。笠原と畑の茶を用意する気になったのだろう。

それから間もなく、峰岸淳一《みねぎしじゅんいち》があたふたと会議室に駆け込んできた。

峰岸は警視庁採用の特別捜査官だ。特別捜査官というのは警察官ではない。民間の通訳である。

二十九歳で、まだ独身だ。痩身《そうしん》で、上背《うわぜい》もある。ボストン型の眼鏡《めがね》をかけている。

峰岸は語学の天才だ。英、仏、独語のほか、北京語、スペイン語、ポルトガル語、ペルシャ語も操《あやつ》れる。父親が商社マンだったせいで、海外暮らしが長かった。

語学に長《た》けているのは、そのせいだろう。恋人はアメリカ人だ。

「遅くなって、すみません」

峰岸が誰にともなく言い、鰐沢の右隣に坐った。三人分の茶を持った麻衣が会議室に戻ってきた。

これで『隼』のメンバーが全員顔を揃えた。鰐沢は三人の助っ人要員に特命の内容をつぶさに伝え、四冊のファイルを回し読みさせた。

「外国からの流れ者どもがこうまでのさばってるのは、不法残留者を厳しく取締まらねえからですぜ」

筋者《すじもの》の笠原が忌々《いまいま》しげに言った。鰐沢は、すぐに口を開いた。

「おれも、そう思ってる。しかし、密入国者や不法残留者たちも最近は警察や入管の手入れに関する情報をキャッチして、巧《たく》みに摘発を免れてるんだ」

「歌舞伎町はもちろん、全国の盛り場で毎日、手入れをやりゃいいんでさあ。それで、不法残留者を日本の留置場《ブタバコ》に入れたり、それぞれの国に送り還《かえ》すべきなんじゃないっすか。あっしは、そう思うね」

「しかし、そうしても多くの人間が不正な方法で日本にまた潜《もぐ》り込むだろう。先の見えない不況といっても、まだ日本はアジアではリッチな国だからな」

「そんな呑気《のんき》なことを言ってたら、連中はそう遠くない日に東京の黒社会を支配するようになりますぜ。だいたい暴対法がいけないんでさあ。日本の組員たちは、ほんの微罪でも検挙《アゲ》られちまう。だから、どこの組も外国人マフィアの横暴振りには腹を立ててるが、派手に締めることもできねえ。情けねえ話だが、不景気で遣り繰り《シノギ》がきつくなって、積極的に奴らに近づく組織も出てきた。日本のやくざの恥でさあ」

　笠原が長々と嘆《なげ》いた。その言葉を畑弁護士が引き取った。

「外国人マフィアとビジネスしたがってる組は、ここ一年で激増してるんやないかな。どこも暴対法でがんじがらめに縛《しば》られてるさかい、縄張り内《シマウチ》のクラブやパブから、みかじめ料も取れんようになってしもうた。おしぼりや観葉植物のリースかて、組の名を出したとたんに手錠《ワッパ》打たれてまう。極道も生きるのに精一杯や。大手企業が次々に倒産する時代やから、弱小の組織は早晩、解散に追い込まれるやろうな」

「あっしの叔父貴分も土建会社の経営にしくじって、先代の親分の墓の前でピストル自殺しちまった」

「あんたも時代遅れの任侠道を捨てんと、遣り繰り《シノギ》ができんようになるで」

「あっしが女房《バシタ》にやらせてる小料理屋は、おかげさんで繁昌してやす。仮に喰《く》えなくなっても、あっしは男の値打ちを下げるようなことはしやせんよ」

「あんた、昔の東映のやくざ映画の主人公みたいやな。そない生き方、もう古いで」

「先生、お言葉を返すようですが、筋者《すじもん》の生き方に古いも新しいもありません。筋を通して生き抜く。それだけでさあ」

「もう何も言わんわ、あんたには。それはとにかく、そんな時代やから、外国人マフィアと組む極道は今後も増える思うで。それから、出身国でグループ化してた外国の悪党《ワル》たちもビジネスを第一に考えて、これからは友好関係を結ぶようになるんやないかな」

「そうした動きは、すでに見られるんじゃない?」

麻衣が会話に割り込んだ。すぐに峰岸が同調する。

「ぼくも、そう思います。きのうの夜、『ショッピングマート赤羽店』の売上金を奪った四人組は、中国人二名、イラン人、コロンビア人各一名の混合チームだったんでしょ?」

「ああ。おれも、きみらと同じように考えてるんだ」

鰐沢は峰岸に言って、笠原に顔を向けた。

「若頭《カシラ》、確か関東侠友会の二次団体が歌舞伎町に組事務所を構えてたよな?」

「ええ。二次団体といっても、構成員四十人ほどの組ですがね。旦那もご存じのように、歌舞伎町には大小併《あわ》せて約百八十の組事務所がありやす。関東やくざの御三家の稲森《いなもり》会、住川《すみかわ》会、極友《きょくゆう》会の三次団体よりも組員は少ないんでさあ」

「それでも、歌舞伎町に組《くみ》張ってるんだから、中国系マフィアの動きには敏感なはずだ。何か情報《ネタ》を仕込めるかもしれない」

「そうですね。ちょっくら電話してみまさあ」

笠原が言って、袂《たもと》から携帯電話を摑み出した。そのとき、腕の彫りものが見えた。笠原は総身彫りの刺青《いれずみ》で肌を飾っている。

鰐沢は茶を啜《すす》り、煙草をくわえた。

笠原が携帯電話の数字キーを押した。遣《や》り取りは十分ほどつづいた。

「どうだった？」

鰐沢は笠原に声をかけた。

「兄弟分の話によると、歌舞伎町の中国人マフィアが大同団結したらしいんでさあ」

「大同団結したって⁉」

「ええ。それまで反目し合ってた北京系、上海系、福建系の三グループが手を結んで、えーと、『三華盟《サンホアモン》』って組織を結成したそうですぜ」

「そうか」

「さらに奴らは台湾系や香港のマフィアとも友好協定を結び、イラン人、コロンビア人、パキスタン人なんかの不良連中も取り込んでるって話でしたね」

「『三華盟《サンホアモン》』のアジトは、どこにあるって？」

「そこまでは知らないそうです。それから、ボスの名もね」

「そうか。若頭《カシラ》の兄弟分は、その話をどこで聞いたんだい？」

「組の若いのが西武新宿駅前の『青林《チンリン》』って上海レストランに中国人の悪党《ワル》たちが次々と集まってるのを見たそうです。それで、店の宴会案内板を見たら、〝三華盟《サンホアモン》結成祝賀会〟ってプレートが出てたって言うんでさあ」

笠原がそう言い、緑茶で喉《のど》を潤《うるお》した。

「一連の犯行《ヤマ》を踏んだのは、『三華盟《サンホアモン》』のメンバーたちなんだろうか」

「旦那、考えられますぜ。あっしが、その上海レストランに行ってみやしょうか？」

「いや、おれが行ってみよう」

「そうですかい。で、あっしは何をやればいいんです？」

「同業者に当たって、『三華盟《サンホアモン》』に関する情報を集めてくれないか」

「ようござんす」

「梶と麻衣は歌舞伎町で情報集めをしてくれ。峰岸ちゃんは、おれについてきてくれ。先生には、後日、動いてもらう」

鰐沢は指示を与えた。笠原以外の四人が相前後して、大きくうなずいた。

「社長室の金庫から、三百万持ってきてくれないか。社外ブレーンの三人にはギャラを先払いしとかないと、よく働いてくれないからな」

鰐沢は麻衣に冗談めかして言い、キャビンに火を点けた。

麻衣が立ち上がり、社長室に向かった。金庫には常時、一千万円前後の現金が入っていた。

3

歌舞伎町に入った。

昨夜の雪は、道端にわずかに残っているだけだった。

今夜も歓楽街には、夥《おびただ》しい数の男女があふれている。七時過ぎだった。

鰐沢はボルボS80を低速で走らせていた。

車体の色は薄茶だった。『隼』の車ではない。プライベートカーだ。

「どうして人々は、歌舞伎町に集まるんでしょう？」

助手席の峰岸が唐突に言った。

「この街に来れば、人間の欲望はたいてい充《み》たされる。だから、大勢の人間が歌舞伎町に集まるんだろうな」

「確かに、ここにはエネルギーがありますよね。それから、人間が欲望を剥《む》き出しにしても、それほど抵抗感はないみたいだし」

「そうだな。ところで、峰岸ちゃん、北京出身の流氓に化けてくれないか」

鰐沢は言いながら、ステアリングを左に切った。

「ぼくが流氓になりすますんですか⁉」

「そうだ。中国のチンピラどもは日本のやくざと違って、身なりや歩き方では黒社会の人間とはわからない」

「ええ、留学生らしく見える奴が流氓だったりしますからね」

「ああ。『青林《チンリン》』に入ったら、支配人か誰かに去年の暮れに開かれた『三華盟《サンホアモン》』の結成祝賀会のことを訊《き》いてくれ」

「キャップ、待ってください。ぼく、北京語はわかりますけど、上海語はよくわからないんです。『青林《チンリン》』の従業員は多分、上海出身者ばかりだと思うんですよ」

「かもしれない。しかし、北京語も上海語も発音が違うだけで、使う漢字は同じなんだろう?」

「基本的には、そうですね」

「だったら、店の者とうまく会話ができない場合は筆談すればいいじゃないか」

「そうか、そうですね。で、ぼくはどこまで探《さぐ》り出せばいいんです?」

峰岸が訊いた。

「できれば『三華盟《サンホアモン》』のアジトとボスの名を聞き出してほしいな」

「『青林《チンリン》』は案外、『三華盟《サンホアモン》』の息のかかった店だったりして。だとしたら、ちょっと怖いな。ぼくはキャップや梶浦さんみたいに腕力に自信があるわけじゃありませんからね」

「安心しろ。先におれが客として、店に入る。峰岸ちゃんは十分ぐらい後から、『青《チン》林《リン》』のドアを潜《くぐ》ってくれ」

「近くにキャップがいてくれるんだったら、心強いな。わかりました。ぼく、やります」

「うまくやってくれ」

鰐沢は、ふたたび車を左折させた。

西武新宿駅の前の通りを七、八メートル進むと、左手に『青林《チンリン》』の袖看板《そでかんばん》が見えてきた。細長い飲食店ビルの一、二階が上海レストランになっている。

鰐沢は、目的の飲食店ビルの十メートルほど手前でボルボを停《と》めた。エンジンをかけたまま、外に出る。

寒風が頬《ほお》を嬲《なぶ》った。

思わず鰐沢は首を竦《すく》めた。黒いタートルネック・セーター の上にキャメルカラーのカシミヤ・ジャケットを着ていたが、それでも身が凍《こご》えそうだった。

峰岸が心得顔で運転席に移った。

「店の中で、おれの顔を見るなよ」

「はい」

「それから、車のロックを頼むぜ。グローブボックスの中に、他人《ひと》に見られたくない物が入ってるからな。それじゃ、おれは先に行く」

鰐沢は言いおき、大股で『青林《チンリン》』に向かった。

店に入ると、青い光沢のある上着をまとった若いウェイトレスたちが一斉に愛想をふりまいた。下は黒のスラックスだった。上下とも中国服だ。

一階には、八つの円卓があった。そのうちの五つは客で埋まっていた。

客の多くはトーンの高い中国語で喋《しゃべ》っている。上海語なのか、それとも北京語なのだろうか。レジに近いテーブルにいる家族連れは、日本語で談笑していた。

鰐沢は奥のテーブルにつき、ビールと数種の上海料理を注文した。ウェイトレスは流暢《りゅうちょう》な日本語を使った。

「お客さまは日本の方ですよね？」

「ああ。この店の上海蟹《がに》が絶品だと聞いたんで、ちょっと食べにきたんだよ」

「そうですか。上海蟹は本来、晩秋から初冬が旬《しゅん》なんですけど、当店では一年中食べられるんですよ。それから、お客さまがオーダーされた石鯛《いしだい》の空揚《からあ》げも人気のメニューのひとつなんです」

「そう。きみ、ずいぶん日本語がうまいんだね。こっちの暮らしは長いの？」

「丸三年になります。わたし、北京から日本に留学してるんです。ここでは、アルバイトをしているんです」

ウェイトレスがにこやかに言った。

「北京出身なのか。てっきり上海っ子だと思ってたが……」

「ここは上海料理店ですけど、従業員の出身地は上海、北京、広東《カントン》、潮州《チヤオチヤウ》、香港《ホンコン》とまちまちです。シンガポール国籍の中国人もいるんですよ」

「そう。店の経営者は？」

「汪《ワン》社長は北京っ子です。でも、社長のお母さんが上海出身なんですよ。それで、子供のころから上海料理をたくさん食べてきたらしいんです」

「なるほど。客は上海出身が多いのかな？」

「ええ、そうですね。でも、北京出身の方や福建省生まれのお客さまもよく見えます」

「そう。引き留《と》めちゃって、ごめん！」

鰐沢はウェイトレスに謝り、キャビンに火を点けた。

紫煙をくゆらせながら、改めて客を見る。荒《すさ》んだ印象を与える男たちの姿は見当たらない。

『三華盟《サンホアモン》』のメンバーは、二階のテーブル席か個　室《コンパートメント》を使っているのだろうか。あるいは、たまたま年末の結成式パーティーを開いただけなのか。

一階には五人のウェイトレスがいるだけで、支配人らしい人物はいなかった。

一服し終えて間もなく、ビールと二品の料理が運ばれてきた。

鰐沢は上海蟹から食べはじめた。真っ二つに割られた蟹は小ぶりながらも、肉が厚い。卵もたっぷりと抱えている。美味だった。

ビールで舌を洗い、今度は石鯛の空揚げに箸《はし》をつける。餡《あん》掛けの量は驚くほど多かった。

石鯛を半分ぐらい食べたとき、店に峰岸が入ってきた。

どこかおどおどしていた。どう見ても、流氓らしくない。峰岸はレジ・カウンターの近くに立っているウェイトレスに何か話しかけた。

遣《や》り取りは短かった。ウェイトレスは峰岸に何か言いおき、二階に上がった。支配人を呼びに行ったのだろう。

鰐沢は、空《あ》いたグラスにビールを注いだ。

ビールを飲み干したとき、ウェイトレスが四十年配の黒服の男と一階に戻ってきた。男の目は攣《つ》り上がっていた。頬骨も高かった。多分、支配人だろう。

峰岸と黒服の男がレジ・カウンターの横で立ち話をしはじめた。

鰐沢は、さりげなく二人を眺めた。黒服の男は、しきりに首を横に振っている。

『三華盟《サンホアモン》』のことを質問されたのだろう。

峰岸は五分ほどで店の外に出た。支配人と思われる黒服の男は何事もなかったような顔で、常連客らしい中国人グループの円卓に歩み寄った。

鰐沢は料理を平らげると、すぐさま『青林《チンリン》』を出た。勘定は、それほど高くなかった。

峰岸はボルボの真横にたたずんでいた。

鰐沢は車の鍵《キー》を受け取り、先に運転席に入った。峰岸が助手席に乗り込んでくる。

「さっきの黒服は支配人だろ？」

鰐沢は先に口を切った。

「ええ、そうです。ウェイトレスは、彼の名は唐《タン》だと言ってました」

「で、収穫は？」

「残念ながら、これといった手がかりは得られませんでした。ただ、去年の暮れに、店で『三華盟《サンホアモン》』の結成祝賀会が開かれたことは事実だそうです」

「祝賀会の申込人は？」

「楊義安《ヤンイオン》という上海出身の貿易商だそうです。しかし、支配人はそれ以上のことは教えてくれませんでした」

「そうか」

「それからですね、支配人は『三華盟《サンホアモン》』は黒組織なんかじゃなく、在日中国人の親睦《しんぼく》団体だと強調してました」

峰岸が言った。

「親睦団体か、よく言うな。峰岸ちゃん、わざと目立つように『青林《チンリン》』の前を二、三十分うろついてくれないか」

「どういうことなんです？」

「揺さぶりをかけてみるのさ。あの店が『三華盟《サンホアモン》』とつながってたら、きっと中国人のチンピラが現われるにちがいない」

「つまり、囮《おとり》になれってことですね？」

「そういうことだ。なにもビビることはないさ。妙な奴が姿を見せたら、すぐに車から飛び出す。ちょっと寒いだろうが、ひとつ頼むよ」

鰐沢は促《うなが》した。

峰岸がボルボを降り、『青林《チンリン》』に足を向けた。店内を覗き込み、いったん遠ざかる。じきに峰岸は『青林《チンリン》』の前に戻り、ふたたび店の中をうかがう。

同じことが何度も繰り返された。

十分ほど経《た》ったころ、店から唐《タン》が走り出てきた。峰岸が何か問いかけた。黒服の支配人は腰に両手を当て、何か声高《こわだか》に喚《わめ》いた。

峰岸は怯《おび》え、新宿プリンスホテルの方向に逃げ去った。

むろん、そのまま任務を放棄したわけではない。唐《タン》が店の中に引っ込むと、峰岸は引き返してきた。『青林《チンリン》』の前で足を止め、煙草を吹かしはじめた。しかし、もう支配人は店から飛び出してこなかった。

呆《あき》れてしまったのか。そうではなく、『三華盟《サンホアモン》』の誰かに電話をかけたのだろうか。もう少し待ってみることにした。

鰐沢は煙草をくわえた。

火を点《つ》けようとしたとき、携帯電話が鳴った。チームのメンバーが使っている携帯電話には、すべてアメリカ製の盗聴・傍受防止装置が付いている。市販されている広域電波受信機《マルチ・バンドレシーバー》で電話内容を盗み聴きされる心配はなかった。

鰐沢はキャビンを口から離し、携帯電話を耳に当てた。

「キャップ、わたしです」

梶浦だった。

「ご苦労さん！　いま、どこにいるんだ？」

「区役所通りの星座館ビルの近くです。中国人ホステスたちが店に出る前に腹ごしらえをする食堂で聞き込みを終えたとこです」

「何か収穫があったんだな？」

「ええ、ちょっとね。留学生崩《くず》れの中国クラブのボーイが急に金回りがよくなったって話を聞いたんですよ」

「どんな奴なんだ？」

「李《リー》という名前で、二十七、八だそうです。ふだんはケチケチしてる奴が数日前からボーイ仲間を引き連れて、中国クラブを飲み歩いてるらしいんですよ。ひょっとしたら、李《リー》は六日前の事件の実行犯《ヤマ》のひとりなんじゃないかと……」

「わかった。梶は李《リー》をマークしてくれ。おれは西武新宿駅前通りにある『青林《チンリン》』って上海レストランのそばで張り込み中なんだ」

鰐沢は詳しい話をして、先に電話を切った。

煙草を喫っていると、今度は麻衣から連絡があった。

「不良イラン人グループのジャファリという男が二年ほど前から中国製のノーリンコ54や覚醒剤の密売を引き受け、上海マフィアと親しいという情報を得ました」

「ジャファリの家《ヤサ》は？」

「大久保二丁目のマンションで、コロンビア人女性と同棲《どうせい》してるそうです。その女性はエスメラルダという名です。彼女はコロンビア人街娼《がいしょう》のまとめ役で、コカインの運び屋もやってるようです」

「そうか。ジャファリがマンションにいたら、すぐに連絡してくれ」

「了解！」

「麻衣、決して単独でジャファリの部屋に踏み込んだりするなよ。相手は捨て身で生きてるんだ。下手したら、逆に殺《や》られるぞ」

「嬉《うれ》しいわ」

「え？」

「キャップがそこまで心配してくれてるなんてね。女として悪い気持ちはしません」

「勘違いするな。おれは部下を失いたくないと思ってるだけだ。おまえさんを特に女として意識してるわけじゃない」

「いやだ、早とちりだったのね」

「ジャファリがいたら、とにかく連絡してくれ。いいな！」

鰐沢は念を押して、携帯電話の終了キーを押した。喫いさしのキャビンは、フィルターの近くまで灰になっていた。

そっと灰皿の中に煙草を落とし、フロントガラス越しに峰岸を見る。語学の天才は不安げな面持《おもも》ちで、あたりに目を配っていた。

さらに十分が過ぎた。

だが、怪しい人影が峰岸に近づく気配はうかがえない。鰐沢はホーンを短く鳴らした。峰岸が急ぎ足でボルボに駆け寄ってくる。

鰐沢はパワー・ウインドーを下げた。

「峰岸ちゃん、今夜はもう帰っていいよ」

「いいんですか?」

「ああ。どうやら『青林《チンリン》』は、『三華盟《サンホアモン》』とは深いつながりはなさそうだ」

「そうなんですかね?」

「多分な。寒かったろう?」

「ええ、体の芯《しん》まで冷えちゃいました」

「なら、アイリーンちゃんの肉蒲団《にくぶとん》で温めてもらうんだな」

「彼女、いま関西に出張してるんですよ。外資系の生保会社は、女性社員も平気で出張させるらしいんです。もっともアイリーンは、気晴らしになると言ってましたけどね」

「そうか。ステディが出張中なら、自分の膝小僧《ひざこぞう》を抱えて寝るんだな」

「そうします。それじゃ、お先に!」

峰岸が片手を挙げ、ゆっくりとボルボから遠ざかっていった。

鰐沢はパワー・ウインドーを上げ、車をバックさせた。左折し、花道通りを走る。

花道通りと区役所通りの交差する界隈には、正体不明の外国人がよく群れている。日本のやくざが集まる飲食店も多い。

鰐沢は区役所通りを突っ切り、数百メートル直進した。明治通りの少し手前にボルボを路上駐車させる。グローブボックスからシグ・ザウエルP226を取り出し、腰の後ろに挟む。薬室に一発、複列式の弾倉に十四発を装填《そうてん》済みだった。

カシミヤ・ジャケットの上に鹿革のハーフコートを羽織り、外に出た。

夜気《やき》は棘々《とげとげ》しい。吐く息は、たちまち綿菓子のように白く固まった。

携帯電話をマナーモードに切り替え、風林会館の方向に引き返す。歌舞伎町二丁目交差点に立ち、あたりを眺め渡した。

中国クラブの客引きが何人か目についたが、マフィアと思われる男たちの姿はない。パキスタン人らしい男たちが通りかかるタイ人ホステスをからかっていた。

この付近は時間帯によっては、日本人よりも外国人の数のほうが多くなる。むろん、彼らの多くは観光客ではない。出稼ぎ労働者や不法残留者である。

鰐沢は区役所通りを横切り、花道通りを進んだ。少し先の煙草屋『紅屋』の角を曲がり、桜《さくら》通りに入る。

最初の四つ角を右に折れ、セントラルロードに出た。日本人の姿が目立つ。

新宿コマ劇場跡地の横を抜け、一番街に出る。東亜会館や地球会館の周辺を歩いてみたが、チャイニーズ・マフィアらしき男たちは見当たらない。

セントラルロードまで引き返し、靖国《やすくに》通りまで歩く。途中でイスラエル人の露店商を見かけたが、中国人グループはいなかった。

新宿区役所の真裏の通りに入る。あずま通りだ。深夜スーパー『エニイ』に差しかかったとき、大きな爆発音が夜の静寂を劈《つんざ》いた。ダイナマイトが爆《は》ぜたような音だった。音は、深夜スーパーの向こう側から響いてきた。

鰐沢は花道通りまで突っ走り、左側の脇道に走り入った。

右手にある雑居ビルが爆破され、二、三階のコンクリート床は崩れ落ちていた。その雑居ビル内には、稲森会の二次団体の組事務所があるはずだ。

早くも路上には、二十人前後の野次馬が群れていた。

鰐沢は鮨《すし》職人らしい三十七、八の男に声をかけた。

「何があったんです？」

「中国語を喋《しゃべ》ってた二人組が導火線に火の点いたダイナマイトをビルのエントランス・ホールに投げ込んで、左右に分かれて逃げてったんだ」

「ずいぶん荒っぽいことをやるな」

「二人組は、きっとチャイニーズ・マフィアだよ。上海グループか北京グループのどっちかなんじゃないかね」

「なぜ、そう思うんです？」

鰐沢は問いかけた。

「そのビルの一階から三階まで、稲森会関係の組事務所なんだ。何日か前に稲森会のやくざが風林会館の裏で中国人と喧嘩して、相手を匕首《ドス》で刺したんだよ。その仕返しなんじゃないのかな？」

「そうなんだろうか」

「あっ、ビルから人が出てきた」

相手が声を発した。

雑居ビルの玄関から、血みどろの男が這《は》い出してきた。ひと目で暴力団員とわかる男だった。三十歳前後だろう。

鰐沢は人波を掻《か》き分けて、血塗《まみ》れの男に駆け寄った。

「あんた、稲森会系の組員だな？」

「誰だよ、おたく？」

「警察の者だ。ダイナマイトを投げ込まれたようだが、犯人は二人組の中国人だったんだな？」

「わからねえよ。事務所にいたら、いきなりドカーンときやがったんだ。そんなことより、早く救急車を呼んでくれ。何人も爆風で吹っ飛ばされたんだ」

男が大声で言い、野次馬を怒鳴りつけはじめた。

鰐沢は、黒い煙を吐いている雑居ビルに背を向けた。

4

携帯電話が身震いした。

鰐沢は歩きながら、懐《ふところ》からモバイルフォンを取り出した。桜通りだ。ダイナマイトを投げ込まれた雑居ビルから、数百メートル離れた路上だった。

「わたしです」

麻衣の声だ。

「ジャファリのマンションに着いたんだな?」

「ええ。でも、部屋には誰もいないようです。玄関のドアに耳を押し当ててみたんですけど、人のいる気配は伝わってきませんでした」

「なら、留守なんだろう」

「しばらく車の中で張り込んでみようと思うんですけど……」

「そうしてくれ。張り込み中に端末を使って、ちょっと調べてもらいたい奴らがいるんだ」

「わかりました。いま、メモを執《と》ります」

「最初に、楊義安《ヤンイイオン》って中国人のことを調べてくれ」

「まだ確証があるわけじゃないが、おそらく楊《ヤン》は『三華盟《サンホアモン》』の大幹部だろう。そいつが年末に開かれた結成祝賀会の申込人なんだ。密入国者じゃなければ、外国人登録リストに載ってるはずだ。ついでに東京入管の入国者リストも調べてくれ」

「了解！」

「それから、上海レストラン『青林《チンリン》』の経営者の汪《ワン》のこともチェックしてみてくれないか。残念ながら、姓しかわからないんだ」

「『青林《チンリン》』の経営者だということがわかれば、なんとかなると思います」

「そうだな。何かわかったら、報告してくれ」

鰐沢は梶浦が中国クラブの李《リー》というボーイをマークしていることを手短に伝え、先に終了キーを押した。

次の瞬間、掌《てのひら》の中で携帯電話が打ち震えた。

発信者は、博徒の笠原だった。

「いま、兄弟分の事務所にいるんでやすが、ほんの数分前に近くにある住川会の下部組織の事務所に手榴弾が投げ込まれたようですぜ。組員が二、三人、死んだみてえだな」

「手榴弾を投げ込んだのは、中国人だったんじゃないのか？」

「何者なんです？」

鰐沢は早口で訊いた。

「旦那、なんでご存じなんでやす!? 組事務所に手榴弾《パイナップル》を投げ込んだのは、二人組のチャイニーズだそうです」

「実は少し前に、稲森会の二次団体の組事務所がダイナマイトで爆破されたんだ。おれはたまたま近くを歩いてて、その爆破音を聞いたんだよ。で、事件現場に行ってみたんだ」

「そうだったんですかい。で、旦那は犯人を見たんですか？」

「見たわけじゃないんだ。犯行現場にいた目撃者から、逃げた二人組が中国語を喋ってたという話を聞いたんだよ」

「そういうことですかい」

「同じ日に、稲森会と住川会の下部団体《エダ》の組事務所が襲われたのは、ただの偶然じゃなさそうだな」

「あっしもそう思いまさあ。歌舞伎町には十二の主要組織の事務所があって、それぞれの下部団体《エダ》が十組前後ありやすが、力関係では御三家が優位に立ってます」

「そうだな。仮に中国人マフィアが関東やくざの御三家を潰《つぶ》したとしたら、もう歌舞伎町を支配したようなもんだ」

「そうですね。残りの九つの主要団体は、御三家と較《くら》べたら、力が弱いからな。兵隊駆り集めたって、平気でダイナマイトや手榴弾を街中《まちなか》でぶん投げる奴らとは勝負にならんでしょう」

「ああ」

「旦那、『三華盟《サンホアモン》』が歌舞伎町の縄張《シマ》りを乗っ取ろうと考えてるんじゃねえんですか？御三家を閉め出しゃ、あとは赤児《あかご》の手を捻《ひね》るようなもんです。くそっ、そんなことはさせねえぞ。いざとなったら、あっしも段平《だんびら》振り回してやる」

笠原が唸《うな》るように言った。

「若頭《カシラ》、そう興奮するなって。まだ外国人マフィアどもが歌舞伎町から、日本のやくざを追い出そうとしてると断定はできないんだからさ」

「そうに決まってまさあ。今夜か明日、極友会系の組事務所にもダイナマイトか手榴弾が投げ込まれるね。そんなことになったら、関東やくざが結束して、逆に奴らを皆殺しにしてやる」

「若頭《カシラ》、落ち着けよ。あんたは関東侠友会白井組の大幹部だが、『隼』の一員でもあるんだ。それに、できた奥さんもいるじゃないか」

「けど、あっしらは堅気じゃねえんです。男稼業を張ってるんだ。他所《よそ》の国の奴らに好き放題させるわけにゃいきませんや。半端者だって、この国は大事なんでさあ」

「その気持ちはわかるが、メンバーの一員であることを忘れないでくれ。おれは、若頭《カシラ》を頼りにしてるんだ」

「ありがてえお言葉ですが……」

「若頭《カシラ》、近視眼的な考えは捨ててくれ。おれだって、これ以上、不良外国人どもをのさばらせたくはないさ。しかし、歌舞伎町の縄張り争いなんて、小さなことだ」

「小さなことですって⁉」

「そう尖《とが》るなよ。この国には、紳士面した巨悪や救いようのない極悪人が大勢いる。政官財界人だけじゃなく、言論人、法曹界の人間の中にも精神の腐った奴がいるね。拝金主義に陥った学者や医者も多い。そういう連中の悪事を暴《あば》いて抹殺するのが先決だろうが」

鰐沢は言い諭《さと》した。年上の人間に意見するのは口幅ったかったが、言わずにはいられなかった。それほど笠原は、チームには必要な男だった。

「旦那のおっしゃる通りかもしれやせん。ガキのころから、すぐに頭に血が昇る口《くち》でしてね。いったん激昂《げっこう》しちまうと、自分でもわけがわからなくなるんでさあ。さっき口走ったことは撤回します。忘れてくだせえ」

「若頭《カシラ》、いなせだね。さすがは六代つづいた江戸っ子だ。潔《いさぎよ》くて、惚《ほ》れ惚《ぼ》れするよ」

「旦那、からかわねえでくだせえ」

笠原が照れた。

鰐沢は小さく笑って、自分を含めた三人の正規メンバーの捜査活動の内容をかいつまんで話した。

「楊義安《ヤンイオン》を押さえられりゃ、大きな手がかりを得られそうですね？」

「おれも、それを期待してるんだ」

「あっしは、引きつづき同業者から情報を集めまさあ」

電話が切れた。

鰐沢はモバイルフォンを上着の内ポケットに戻し、キャビンをくわえた。そのとき、中東系の男がぶつかってきた。弾みで、火の点いていない煙草が足許《あしもと》に落ちた。

「なんの真似だっ」

「あなたこそ、失礼ね。わたし、ただ道を歩いてただけ。あなた、自分からぶつかってきた。わたし、悪くない。あなた、謝らなければならないね」

イラン人らしい髭面《ひげづら》の男が日本語でまくし立てた。白っぽい毛糸の帽子を被り、セーターの上に黒っぽいダウン・ジャケットを羽織っている。三十は過ぎていそうだ。

「謝るのは、そっちだろうが！　落ちた煙草を拾えっ」

「おまえが悪い。早く謝れ！」

「世話を焼かせやがる」

鰐沢は精悍《せいかん》な顔に薄笑いを浮かべ、右のロング・フックを放った。

パンチは相手の頬骨を砕《くだ》いた。髭面の男が両腕をV字形に掲《かか》げ、そのまま斜めに吹っ飛んだ。まるで突風に煽《あお》られたような倒れ方だった。

鰐沢は大学時代、ボクシング部に所属していた。三、四年生の二年間は、ミドル級の学生チャンピオンだった。

「わたし、怒った。おまえ、殺す」

イラン人と思われる男が怒鳴り、素早く起き上がった。その手には、サバイバル・ナイフが握られていた。刃渡りは十六、七センチだった。

「そんな物を振り回すと、怪我《けが》の因《もと》だぜ」

鰐沢は忠告した。

数秒後、首筋に冷たい物が触れた。

ナイフだった。背後に男の仲間がいたのだろう。大柄だった。

「騒ぐと、おまえの喉を裂く。おとなしく歩くんだ」

「わかった」

鰐沢は足を踏み出した。さきほどパンチを浴びせた男がサバイバル・ナイフをダウン・ジャケットのポケットに突っ込み、先に歩きだした。

二人の中東系の男たちに連れ込まれたのは、桜通りとセントラルロードの中間にある小さな公園だった。大男は鰐沢の首に寝かせたナイフを寄り添わせたままだ。

もうひとりの男が鰐沢の前に立った。

「おまえ、謝らなくてもいい。その代わり、チョコ買ってくれ」

「大麻樹脂《ハッシシ》を買えってか？」

「そう。一グラム八千円でいい」

「ずいぶん吹っかけやがるな。グラム五千円が相場だろうが。それに、大麻樹脂《チョコ》で遊ぶ年齢《とし》じゃない」

鰐沢は、せせら笑った。すると、背後の大男が問いかけてきた。

「麻薬《ドラッグ》、何好き？　テリヤキもあるよ。ほんとはペルシャ語で、ティリヤックね。ヘロインのこと。一グラム一万円でいいよ。葉っぱ《マリファナ》も持ってる。マリファナ、一番安い。一グラム四千円で売るよ」

「持ってる麻薬《クスリ》を全部買ってやろう」

「ほんとか⁉　お金高いよ。全部なら、三十万円必要ね」

「そのくらいの銭は、いつも持ち歩いてる。いいだろう、全部買ってやろう」

「あなた、いい男性《ひと》ね。わたし、あなたと友達になりたい」

後ろの男が、おもねるように言った。首に当てられていたナイフが離れた。

鰐沢は大男に肘《ひじ》打ちを見舞い、すぐさま靴の踵《かかと》で相手の向こう臑《ずね》を蹴った。背後の男が二度呻《うめ》いて、尻《しり》から地べたに落ちた。

すかさず鰐沢は体を反転させ、大男の顎《あご》を蹴り上げた。相手が仰向けに引っくり返る。

もうひとりの男が躍《おど》りかかってくる気配を感じた。

鰐沢は跳躍《ちょうやく》し、サバイバル・ナイフを持った相手の胸板を蹴りつけた。肋骨《ろっこつ》の折れる音が小さく響いた。男は体をくの字に折りながら、後方に倒れた。

鰐沢は踏み込んで、相手の顔面と喉に蹴りを入れた。サバイバル・ナイフが宙を舞い、灌木《かんぼく》の根方《ねかた》に落ちた。

男は唸《うな》りながら、転げ回った。まるでショットガンの九粒弾を喰《くら》った猪のようだった。鰐沢は髭面の男を摑み起こし、跳《は》ね腰で投げ飛ばした。男は相棒の体の上に倒れ、横に転がった。

鰐沢は腰からシグ・ザウエルを引き抜き、二人の男に交互に銃口を向けた。

「あなた、やくざだったのか⁉　わたしたち、それ、知らなかった」

上背のある男が震え声で言った。

「おまえら、イラン人だな？」

「そう。わたし、アリという名前ね。友達はゴーラムね」

「ジャファリって男を知ってるか？」

鰐沢は大男の額に銃口を押し当てた。

「その名前の男、いっぱいいる。フルネームは？」

「そいつは、わからないんだ。大久保二丁目のマンションで、エスメラルダってコロンビア女性と同棲してる奴だよ」

「わたしの知ってるジャファリたち二人は、百人町《ひゃくにんちょう》のアパートに住んでる。どちらも、女いないね。いつも寂しいと言ってる」

　アリと名乗った大男が答えた。

「ドラッグの卸し元は？」

「同じペルシャの男ね。でも、ジャファリという名前じゃない」

「おまえら、中国人やコロンビア人の悪党《ワル》たちとつき合いがあるんだろ？」

「何人か知ってる」

「楊義安《ヤンイーオン》って名の中国人を知らないか？」

「わたし、知らない。中国人の名前、とても難しい。顔知ってても、名前なかなか憶《おぼ》えられないね」

「李《リー》って、中国クラブのボーイはどうだ？」

「わたし、そんな中国人、知らない」

「西武新宿駅のそばにある『青林《チンリン》』って上海レストランは？」

「そういう店、わたし、知らないよ」

「中国人やコロンビア人から、一緒に現金輸送車を襲おうって誘われたことは?」

「一度もないね、そういうこと」

「『三華盟《サンホアモン》』って、チャイニーズ・マフィア名を聞いたことは?」

鰐沢は畳みかけた。

アリが首を横に振った。空とぼけているようには見えなかった。鰐沢は、銃口をゴーラムの眉間《みけん》に移した。

そのとたん、髭面の男はわななきはじめた。歯の根も合わないらしく、かちかちと鳴っている。

「正直に答えりゃ、シュートはしない」

「わたしの答え、みんな、アリと同じ。ほんとにほんとね」

「どうかな?」

「わたし、あなたを騙《だま》してないよ」

「それじゃ、テストしてみよう」

鰐沢は安全装置を解除し、引き金の遊びをぎりぎりまで引き絞った。

「撃つな、撃たないでくれ。わたし、ほんとに嘘《うそ》ついてないよ」

「片耳ぐらい吹っ飛ばしてもいいいな」

「や、やめてくれーっ」

ゴーラムが涙声で哀願し、股間《こかん》から湯気を立ち昇らせはじめた。恐怖に耐えられなくなって、失禁してしまったのだ。

「日本人にドラッグなんか売ってないで、イランで地道に働くんだな」

鰐沢はシグ・ザウエルを腰に戻し、二人のこめかみに一発ずつ蹴りを見舞った。アリとゴーラムは手脚《てあし》を縮め、のたうち回りはじめた。

公園の前には、五、六人の通行人がいた。

だが、鰐沢を咎《とが》める者はひとりもいなかった。彼の凄《すご》みのある容貌に恐れをなしているのだろうか。そうでないとしたら、野次馬たちは不良外国人どもの存在を苦々しく感じているのだろう。

鰐沢は公園を出ると、桜通りの方に引き返した。あずま通りにぶつかるまで歩いた。あずま通りを左に曲がり、新宿区役所の駐車場側を回り込んで区役所通りに出る。どこか中国クラブに入って、ホステスから情報を集める気になった。

鰐沢は区役所通りに面した飲食店ビルの袖看板を仰いだ。

そのとき、携帯電話の震動が体に伝わってきた。電話をかけてきたのは、梶浦だった。

「キャップ、ボーイの李《リー》を押さえました」

「いま、どこだ？」

「風林会館の斜め前にある新光ビル、ご存じですか?」

「ああ、知ってる」

「新光ビルの隣にある雑居ビルの共同トイレの大便用ブースに閉じ込めてあります。えーと、五階です。ちょっと痛めつけたんですが、急に金回りがよくなったことを吐こうとしないんですよ」

「すぐ近くにいるんだ。そっちに行く」

鰐沢は電話を切って、区役所通りを横切った。

職安通りに向かって六、七十メートル歩くと、目的の古ぼけた雑居ビルが見えてきた。八階建てだった。

鰐沢はエレベーターで五階に上がった。

廊下の両側に税理士事務所や整体治療院などが並んでいる。共同トイレは、その奥にあった。出入口の前で、梶浦が待っていた。

「人が来たら、追っ払ってくれ」

鰐沢は手洗いの中に入った。ブースは三つあった。

一番奥の個室に、二十七、八の男がいた。後ろ手錠を打たれ、便座に腰かけていた。

顔面が腫《は》れ、鼻血を垂らしている。唇も切れていた。やや長めの髪は、ぼさぼさだ。

「中国クラブのボーイをやってる李《リー》だな?」

「そう。あなたも刑事か？」

李《リー》がおどおどした顔で問い、追いつめられた小動物のような目を向けてきた。

「強制送還されたくなかったら、協力してくれ。あんた、急に金回りがよくなって、豪遊してるらしいな」

「お金、中国のお父さんが送ってくれた。だから、友達と中国クラブに行った。それ、悪いことじゃないでしょ？」

「鼻血が口の中に流れ込んで喋りにくそうだな。顔をきれいにしてやろう」

鰐沢は李《リー》を立たせ、便器と向き合わせた。

「あなた、何する？」

「すぐにわかるさ」

「わたしの顔、便器の中に入れるか？　それ、ひどい。わたし、いやだよ」

李《リー》が肩を振って抗《あらが》った。

鰐沢は李《リー》の頭を便器の底に押し込み、流水レバーを捻った。水が勢いよく流れ、李《リー》がくぐもった叫び声をあげた。

溜《た》まりの部分の水は、瞬《またた》く間に鮮血で赤く染まった。鰐沢は、ふたたびレバーを回した。同じことを十度繰り返すと、李《リー》が苦しそうに喋った。

「わたし、お金拾った。道端で、百万円拾ったよ」

「時間稼ぎしてるうちに、便器の中で水死しちまうぞ」

鰐沢は李《リー》の顔面を便器の底に押しつけ、またもや水を流した。李《リー》がもがいて、懸命に頭をもたげる。

「わたし、密航した中国人ホステス脅《おど》して、百万円貰《もら》ったよ。でも、もうお金遣《つか》っちやった」

「『三華盟《サンホアモン》』の誰かに頼まれて、現金輸送車を襲ったんじゃねえのかっ」

「わたし、そんなことしてない。『三華盟《サンホアモン》』って、何?」

李《リー》が訊いた。

「粘るな」

「その言葉、よくわからない」

「しぶといって意味さ。おまえのことは、楊義安《ヤンイオン》から聞いたんだ。楊《ヤン》は日本のデパートや銀行の金を強奪したことを認めてるんだよ」

鰐沢は鎌をかけた。

「その男のこと、わたし、知らないよ。何者なの?」

「楊義安《ヤンイオン》は、おまえのことを知ってるような口ぶりだったぜ」

「その男、嘘ついてる。わたし、そいつのこと、ほんとに知らない」

李《リー》がそう言い、声をあげて泣きはじめた。芝居を打っているようには見えない。

「おい、手錠《ワッパ》外してやれ」

　鰐沢はブースから出て、梶浦に命じた。

　梶浦が李《リー》の両手を自由にしてやった。ブースの床に坐り込んだ李《リー》が泣きながら、鰐沢に問いかけてきた。

「わたし、警察に捕《つか》まるのか？」

「今回は大目に見てやろう。しかし、また同胞の女から金を脅し取ったら、日本の刑務所行きだぞ」

　鰐沢は李《リー》に言い捨て、梶浦と共同トイレを出た。

　雑居ビルを出たとき、麻衣から電話がかかってきた。

「楊義安《ヤンイイオン》のことだけど、その名前では警察庁や東京入管のコンピューターには登録されてませんでした。その人物が実在するんなら、密入国したんでしょうね」

「そうなんだろう。『青林《チンリン》』の汪《ワン》のほうは？」

「汪有光《ワンヨウグアン》のことは、ちゃんと登録されてました。北京出身で、五十一歳です。住所や家族構成もわかりました。いま、教えましょうか？」

「いや、後でいい。ジャファリは、まだ自宅マンションに戻ってないんだな？」

　鰐沢は確かめた。

「ええ」

「いま、梶と一緒なんだ。梶をそっちに行かせるから、二人でジャファリを締め上げてくれ」

「キャップは、どうされるんですか？」

麻衣が訊いた。

「中国クラブを何軒か回って、ホステスから情報を集めるつもりだ」

「ホステスさんは、切れ込み《スリット》の深いチャイナ・ドレスを着てるんでしょうね？」

「そういう店もあるだろうな」

「キャップ、鼻の下を長くして仕事を忘れちゃ駄目ですよ」

「おまえさん、いつからおれの女房になったんだ？」

「あっ、ごめんなさい」

「冗談さ。気にするな」

鰐沢は通話を切り上げ、梶浦にジャファリのことを説明しはじめた。

第二章　怪しい上海マフィア

1

頭の芯《しん》が重い。

生欠伸《なまあくび》も出る。明らかに寝不足だ。

鰐沢は背凭《せもた》れに上体を預け、長い両脚を机の上に投げ出していた。桜田物産の社長室である。

昨夜、鰐沢は梶浦と別れたあと、三軒の中国クラブを回った。中国人ホステスたちと冗談を交わしながら、さりげなく楊義安《ヤンイーオン》のことを訊《き》いてみた。

だが、楊《ヤン》という男や『三華盟《サンホアモン》』のことを知っているホステスはいなかった。別に一見《いちげん》の客を警戒して、空とぼけている気配はうかがえなかった。

中国系マフィアは、日本の暴力団員のように力を誇示したりしない。目立つ場所に組事務所を構えたり、代紋をちらつかせるようなこともない。

もちろん、犯罪組織のアジトはある。しかし、それは関係者だけしか知らない。

メンバーの行動そのものが秘密のヴェールに覆《おお》われている。日本のやくざと違って、流氓《リュウマン》が群れて盛り場をのし歩くといったことはない。

マフィアの幹部たちの多くは、貿易会社、漢方薬店、不動産業、飲食店など生業《なりわい》を持っている。そんな彼らが裏で麻薬や拳銃の密売、蛇頭ビジネス、売春クラブ、中国賭博《とばく》などで巨額の黒い金を吸い上げている事実を家族でさえ知らないことが少なくない。

歌舞伎町は、黒社会の男たちが堅気を装いやすい盛り場である。

不夜城と呼ばれる当地の土地や建物の約七割は、華僑《かきょう》系が所有している。その二割は、日本人妻や帰化中国人の名義になっている。残りの三割の不動産は韓国人や日本人の所有物件だ。

そんなわけで、中国大陸や台湾からの流れ者たちが同胞の持ちビルのテナントになるケースが多い。つまり、歌舞伎町には黒社会の男たちが溶け込みやすい土壌があるわけだ。

華僑の進出は、歌舞伎町に限ったことではない。都内のほとんどの繁華街、横浜、大阪、神戸などにも及んでいる。

チャイニーズ・マフィアの結束は固い。手口が荒っぽいことでも知られている。

ニューヨークやロサンゼルスのチャイナ・タウンを根城に急激に勢力を拡大した組

織は、敵対関係にあるベトナム系や韓国系ギャングを白昼堂々と機関銃で始末してしまった。長いことアメリカの暗黒社会に君臨してきたイタリア系マフィアですら、いまや中国人マフィアを恐れている始末だ。

彼らがその気になれば、華僑の多い新宿歌舞伎町の裏社会を支配することはたやすいだろう。現に他《た》の外国勢力を取り込んだ『三華盟《サンホアモン》』が結成されている。

きのうの夜、稲森会と住川会の二次団体の組事務所が中国人と思われる二人組に襲撃されたことを考えると、やはり『三華盟《サンホアモン》』は歌舞伎町の闇社会を牛耳る気でいるのだろう。一連の現金強奪事件は、抗争の資金集めが目的なのではないか。

「キャップ、こちらに来てください！」

隣の無線室から、麻衣の大声が響いてきた。

鰐沢は机から脚を下ろし、社長室を走り出た。無線室に駆け込むと、警視庁通信指令室と所轄署の無線交信が流れてきた。

「極友会系の二次団体の事務所が爆破されたようだな？」

「ええ。ラジコン・ヘリがビルに激突したとたん、大爆発が……」

「おそらくラジコン・ヘリには、軍用炸薬《さくやく》が積まれてたんだろう」

「そうなんだと思います。事件発生時刻は、午後四時四十五分です」

麻衣が報告した。

「被害状況は？」

「狙《ねら》われた八階建てのビルは大破して、隣接の三棟のビルも半壊した模様です。大勢の死傷者が出たようですが、その正確な内訳はわかりません」

「犯人《ホシ》は？」

「まだ確保されてません。現場から百メートルほど離れた雑居ビルの屋上でラジコン・ボックスを抱えた操縦者《ハンドラー》が目撃されてますが、人相着衣《ニンチャク》はまだわかっていません」

「その目撃者《モク》が一一〇番通報したのか？」

「ええ、そうです。容疑者のいたビルの隣のオフィスビルの九階の窓から、偶然、犯行を目撃したようです。通報者はラジコン・ヘリが極友会系のビルに激突した直後、勤務先の電話で一一〇番した模様です」

「そうか」

「わたし、その目撃者と接触してみます」

「いや、わざわざ会いに行くことはないだろう。逃げた被疑者《マルヒ》の人相着衣《ニンチャク》は、じきにわかるさ」

「それは、そうでしょうけど……」

「明け方までジャファリの家《ヤサ》の前で張り込んでたんだ。少し体を休めておけよ」

鰐沢は部下を労《いたわ》った。

「梶さんと一緒にジャファリの部屋に踏み込むつもりだったのに、結局、空振りになってしまって」

「そう焦《あせ》るな。おれだって、収穫はなかったんだ」

「梶さんから、何か連絡は？」

「いや、何もない」

鰐沢は短い返事をした。梶浦は高円寺の自宅マンションで仮眠をとり、またジャファリの塒《ねぐら》を張り込み中だった。

「ジャファリは、コロンビア生まれの愛人と旅行に出かけてるのかしら？」

「のんびり旅なんかしてないだろう。おそらく二人は、密売用のコカインか何かをどこかに取りに行ったんだろう」

「そうかもしれませんね。それはそうと、これで関東やくざの御三家がすべて襲撃されたわけか」

「そうだな。これまでの流れから考えて、ラジコン・ヘリを飛ばした奴は中国人マフィアのメンバーだろう」

「わたしも、そう思います。楊義安《ヤンイオン》の居場所がわかれば、大きな手がかりを得られるんですけどね」

「まだ捜査二日目なんだ。あまり急《せ》くな」

「はい」

麻衣が素直に答えた。

きょうも息を呑むほど美しかったが、顔色はすぐれない。睡眠不足のせいだろう。

「おまえさんは、きょうはここで警察無線を聴いてろ。おれは歌舞伎町で、また情報集めをする」

「夜になったら、また中国クラブを回るんですね？」

「別にホステスを口説《くど》きに行くわけじゃない」

「それはわかってますけど、キャップが中国生まれの美女たちに取り囲まれて、お酒を飲んでる姿を想像すると、なんだか……」

「何を言ってるんだ。たとえ絶世の美女たちにうまいことを言われたって、おれは公私混同するような男じゃないよ」

「そうですよね。すぐに新宿に行かれるんですか？」

「いや、その前にヤメ検先生の事務所に寄ってみるつもりなんだ」

「畑先生のオフィスに何をしに行くんです？」

「あの先生は、密入国した中国人ホステスと日本人男性の偽装結婚に絡《から》むトラブルの法的処理を何件も扱ってる。当然、蛇頭組織に精《くわ》しいはずだ」

「蛇頭組織から、楊義安《ヤンイオン》のことを探り出そうというわけですね？」

「そうだ。留守番を頼む」

鰐沢は無線室を出て、社長室に戻った。

外出の支度をしていると、机上の警察電話が鳴った。鰐沢は素早く受話器を取った。

「わたしだ」

子安警視総監だった。

「何か緊急連絡でしょうか？」

「いや、そういうわけじゃないんだ。きのうの晩、稲森会と住川会の二次団体に爆発物が投げ込まれ、ついさっきは極友会の下部組織のビルが爆破されたね？」

「ええ。きょうの事件は、少し前に警察無線で知りました」

「関東やくざの御三家が相次いで狙われたのは、もちろん単なる偶然じゃないだろう」

「でしょうね」

「わたしは、御三家に次《つ》ぐ広域暴力団が外国人マフィアたちを使って一連の現金強奪事件と稲森、住川、極友のビッグスリーの二次団体を襲撃させたんじゃないかと……」

「それも考えられますね。わたしは、中国人を中心とした外国人マフィア集団の犯行《ヤマ》と睨《にら》んでたんですが」

鰐沢はそう前置きして、『三華盟《サンホアモン》』のことを詳しく話した。

「きみの推測が間違ってるとは言わんが、中国人犯罪者たちが大同団結して、歌舞伎町の暗黒社会の頂点に立とうと考えるかね？　彼らの全員とは言わないが、大半の者が日本に不正な手段で潜り込んだはずだ」

「それは、その通りだと思います」

「そんな彼らが警察を挑発するようなことをしても、あまりメリットはない。逮捕されたら、歌舞伎町で稼《シノ》ぐことができなくなるからな」

「確かに、おっしゃる通りですね」

「その『三華盟《サンホアモン》』が北京、上海、福建グループの混成組織であっても、彼ら自身が歌舞伎町の支配者になる気でいるわけではないんじゃないかね？」

「つまり、連中を巧《たく》みに煽《あお》って関東の御三家潰しを企んでるのは、日本の暴力団ではないのかと……」

「ま、そういうことだ。わたしは、どうもそんな気がするんだよ。で、余計なことは思ったんだが、一応、きみに話しておくことにしたんだ」

　子安が言った。

「とても参考になりました。間接的ながらも御三家に喧嘩《けんか》を売れる組織となると、関東で四番目の勢力を誇る東和一心会《とうわいっしんかい》と五番手の手嶋《てじま》連合ぐらいでしょう」

「だろうね。本庁組織犯罪対策部第四課と新宿署から、東和一心会と手嶋連合の水面下の動きを少し探らせてみようか？」

「ええ、お願いします」

「捜査資料が揃《そろ》ったら、そっちにファックス返信するよ」

「助かります」

鰐沢は静かに受話器を置き、ほどなく社長室を出た。もちろん、愛梃のシグ・ザウエルＰ226は携帯していた。

地下一階の駐車場でボルボに乗り込み、新橋に向かった。

畑弁護士の事務所は、新橋五丁目の雑居ビルの十階にある。十数分で、目的のビルに着いた。鰐沢はボルボを路上に駐《と》め、畑法律事務所のドアを押した。

顔馴染《なじ》みの女子事務員がにこやかに挨拶《あいさつ》し、畑が奥の部屋にいることを告げた。鰐沢はノックをして、仕切りドアを開けた。

弁護士は執務机に向かって、裁判記録に目を通していた。背後の書棚には、法律関係の分厚い専門書がびっしり並んでいる。

「わたしの出番がもう回ってきたんかいな。ギャラ先払いやと、人使いが荒いなあ」

「きょうは、ちょっとした情報を貰《もら》いにきたんですよ。先生、蛇頭組織にパイプを持ってますよね？」

「詳しいことを聞こやないか。コーヒーでええね？」

「はい」

鰐沢はうなずいた。畑がインターカムで女子社員に二人分のコーヒーを用意するよう命じ、椅子から立ち上がった。

二人は窓際に置かれたソファ・セットに腰かけた。

「密入国者の中に、楊義安《ヤンイオン》という上海出身の男がいるかどうか調べてもらいたいんですよ」

鰐沢は楊《ヤン》について、知っていることをすべて話した。

「上海の男なら、東シナ海で台湾船に乗り換えて、与那国《よなぐに》ルートで密入国したんやないかな。その楊《ヤン》いう男が上海の黒社会の人間やったら、韓国船を乗り継いで、日本海側のどっかから上陸したのかもわからん。与那国ルートは海上保安庁に取っ捕まりやすいから、最近は房総や秋田あたりから潜り込む密航者が増えてんねん。北海道の人気《ひとけ》のない海岸から上陸する者も多《おお》なったな」

「密航費用の相場は、いま現在も日本円にして三百万円ぐらいなんでしょ？」

「だいたいそんなもんやけど、成功率の低い蛇頭は一、二割の割引きをさせられてるみたいやね。それでも、一カ月四万円程度で家族全員が暮らせる中国じゃ、大変な巨額や。そやから、密入国者の大半が密航費用を丸々借金して、こっちに来るわけや」

「入管のデータによると、毎年七千人以上の密入国者がいる。そのうちの大半が出稼ぎ目的の中国人だと言われてますよね？」

「そやな。けど、それは逮捕《パク》られた不法入国者数や。実際には毎年、数万人の中国人が日本に潜り込んどる」

「恐ろしい数字だな」

「ほんまやね」

畑がそう言って、脚を組んだ。

多くの中国人密航者は目的地に着くと、まず家族に連絡をとる。家族は、それから三日以内に地元のブローカーである蛇頭に密航費用を全額支払う。蛇頭組織は、密航の協力者である船主や出迎え役の在日中国人や日本の暴力団に成功報酬を渡す。

それが蛇頭ビジネスの流れだ。家族が密航費用の都合をつけられない場合は、出迎え蛇頭が密航者を監禁してしまう。

無事に日本に潜り込めたとしても、不況下の日本で高賃金を得られる仕事にはありつけない。しかし、多額の借金を背負っている彼らは何が何でも働かなければならない。

密航費用を高利で借りていたら、一日も早く返済をしなければ、いたずらに金利が増えることになる。

借金の額の小さな者は、同郷や同族の親方である老板《ラオパン》の世話で、建設現場や産廃処分場などで働く。手配師は工頭《コントウ》と呼ばれている。

大きな借金のある密航者は、まともな仕事では返済ができない。

彼らは生きるため、各種カードの偽造、不正パチンコ、窃盗、強盗、賭博《とばく》、売春と転落していく。そうした犯罪者が次第にマフィア化し、黒社会を支えているわけだ。

不法残留者や不法就労者が稼ぎ出した金は、同胞の営む地下銀行を通じて故郷の家族に送られる。この闇《やみ》の銀行は、もちろん日本の法律に触れる。

しかし、利用者は多い。地下銀行一行の年間平均送金総額は約一千億円と言われている。日本の警察は、まだ地下銀行の正確な数字を把握していない。

二十四時間営業の闇銀行は、〝幇《パン》〟をベースにした相互扶助組織で、信用を第一としている。送った金は即日、あるいは翌日には指定した家族に必ず手渡される。その受け渡しは、路上や駅構内で行われることが多い。

領収証の類《たぐい》は、いっさい発行されない。それでいて、まずトラブルは起きない。地域の相互信頼が強いからだ。

大口送金者の約九割が黒社会関係者だ。

彼らは麻薬や拳銃の密売で荒稼ぎした裏金を中国本土に送りつづけている。すでに数兆円の巨額が中国に流れているはずだ。

「密入国者を減らすには、すべての外国人に就労ビザを与えるべきなのかもしれないな」

　鰐沢は個人的な意見を述べた。

「それで、数の規制はでけるけど、国内の失業者は面白《おもろ》ないやろな。自分らの職を奪われた言うて、ドイツやフランスみたいに出稼ぎ労働者をいじめる奴が出てくるんやないか」

「そうでしょうね」

「ほんま、困った問題やで」

　畑が苦笑した。

　そのとき、女子事務員がコーヒーを運んできた。ブルーマウンテンの香りが漂ってきた。女子事務員はテーブルに二つのコーヒーカップを置くと、じきに下がった。

「ふだんはモカとコロンビアのブレンドしたコーヒーを飲んどるんやけど、きのう、百万円の臨時収入があったさかい、ちょっと贅沢《ぜいたく》させてもろたん。遠慮せんと、飲んでや」

「お代わりするかもしれませんよ」

　鰐沢はコーヒーを口に運び、キャビンに火を点《つ》けた。

　畑はコーヒーを飲み終えると、執務机に向かった。電話簿を見ながら、七、八カ所に電話をかけた。だが、楊義安《ヤンイオン》の密航の手助けをした蛇頭はいなかった。

「楊《ヤン》は偽造パスポートを使って、まんまと日本に潜り込んだようやな」

「そうなんでしょう。中国に身分照会をしても、当該者の戸籍はないという回答が返ってきそうだな。なんとか自分で、楊義安《ヤンイオン》と名乗ってる人物を見つけ出しますよ」

鰐沢は、すっくと立ち上がった。

2

瓦礫《がれき》の山だった。

コンクリートの塊《かたまり》や捩《ねじ》れた鉄筋が折り重なっている。まるでロケット砲を撃ち込まれたような惨状だ。

鰐沢は、極友会羽根木《はねぎ》組の事務所前に立っていた。畑弁護士の事務所を出たあと、歌舞伎町に来たのである。

夕闇が濃い。

とうに現場検証は終わり、事件現場に制服警官たちの姿はなかった。警察無線で、羽根木組の組員が十六人も爆死したことを知った。重軽傷者は二十人以上もいるらしい。

隣接している三棟のビルも半壊状態だ。ラジコン・ヘリコプターに搭載されていたのは、やはり軍用爆薬のＲＤＸだった。新宿署の鑑識課は、推定搭載量を〇・〇五キロと算出している。

また、新宿署に常駐している機動捜査隊は初動捜査でラジコン・ヘリコプターを操っていた三十歳前後の男が逃げる途中に通行人にぶつかった際、中国語で相手を怒鳴りつけたことを確認した。ただ、北京語か上海語かは判然としないらしい。

キャビンに火を点けたとき、花道通りの方から和服姿の笠原がやってきた。鍔沢は畑法律事務所を出たとき、笠原に東和一心会と手嶋連合の動きを探るよう頼んであったのだ。

「だいぶお待ちになったんですかい？」

「七、八分前に着いたんだ。で、どうだったのかな？」

「東和一心会も手嶋連合も、御三家のどことも喧嘩《ゴタ》は起こしてねえようですぜ。それどころか、友好的なつき合いをしてますね」

「そう」

「あっしがこんなことを言っていいのかどうかわかりやせんが、東和一心会も手嶋連合も御三家を敵に回すようなことはしねえでしょ。御三家が共同戦線を張ったら、どっちもぶっ潰《つぶ》されるでしょうからね」

「そうかもしれないな。しかし、新興組織の中には狂犬集団もいる。そんな奴らが

『三華盟《サンホアモン》』を焚《た》きつけた可能性もあるんじゃないか？」

鰐沢は、短くなったキャビンを足許《あしもと》に落とした。すぐに火を踏み消す。

「そいつは否定できませんやね。狂犬集団というと、立川の暴走族チームが母体になってる龍昇会《りゅうしょうかい》、それから関東各地の絶縁組員たちが集まってる風転会《ふうてんかい》あたりかな。どっちも構成員は四、五十人ですが、暴対法なんか目じゃないって奴らばかりです。連中は外国人マフィアとも積極的につき合ってるようですぜ」

「若頭《カシラ》、龍昇会と風転会の線を少し洗ってみてくれないか」

「わかりやした。それはそうと、『青林《チンリン》』をもっと揺さぶってみたほうがいいんじゃねえですかい？　その上海レストランで暮れに『三華盟《サンホアモン》』の結成祝賀会が催されたんなら、楊義安《ヤンイオン》という野郎と何らかの接点があると思うんですよ」

「そうだね。雑誌記者に化けて、あの店の支配人か社長の汪有光《ワンヨウグアン》に直《じか》に当たってみよう」

「そうですかい。それじゃ、あっしは龍昇会と風転会のことを……」

笠原が懐手《ふところで》で、ごく自然な足取りで遠ざかっていった。

鰐沢は、近くに駐めてあるボルボに乗り込んだ。花道通りを左折し、西武新宿駅前通りに出る。

鰐沢は『青林《チンリン》』の数十メートル手前で車を路肩に寄せ、変装用の黒縁眼鏡をかけた。

前髪を額いっぱいに垂らし、ルームミラーを覗《のぞ》く。だいぶ印象が違って見える。きのう、短い会話を交わしたウェイトレスにも気づかれないだろう。

いつも鰐沢は、数十種の偽名刺を持ち歩いている。必要に応じて、それらの偽名刺を使い分けていた。

『青林《チンリン》』では、大手出版社が発行している男性向き週刊誌の特約記者の名刺を使うつもりだった。出版社名や連絡先に偽りはないが、むろん記者は実在しない。

鰐沢は車を降り、目的の店に急いだ。

レジ・カウンターの横に、支配人の唐《タン》が立っていた。昨夜のウェイトレスの姿は見当たらなかった。

「いらっしゃいませ。おひとりですか？」

黒服の支配人が少し訛《なまり》のある日本語で訊いた。

「食事をしに来たわけじゃないんです。実は、取材の申し込みなんですよ」

「取材？　新聞社の方ですか？」

「いいえ。『週刊トピックス』の中村一郎といいます」

鰐沢は焦茶《こげちゃ》のスエード・ジャケットの内ポケットから名刺入れを抓《つま》み出し、偽の名刺を手渡した。

「どういう取材なんですか？」

「都内で本格的な中華料理を食べられる店を地方料理別に数店ずつ、グルメ記事で紹介しようという企画があるんです。『青林《チンリン》』さんには、上海料理の超一流店ということで、ぜひ、ご紹介させてもらいたいんですよ」

「それは、いい話ですね」

「オーナーの方がいらっしゃったら、お取り次ぎ願いたいんです」

「わかりました。少し前に店に社長の汪有光《ワンヨウグアン》が顔を出しましたので、あなたのことを伝えましょう。この名刺、預からせてもらいます」

唐《タン》がそう言い、二階に上がった。

鰐沢は、レジから少し離れた場所に立った。待つほどもなく、支配人が戻ってきた。

「社長は喜んで取材に協力させていただくと申しています」

「それは、ありがたいな。すぐに汪《ワン》社長に会わせていただけるんですね？」

鰐沢は確かめた。

唐《タン》が大きくうなずき、案内に立った。鰐沢は後に従った。

導かれたのは、二階のクロークの脇《わき》にある事務室だった。

五十年配の恰幅《かっぷく》のいい男が待ち受けていた。社長の汪《ワン》だった。

「初めまして、中村です。どうぞよろしく」

「こちらこそ、よろしく。『週刊トピックス』は時々、読んでますよ」

汪《ワン》が滑《なめ》らかな日本語で言った。

「日本語、お上手ですね？」

「もう三十年近く日本にいますからね。東京工大に留学したころは、挨拶程度の日本語しか知らなかったんです」

「留学体験がおありだったのか」

「東京工大の大学院で電子工学の勉強をしたんですが、結局、事業家になってしまいました」

「そうですか。十分ほど取材に時間を割《さ》いていただけますか？」

鰐沢は問いかけた。

「十分と言わず、二十分でも三十分でもどうぞ。当店のことを記事にしていただけるんですから、全面的に協力しますよ」

「よろしくお願いします」

「こちらで話をしましょう」

汪《ワン》が総革張りの黒いソファ・セットを手で示し、黒服の支配人を下がらせた。

鰐沢と汪《ワン》はコーヒーテーブルを挟んで向かい合った。

「特約記者とお名刺に刷ってありますが、これは『週刊トピックス』の正規の編集部員ではないということですね？」

汪《ワン》が偽名刺を見ながら、遠慮がちに訊いた。

「ええ、そうです。わたしは契約ライターなんです。取材して執筆した記事の原稿料を発行元の文英社から貰ってるわけです」

「そうですか」

「正規の編集部員ではありませんが、取材させていただいた記事が没になるようなことはありません。グルメ特集は、再来週《さらいしゅう》号の目玉の一つですんで」

「それは楽しみです。只《ただ》で店の宣伝をしていただけるわけですから、こちらとしては大歓迎ですよ」

「それでは、さっそく取材をさせてもらいます」

鰐沢はもっともらしく開業年度や従業員数などを質問し、メモを執る振りをした。

上海料理に話が及んだころ、黒服の支配人がジャスミン茶と数種の点心を運んできた。

唐《タン》は、すぐに下がった。

「どうぞ点心を摘《つま》んでください。小海老のすり身の包子《パオズ》揚げは、当店オリジナルの点心なんですよ」

汪《ワン》が得意顔で言った。

「後で、ご馳走《ちそう》になります」

「そうですか」

「最後の質問ですが、『青林《チンリン》』さんで心がけていらっしゃることは？」

「わたしは、料理は真心だと考えてるんですよ。すべてのお客さまを自分の家族や友人と思って、心からもてなすよう従業員たちにうるさく言ってます」

「料理は真心か、いいお言葉ですね」

「わたしのモットーは、必ず記事に書いてくださいね」

「わかりました」

「記事に写真は添えられないんですか？」

「もちろん、添えます。数日中に、文英社専属のカメラマンが撮影にお邪魔させてもらうことになると思います。その節は、よろしくお願いします」

「どういう写真を……」

「店内と人気メニューの写真を添えるつもりでいます」

鰐沢は適当に話を合わせ、ジャスミン茶を啜《すす》った。

「点心もどうぞ」

「ええ、いただきます」

「当店のことは、どなたから聞かれたんです？」

「楊義安《ヤンイオン》さんですよ」

「えっ」

汪《ワン》の顔から、血の気が失《う》せた。

「どうしてそんなにびっくりなさったんです?」

「あなた、あの男と親しいんですか?」

「いいえ、取材で一度お目にかかっただけです」

「悪いことは言いません。楊義安《ヤンイオン》とは親しくならないほうがいいですよ」

「なぜなんです?」

鰐沢は探りを入れた。

「あの男には悪い噂《うわさ》が多すぎます。上海の黒組織の幹部で、人民解放軍の人間と結託して、軍の倉庫から制式自動小銃AK47を大量に盗んで台湾の武器ブローカーに売ったとか、死刑囚の臓器を東南アジア在住の華僑《かきょう》たちに法外な金額で横流ししてたとかね。上海で、浮気をした愛人の首を青竜刀で刎《は》ねて、三年前に日本に逃げてきたという話も聞いてます」

「そんな大悪党だったのか。驚きました」

「あの男は以前、ここでよく食事をしてたんですが、ほとんどお金は払ってくれません。お金の催促をすると、上半身裸になって、必ず刺青《いれずみ》を見せるんです。中国の刺青は筋彫《すじぼ》りだけなんですが、まともな人間は彫りものなんか入れません」

「そうでしょうね」

「去年の暮れに楊義安《ヤンイオン》は、この店で新宿にいる怪しげな中国人たちを集めて、『三華盟《サンホアモン》』という組織の結成パーティーを開きました。そのときの費用も踏み倒されてしまいました。おそらく彼は北京や福建の流氓たちに呼びかけて、中国人マフィアの新組織を作ったんでしょう。楊《ヤン》たちは、イラン人やコロンビア人を手下にして、何か悪いことを企んでるのかもしれません。同胞に楊《ヤン》のような人間がいると思うと、情けなくなります」

汪《ワン》は忌々《いまいま》しげだった。

「楊《ヤン》さんはわたしに住まいを教えてくれなかったんですが、この近くのマンションで暮らしてるのかな？」

「ホテルを転々としてるようですが、自分の店には毎晩、顔を出してます」

「自分の店というのは？」

「アシベ会館の真裏にある『スカーレット』という上海クラブです。楊義安《ヤンイオン》は前のオーナーの中国人をいかさま賭博に誘い込んで、借金の形《かた》に店を乗っ取ったみたいですよ。前のオーナーは、ショックで気が触れてしまったんです。とにかく、あの男は悪い奴です。おそらく楊義安《ヤンイオン》というのは、偽名なんでしょう。黒社会の連中は全員と言っていいほど偽造パスポートで日本に入国してますからね」

「そうなんですか」

「とにかく、楊《ヤン》のような人物とはつき合わないことです。ああいった連中は、わずか数十万円の謝礼で平気で人殺しをやりますからね。それも外国人ばかりじゃなく、同じ中国人も殺してしまうんです」

「怖い話だな」

「ええ、その通りです。楊《ヤン》なんかとは二度とつき合わないことです」

「そうします」

鰐沢は点心を食べ終えると、ほどなく辞去した。

ボルボのドア・ロックを外したとき、携帯電話が鳴った。発信者は梶浦だった。

「たったいま、ジャファリが自宅マンションに戻ってきました。髪をブロンドに染めたコロンビア人らしい女と一緒です」

「多分、エスメラルダだろう。五、六分で、そっちに行く」

鰐沢は電話を切り、急いで車に乗り込んだ。

ボルボの車首を変え、職安通りを突っ切る。中低層のマンションやオフィスビルの連《つら》なる裏通りを数百メートル進むと、ハザード・ランプを灯《とも》したジープ・チェロキーが視界に入った。『隼』の四輪駆動車だ。車体の色はダークグリーンだった。

鰐沢は、四輪駆動車の後ろにボルボを停めた。

梶浦がジープ・チェロキーから降り、足早に近づいてくる。鰐沢も車を降りた。

「部屋に入った二人は、ジャファリとエスメラルダに間違いありません。マンションの居住者に人相着衣《ニンチャク》を確かめたんです」

「そうか。部屋は？」

「五〇六号室です。ベランダは裏庭に面してて、隣接してる建物には飛び移れません。それから、ジャファリは帰ってきたとき、大きな旅行鞄《かばん》を持ってました。かなり重そうでしたから、中身はコカインかもしれません」

「ああ、おそらくな。で、部屋の様子は？」

「廊下に面した浴室から、男のハミングが聴こえました。ジャファリがシャワーを浴びてたんでしょう」

「そうか。十分経ったら、部屋に押し入ろう。万能鍵、持ってるな」

「キャップ、素人扱いしないでくださいよ」

「念には、念を入れとかないとな。いったん車に戻って、拳銃《ハンドガン》に消音器を嚙ませといてくれ」

「了解！」

梶浦が自分の車に駆け戻った。

鰐沢もボルボに乗り込み、シグ・ザウエルP226に消音装置を付けた。筒型で、長さ十五センチだ。内部には、一センチ間隔にゴム・バッフルが並んでいる。

鰐沢はゆったりと煙草を喫った。

それから間もなく、車を降りた。梶浦も外に出てきた。二人とも、サイレンサー付きの自動拳銃を腰の後ろに差し込んでいた。

『カーサ大久保』は、九階建ての賃貸マンションだった。玄関はオートロック・システムではない。

二人はエントランス・ロビーに入った。

誰もいなかった。鰐沢と梶浦はエレベーターに乗り込むと、ほぼ同時にペッカリーの手袋を嵌《は》めた。革はビロードのように柔らかい。

五階でエレベーターを降り、五〇六号室に急ぐ。

梶浦が長い棒状の万能鍵を使って、ドア・ロックを解《と》いた。鰐沢は拳銃を手にして、先に玄関の中に入った。

奥の部屋から、女のなまめかしい呻《うめ》き声が響いてきた。男の乱れた息遣いもする。

鰐沢は土足のまま、室内を進んだ。梶浦が従《つ》いてくる。

間取りは1LDKだった。右手にある寝室のドアは開け放たれている。照明が灯っていた。ダブルベッドの上で、ジャファリとエスメラルダが交わっていた。

どちらも全裸だった。騎乗位だ。ジャファリの上に跨《また》がったエスメラルダは自分の豊満な乳房を両手で揉みながら、腰を大きく弾ませていた。

ジャファリはパートナーの敏感な突起を指で刺激しつつ、腰全体を下から突き上げている。二人とも繋みが濃かった。

「お娯《たの》しみは、そこまでだ。二人とも動くなっ」

鰐沢は大声で言い、二人に銃口を向けた。

ジャファリとエスメラルダが同時に驚きの声を放つ。梶浦がベッドを回り込み、エスメラルダの小麦色の背中に消音器の先端を押し当てた。エスメラルダの顔が引き攣《つ》った。

「あなたたち、誰っ」

イラン人が声を張った。鰐沢は問いかけた。

「ジャファリだな？」

「なんでわたしの名前知ってる⁉」

「黙って質問に答えるんだ。おまえ、チャイニーズ・マフィアたちとつるんで、現金輸送車を襲ったなっ」

「わたし、真面目ね。そんな悪いことしてない」

「とぼけるつもりか」

「わたし、ほんとに何もしてないよ」

ジャファリが言った。

鰐沢は、ベッドのそばに旅行鞄があることに気がついた。無言で鞄を摑《つか》み上げる。ファスナーは開いていた。中には、白い粉の詰まった透明なビニール袋が幾つも入っていた。

エスメラルダが絶望的な溜息《ためいき》をつき、スペイン語で何か呟《つぶや》いた。鰐沢は鞄を逆《さか》さまにして、中身をジャファリの胸毛の上に次々に落とした。

「こいつはコロンビアのカルテルから流れてきたコカインだなっ」

「…………」

「急に日本語を忘れちまったか。ま、いいさ」

「あ、あなた、彼に何する？」

エスメラルダが不安顔で訊いた。

鰐沢は何も言わずに、ジャファリの右肩に九ミリ弾を浴びせた。ジャファリが獣じみた声をあげ、長く唸《うな》った。

「そう、コカインよ。わたしの友達がコロンビアから、貨物船で名古屋港に。わたしたち、このコカインを取りに行っただけ。まだ売ってない」

エスメラルダが言った。

「こいつをジャファリが売り捌《さば》くことになってるんだな？」

「それ、違うよ。売ってくれるのは中国の楊《ヤン》さんね」

「エスメラルダ、何も言うな」

ジャファリが咎《とが》め、長い枕の下からコルト・パイソンを左手で掴み出した。

先に梶浦のS&W457が小さな発射音を刻んだ。

放たれた銃弾は、ジャファリの顎《あご》の下から脳天に達していた。血と肉片が飛散した。

ジャファリの左手から、コルト・パイソンが落ちた。イラン人の顔は消えていた。

エスメラルダが悲鳴をあげ、死んだジャファリから離れた。

鍍女はベッドの下に転がり落ちると、両手でコルト・パイソンを拾い上げた。撃鉄《ハンマー》が起こされた。その銃口は、梶浦の心臓部に向けられていた。

「銃を捨てろ。女は撃ちたくないんだ」

梶浦がエスメラルダに言った。エスメラルダの指が引き金に深く巻きついた。

鰐沢は迷わずエスメラルダの頭を撃ち砕いた。

彼女の頭部は、西瓜《すいか》のように砕け散った。エスメラルダは壁まで吹っ飛び、その反動でベッドの下に倒れた。梶浦が低く呟いた。

「キャップ、女まで撃つ必要は……」

「その甘さを早く捨てないと、いまに殉職することになるぞ。後片づけは別働隊に任せよう。梶、引き揚げるよう」

鰐沢は部下に声をかけ、血臭と硝煙の漂う寝室を出た。

3

ホステスは美女ばかりだった。

平均年齢は二十二、三だろう。十二人のホステスは、揃ってチャイナ・ドレスに身を包んでいる。

体の線が露《あらわ》で、なんともセクシーだ。

しかも、切れ込み《スリット》が深い。ホステスたちが歩くたびに、肉感的な白い腿《もも》がちらついた。悩ましかった。

『スカーレット』である。店は、アシベ会館の裏手の飲食店ビルの四階にあった。

鰐沢は奥まったテーブル席で、ブランデーを傾けていた。

丸腰だった。携帯電話もボルボの中に置いてある。

ただ、右手首には腕時計型の特殊無線機を嵌《は》めていた。竜頭《りゅうず》がトーク・ボタンになっている。

飲食店ビルの近くには、梶浦がいた。店内で何か起こったら、鰐沢は巨身の部下を呼ぶ手筈《てはず》になっていた。

店内は割に広かった。テーブルは九卓ある。まだ八時前だが、五卓が使われていた。客は日本人ばかりだった。

そのせいか、ホステスは日本名の源氏名《げんじな》を使っていた。鰐沢の席についているホステスは美沙《みさ》と名乗った。二十一、二だろう。コバルトブルーのチャイナ・ドレスを着ている。

「きみの本名を教えてくれないか。中国服の女性に日本人の名前を言われても、なんだかしっくりこないんだ」

鰐沢は言って、キャビンをくわえた。すかさずホステスがライターを鳴らし、曖昧《あいまい》に笑った。それから彼女は、いくらか訛のある日本語で言った。

「玉玲《ユイリン》よ。姓は言わなくてもいいでしょ？」

「ああ。いい名前じゃないか。美沙なんて名より、ずっといいよ」

「わたしも自分の名前、嫌いじゃない」

「二人っきりのときは玉玲《ユイリン》と呼ばせてもらおう」

「ええ、いいわ。お客さんは鈴木和也さんだったわね？」

「ああ」

鰐沢は偽名を使う場合、いつもありふれた姓を名乗ることにしていた。

「お仕事は何？」

「貿易関係の仕事をしてるんだ。きみの国から漢方薬や羽毛《うもう》を大量に買い付けたいと思ってるんだが、ルートがなくてね」

「それなら、この店のオーナーを紹介してあげてもいい。社長の楊義安《ヤンイオン》さんは上海生まれなんだけど、とっても顔が広いね」

「それはありがたいな。その楊《ヤン》というオーナーは、いま、店にいるの？」

「ううん、まだ来てない。いつも九時過ぎに店に来るね」

「それじゃ、それまで飲もう。きみ、カクテルをお代わりしろよ。それから、フルーツも持ってきてもらおう」

「お客さん、いい男性《ひと》！」

玉玲《ユイリン》が棒マッチを擦《す》って、高く翳《かざ》した。

黒服のボーイがすぐに席にやってきた。玉玲《ユイリン》が小声でオーダーした。

ボーイが恭《うやうや》しく鰐沢に頭を下げ、静かに離れていった。

「いまの彼も上海出身なのかな？」

「ええ、そう。毛《マオ》さん、かわいそう」

「なんで？」

鰐沢は訊いた。

「毛《マオ》さんの入った日本語学校、倒産しちゃったね。勉強したのは、たったの二カ月半だった。それなのに、払い込んだ一年分の授業料、一円も返してくれなかったらしいの」

「それは気の毒だな」

「でも、かわいそうなのは毛《マオ》さんだけじゃない。わたしも、かわいそうね」

「どうして？」

「一緒に日本に来た彼氏、北京の女の子を好きになって、わたしの前から消えちゃった。わたしが居酒屋でアルバイトして貯めた三十七万円も、その男に持って逃げられたね」

「悪い男だな。玉玲《ユイリン》ちゃんのようないい女を棄《す》てるなんて」

「わたし、いい女じゃない。どうでもいい女ね」

玉玲《ユイリン》が自嘲《じちょう》し、飲みかけのマルガリータを空けた。

「きみは、いい女だよ」

「ほんとに⁉」

「鈴木さん、奥さんいるの？」

「まだ独身なんだ」

「それなら、わたしと結婚して。日本人と結婚すれば、オーバーステイのことで悩まなくてもいいでしょ。一、二年で離婚してもいいから」

「結婚するには、もっとお互いのことを知らないとな。せいぜい店に通って、きみのことを指名するようにするよ」

鰐沢は相手の気を惹き、煙草の火《ひ》を消した。そのとき、紫色のスーツをまとった妖《よう》艶《えん》な美女が歩み寄ってきた。二十六、七だった。

「ママの清麗《チンリー》さんよ」

玉玲《ユイリン》が囁《ささや》き声で言った。鰐沢はうなずき、美しい女に笑顔を向けた。

「いらっしゃいませ。この店を任されてる清麗《チンリー》です。お客さまは初めてでいらっしゃいますよね?」

ママの日本語は滑らかだった。

「ええ、そうです」

「お名前、教えていただけます?」

「鈴木、鈴木和也です」

「これをご縁にどうぞごひいきに」

「ええ、ちょくちょく飲みに来るつもりです」

鰐沢は言った。

「玉玲《ユイリン》ちゃん、いかがです?」

「すごくチャーミングだね」

「それなら、ぜひ玉玲《ユイリン》ちゃんをかわいがってあげてください。どうぞごゆっくり！」

清麗《チンリー》はほほえみ、ほかのテーブルに挨拶に行った。

「ママ、きれいでしょ？」

「そうだね。それに、大人の色気もあるな」

「ママは、日本人のお客さんにすごくモテるの。会社の部長さんとかにね。そうそう、ママに熱を上げてたお巡りさんもいたよ。最近は、あまり店に来なくなっちゃったけど」

「警官まで……」

「そう。確か新宿署の刑事さんね」

「粋な刑事がいるもんだな。なんて名の刑事なんだい？」

「ちゃんとした名前、知らない。ママは、オーさんと呼んでた。三十二、三ね」

「そうか」

鰐沢は敢《あ》えて詮索《せんさく》しなかった。根掘り葉掘り訊いたら、玉玲《ユイリン》に怪しまれてしまう。

防犯関係の刑事たちは、何かと誘惑が多い。

私生活で少しでも隙を見せると、暴力団関係者や風俗営業店経営者たちに取り込まれてしまう。高級クラブを何軒も奢《おご》られ、ベッド・パートナーを宛《あて》がわれる。車代と称する札束を渡される場合もある。

袖《そで》の下を使う側の狙《ねら》いは、言うまでもなく違法行為に目をつぶってもらうことだ。

ひとたび腐れ縁ができると、警察官の立場は弱くなる。金品と引き換えに、警察の取締まりに関する情報を裏社会の人間たちに漏《も》らさなければならなくなってくる。

それを拒めば、贈賄側の者に必ず不正を暴《あば》かれる。そうなれば、どんな刑事も依願退職に追い込まれてしまう。こうして以前よりも、癒着《ゆちゃく》が強まることになるわけだ。

この種の悪徳警官は、盛り場を管轄にしている所轄署には必ず何人かいるものだ。

新宿署生活安全部の〝オーさん〟も、そうした刑事のひとりにちがいない。

刑事の俸給は決して多くない。中国クラブにちょくちょく通えるのは、楊《ヤン》に何か警察の情報を流しているからだろう。

「謝々《シエシエ》」

玉玲《ユイリン》の声で、鰐沢は我に返った。ボーイが新しいカクテルとフルーツの盛り合わせを大理石のテーブルに置き、立ち去るところだった。

鰐沢はレミー・マルタンを豪快に飲みながら、玉玲《ユイリン》と雑談を交わしつづけた。

店に二人連れの男が入ってきたのは、九時十五分ごろだった。三十代の後半に見える男は、イタリア製の砂色のブランド物のスーツを粋に着こなしていた。

中肉中背だが、ぎょろ目に凄《すご》みがある。髪はオールバックだ。色は浅黒い。

その男に影のように寄り添っている細身の男は四十一、二だった。黒ずくめで、眼光が鋭い。髪は短く刈り込んであった。

「オーナーが来たわ」

玉玲《ユイリン》が小声で告げた。

「砂色のスーツを着てるのが楊《ヤン》さん？」

「そう。もうひとりは、社長の秘書の閩長江《ミンチャンジャン》さんよ」

「秘書というより、用心棒って感じだな。細身だが、ことなく迫力がある」

「あなた、いい勘してる。閩《ミン》さんはオーナーのボディーガードね」

「やっぱり、そうか。軍人崩れなのかな？」

「わたし、よくわからない」

「そう」

鰐沢はチューリップ・グラスを持ち上げた。

楊義安《ヤンイオン》は店内を眺め渡すと、出入口に近い空席に腰かけた。用心棒はソファには坐らなかった。

ママの清麗《チンリー》が客のテーブル席から離れ、楊《ヤン》のいるソファに急いだ。彼女は楊《ヤン》のかたわらに坐り、何やら話し込みはじめた。

ママは楊《ヤン》の情婦《おんな》だろう。

鰐沢は、そう直感した。

「ママとオーナーは、男と女の関係なんだろう？　いかにも親しそうだもんな」

「わたし、どう答えればいい？　難しいよ」

玉玲《ユイリン》が困惑顔になった。

「その返事で察しはつくよ。あの二人は一緒に暮らしてるのかい？」

「ううん、別々ね。社長はホテルを週単位で借りてるみたいだし、ママは北新宿のマンションで暮らしてる」

「社長は西新宿の超高層ホテルにでも泊まってるんだろうな？」

「オーナーがどこに泊まってるか、店の女の子たち、誰も知らない。多分、清麗《チンリー》さんは知ってるだろうけど」

「そう。きみ、ママのマンションに遊びに行ったことは？」

「一度もない。オーナーほどじゃないけど、ママも秘密主義ね」

「そうなのか」

「社長とママの話が終わったら、あなたのことを話してあげる」

「よろしく！」

鰐沢はキャビンの箱から、煙草を一本抓《つま》み出した。

ちょうどそのとき、楊《ヤン》と清麗《チンリー》が同時に腰を浮かせた。ママは客の席に戻っていった。楊《ヤン》は用心棒の閩《ミン》を従えて、化粧室の向こう側にある事務室に消えた。

「わたし、鈴木さんのこと、楊《ヤン》社長に話してくる」

玉玲《ユイリン》がソファから立ち上がり、事務室に向かった。

鰐沢は特殊無線機を顔に近づけ、トーク・ボタンを押した。

「おれだ。いま、目標を視認した。アルマーニの砂色の背広《ビロ》着てる。髪型はオールバックだ」

「その男なら、ビルに入るとこを見かけました。黒ずくめの四十男と一緒でしたが……」

竜頭の横の小さな孔《あな》から、梶浦の低い声が流れてきた。

「そいつは目標の用心棒《ケツモチ》だ。閩長江《ミンチャンジャン》って名だよ。多分、中国や台湾で冷面殺手《れいめんさつしゅ》と呼ばれてる殺し屋だろう」

「おれが目標を追えなくなった場合は、尾行を頼むぜ」

「了解！」

交信が終わった。

鰐沢は紫煙をくゆらせはじめた。ママの清麗《チンリー》は商社マンらしい客たちと談笑していた。目立たない場所に控えているボーイたちも、訝《いぶか》しそうな眼差《まなざ》しは向けてこない。

鰐沢は安堵《あんど》し、ブランデーを傾けた。

煙草の火を揉《も》み消していると、玉玲《ユイリン》が戻ってきた。

「オーナー、あなたと会いたいって」

「それは嬉《うれ》しいな」

「わたしと一緒に来て」

「ああ」

鰐沢は腰を上げ、玉玲《ユイリン》の後につづいた。

玉玲《ユイリン》が事務室のドアを開けた。楊義安《ヤンイオン》は応接ソファに腰かけていた。

閩《ミン》はスチール・デスクに向かって、小さなナイフで左手の伸びた爪を削《そ》いでいた。

威嚇《いかく》のつもりなのか。

短く視線が交わった。

よく見ると、閩《ミン》の左の眼球は少しも動かなかった。義眼を嵌めているらしい。

楊《ヤン》が上海語らしい言葉で、玉玲《ユイリン》に話しかけた。まくし立てるような早口だったが、
別段二人の表情は強張《こわば》っていなかった。

少しすると、玉玲《ユイリン》が事務室から出ていった。楊《ヤン》がおもむろにソファから立ち上がり、
右手を差し出した。

「わたし、楊義安《ヤンイオン》です。日本語、うまくないね。恥ずかしいよ」

「それだけ話せれば、立派なもんです。申し遅れましたが、鈴木和也といいます」

鰐沢は楊《ヤン》の手を握り返した。じっとりと湿っていた。握手を解くと、二人は向かい

合う位置に坐った。

「鈴木さん、貿易の仕事してる。それ、玉玲《ユイリン》から聞きました。儲《もう》かってるか、あなた？」

「少しだけですが、黒字は黒字です」

「その日本語、わかるよ。わたしも貿易の仕事やってるからね」

「そうでしたか。それなら、話は早い。実は中国から漢方薬と寝具用の羽毛を大量に輸入したいと考えてるんですが、いいルートがないんですよ」

「その話、玉玲《ユイリン》から聞いたね。わたし、共産党中央委員会や国務院の偉い人たち、いっぱい知ってる。上海の公司《コンス》の経営者、たいてい友達ね。公司《コンス》、わかりますか？」

「ええ、会社のことですよね？」

「そう、そう。漢方薬でも羽毛でも、いつでも買い付けられるよ。でも、わたし、鈴木さんとは会ったばかりね。だから、すぐにビジネスの話はできない。そうでしょ？」

楊《ヤン》が大きな目で見据えてきた。

「ごもっともです」

「わたしたち、もっと友達になりましょう。それからね、ビジネスは」

「わかりました。そうだ、名刺を差し上げておこう」

鰐沢はスエード・ジャケットの内ポケットから、茶色の名刺入れを取り出した。

鈴木和也と印刷された名刺を楊《ヤン》に手渡す。社名も代表電話番号も、でたらめだった。

「わたし、ふだんは名刺使わないね。信用できる相手にだけ、連絡先を教える。悪いけど、初めて会った鈴木さんにはまだ……」

「ええ、結構です。一日も早く楊《ヤン》さんの信用を得て、商談に入れることを願ってます」

「わたしも商売は大好きね。でも、漢方薬や寝具用羽毛はあまり儲からない」

「衣料のほうがいいんですかね？」

「それも、たいしたことない。すごく儲かるのは銃器ね。旧ソ連軍が制式拳銃のトカレフ、一九五一年に採用廃止した。中国は大量の在庫を買い取って、一九五四年からライセンス生産するようになった。それが、いわゆる中国製トカレフのノーリンコ54ね。中古なら、中国で一万円で買える。日本も景気悪くなって、物騒になった。貫通能力の高いノーリンコは、まだまだ売れるね。それから日本にいる中国大使館や領事館の外交官たちを使えば、人民解放軍が使ってる自動小銃ＡＫ47もいくらでも日本に持ち込める。外交官の特権使うね」

「しかし、そういう密輸はよくないでしょ？」

「ごめんなさい。これ、わたしのテストね。あなた、真面目なビジネスしてる。わたし、鈴木さんのこと、信用できそう。悪い貿易商、ノーリンコやＡＫ47を欲しがるね」

楊《ヤン》がそう言い、さもおかしそうに笑った。

「びっくりしましたよ。一瞬、あなたのことをマフィアかと思っちゃいました」

「わたし、悪いこと嫌いね。そのこと、秘書がよく知ってる」

「そうですか」

鰐沢は閩《ミン》を見た。

黒ずくめの男はナイフで頬の髭を剃《そ》っていた。無気味なほど表情がなかった。薄い唇は妙に赤い。

「もっと友達になって、大きなビジネスやりましょう」

楊《ヤン》が立ち上がった。鰐沢は一礼し、事務室を出た。

テーブル席に戻ると、玉玲《ユイリン》の膝《ひざ》の上には芥子色《からしいろ》のウールコートが載っていた。

「そのコートは？」

「鈴木さん、一緒に店を出ましょう。オーナーが、あなたと店外デートをしなさいって」

「つまり、ホテルに行こうってことだね？」

「ええ。でも、あなたはお金払わなくてもいいの。楊《ヤン》社長、鈴木さんは大切なビジネス・パートナーになる方だから、うーんとサービスしてあげなさいって」

「そう」

鰐沢は短く応じた。どうやら楊《ヤン》は何か企んでいるらしい。敢《あ》えて罠《わな》に嵌まる気になった。

「断らないで。断られたら、わたし、オーナーに叱《しか》られるね」

「こんないい話を断る男はいないさ」

「それじゃ、出ましょ」

玉玲《ユイリン》が腰を上げた。

鰐沢は勘定を払い、玉玲《ユイリン》とともに店を出た。勘定は割に安かった。

飲食店ビルを出ると、玉玲《ユイリン》はチャイナ・ドレスの上にウールコートを羽織った。鰐沢は玉玲《ユイリン》の肩を抱き寄せながら、目で梶浦の車を探した。

ジープ・チェロキーは数十メートル先の暗がりに停められている。その横を通り抜け、職安通りに向かって百メートルほど歩いた。

玉玲《ユイリン》が導いたのは、シティホテル風の造りのラブホテルだった。

二人は五階の一室に入った。ダブルベッドとラブチェアがあるだけで、浴室の仕切り壁も素通しガラスではなかった。

「たくさん愛し合いましょう」

玉玲《ユイリン》がコートを真紅のラブチェアの上に投げ、鰐沢に抱きついてきた。

鰐沢は背を屈《かが》めて唇を重ねた。玉玲《ユイリン》は情熱的に舌を絡《から》めてきた。二人は、ひとしきりディープ・キスを交わした。

「先にシャワーを浴びてくる」

鰐沢は上着を脱ぎ、さりげなく名刺入れをスラックスのヒップポケットに移した。見られて困るのは、それだけだ。

ベージュのタートルネック・セーターと長袖の白いTシャツを脱ぐ。上半身裸で、浴室に入った。シャワーヘッドを横に向け、コックを全開にする。熱い湯が洗い場のタイルを叩きはじめた。

一分ほど待ってから、鰐沢はベッドのある部屋に戻った。

思った通り、玉玲《ユイリン》はスエード・ジャケットのポケットを探《さぐ》っていた。

「何をしてるんだ。枕探しをしてるわけじゃないよなっ」

「それ、どういう意味？」

「おれの財布を盗む気じゃないんだろうなって意味さ」

「わたし、お金欲しいんじゃない。オーナーがあなたの運転免許証を盗《と》れって……」

「おれが素っ裸になったころ、楊《ヤン》か閩《ミン》がここに来る段取りになってるんだなっ」

鰐沢は玉玲《ユイリン》に歩み寄り、乱暴にチャイナ・ドレスとランジェリーを脱がせた。玉玲《ユイリン》の裸身は神々《こうごう》しいまでに白かった。

果実を連想させる乳房は豊かで、腰のくびれが深い。逆三角に繁った飾り毛は淡かった。赤く輝く縦筋《たてすじ》が透《す》けて見える。

「ここには、誰も来ない。嘘じゃない。オーナーは、ベッドの中であなたのことをいろいろ訊けって言っただけね」

「きみの言葉を信じよう。おれも楊義安《ヤンイオン》のことをいろいろ知りたいんだ。ベッドで、ゆっくり話そうじゃないか」

「ええ、いいわ。中国人は、たいがいオーラル・セックスはしないの。でも、あなたなら、抵抗ないいね。わたし、しゃぶる」

玉玲《ユイリン》がそう言い、鍔沢の前にひざまずいた。

ベルトが外され、スラックスとトランクスが下げられた。鍔沢は含まれた。

玉玲《ユイリン》の舌技は稚拙《ちせつ》だった。ひたすら先端部分を舐《な》めるだけで、動きに変化がない。それでも、次第に欲望が昂《たか》まりはじめた。猛《たけ》り立つと、鍔沢は足を使ってスラックスとトランクスを踝《くるぶし》から抜いた。

鍔沢は玉玲《ユイリン》を両腕で支え持ち、ベッドに仰向けに横たわらせた。体を斜めに重ねる。弾力性のある胸の隆起が弾んだ。いい感触だった。

鍔沢は玉玲《ユイリン》の乳首を吸いつけながら、秘めやかな場所に指を這《は》わせた。木の芽に似た突起は、こりこりに痼《しこ》っていた。芯《しん》は真珠のように固い。ころころとよく動く。

合わせ目は火照《ほて》り、わずかに綻《ほころ》んでいた。

指先で下から捌《さば》くと、蜜液があふれた。鍔沢は熱い潤《うる》みを亀裂全体に塗り拡《ひろ》げ、指を躍《おど》らせはじめた。

とたんに、玉玲《ユイリン》が喘《あえ》ぎだした。喘ぎは、ほどなく淫《みだ》らな呻き声に変わった。

鰐沢は愛らしい突起を集中的に慈《いつく》しみはじめた。圧《お》し転がし、揺さぶり、揉み立てる。


「いい、いいわ。好《ハオ》、好《ハオ》！」

玉玲《ユイリン》が上擦《うわず》った声を洩らし、切なげに腰をくねらせはじめた。

沸点《ふってん》が近いようだ。鰐沢は正常位で体をつないだ。濡れた襞《ひだ》が吸いついてきた。

鰐沢は六、七回浅く突き、一気に奥まで分け入った。

そのリズム・パターンを幾度か刻むと、玉玲《ユイリン》は不意に極《きわ》みに駆け昇った。愉悦《ゆえつ》の声は長く尾を曳《ひ》いた。体の甘い震えも大きかった。

鰐沢は、きつく締めつけられた。

内奥《ないおう》のリズミカルなビートが、もろに伝わってくる。そそられた。

ベッドトークは後回しだ。

鰐沢は玉玲《ユイリン》の裸身を折り畳み、ダイナミックに抽送《ちゆうそう》しはじめた。

4

シャワーの音が熄《や》んだ。

玉玲《ユイリン》が体を洗い終えたらしい。鰐沢はベッドに腹這いになって、煙草を喫《す》っていた。

部屋の空気が腥《なまぐさ》い。濃厚な情事の名残《なごり》だった。

鰐沢は果てるまで、玉玲《ユイリン》に四度もエクスタシーを与えた。

そのつど、玉玲《ユイリン》は胎児のように体を丸め、憚《はばか》りのない声をあげた。唸り声に近かった。ジャズのスキャットのようだった。

玉玲《ユイリン》は母国語で何か口走り、狂ったように腰をくねらせた。

四度目の高波にさらわれると、彼女は全身を鋭く震わせた。そのまま白目を剥《む》きながら、数分間、失神してしまった。

鰐沢は煙草の火を消し、横向きになった。

それから間もなく、玉玲《ユイリン》が浴室から出てきた。

胸高《むなだか》にピンクのバス・タオルを巻いている。肌は桜色に染まっていた。

「わたし、腰がふらついてる。あんなに何度も深く感じたのは、ほんとに初めて。鈴木さん、女殺しね」

「きみがセクシーなんで、ちょっと頑張る気になったのさ」

「日本の男性、サービスがいい。中国の男、女のおっぱいと尻《ピー》を少しいじって、すぐにインサートね」

「尻《ピー》って、大事なとこか？」

「そう。恥ずかしくて、何度も言えない」

「中国人は、めったに舐《な》めっこはしないのかい？」

鰐沢は訊いた。

「台湾や香港育ちの人たちは、たいていオーラル・セックスは平気ね。でも、大陸で生まれたレッド・チャイニーズたちは、そういうこと、汚いと考えてる。快楽のセックスは良くない。子供のときから、そう教え込まれてきたから」

「セックスは快楽さ」

「そう、いまはわたしもそう思ってる。だけど、大事なとこ、男の人に舐められるのは恥ずかしい。それに、悪い気がする」

「穢《けが》れた場所だと思ってるんだな？」

「そう、そうね」

玉玲《ユイリン》が後ろ向きになって、水色のシルクショーツを穿《は》いた。

「きみは店の客とよく寝てるのか？」

「いつもじゃないね。オーナーに言われたときだけ。わたし、楊《ヤン》さんに逆《さか》らえない」

「借金してるのか?」

「ううん、そうじゃない。わたし、オーナーから偽造配偶者ビザ貰《もら》った」

「そういう事情があったのか」

鰐沢は、玉玲《ユイリン》に逞《たくま》しさと憐《あわ》れさを同時に感じた。

中国人女性の中には、配偶者ビザを取得するために日本人男性と偽装結婚をする者がいる。結婚相手やブローカーと仕組むわけだ。配偶者ビザを手に入れれば、離婚後も一定期間は日本に滞在できる。

密入国斡旋《あっせん》業者は偽装結婚だけではなく、日本にいる中国人の子女も不正に入国させている。日本に呼び寄せたい子供を中国残留邦人の孫に仕立てるわけだ。

偽造出生証明書で、探親《タンチン》ビザを得る。そうすれば、子供は日本人の祖父か祖母を訪ねるという名目で堂々と入国できる。こうした子供専門の密航斡旋業者は、中国で黒《ヘイ》孩子蛇頭《ハイズシュトウ》と呼ばれている。

「あなた、ただの貿易商じゃないね。わたし、わかるよ」

玉玲《ユイリン》がチャイナ・ドレスの袖に腕を通しながら、単刀直入に言った。

「何を言い出すんだ。おれは楊義安《ヤンイオン》の手を借りて、本気で漢方薬と寝具用羽毛を中国から輸入したいと思ってるんだ。ただ、彼がまだおれを信用してないように、こっちも楊《ヤン》をビジネス・パートナーにしていいものかどうか迷ってるがね」

鰐沢は努めて平静に答えた。

「ほんとに？　もしかしたら、東京入管や警察の人なんじゃない？」

「おれが公務員だとしたら、きみとこんなホテルには入らないよ。そんなことをしたら、たちまち馘首《クビ》になるからな」

「それもそうね」

玉玲《ユイリン》が向き直った。身繕《みづくろ》いは終えていた。

鰐沢は上体を起こし、目顔《めがお》で玉玲《ユイリン》を呼んだ。玉玲《ユイリン》がゆっくりと歩み寄ってきて、ベッドに浅く腰かけた。

「貿易の仕事はビジネス・パートナーを選び損うと、とんでもないことになるんだよ。だから、オーナーのことをよく知りたいんだ」

鰐沢は玉玲《ユイリン》の黒目がちの瞳を見つめながら、しなやかな白い指を撫《な》でた。

「わたし、オーナーのこと、よく知らない。でも、偽造パスポートやビザを簡単に手に入れられるみたいだから、もしかしたら……」

「黒社会の人間かもしれない？」

「そうね」

「『スカーレット』に上海出身の流氓たちがよく顔を出すんだな？」

「ううん、そういうことはない。けど、オーナーは刺青してるし、ボディーガードの閩《ミン》さんはいつも拳銃とナイフを持ってる。真面目な中国人、武器なんか持ち歩いてないね」

「そうだろうな」

「オーナーは、ちょっと凶暴ね。何カ月か前に、日本のお客さんが店の女の子のチャイナ・ドレスの中にしつこく手を入れてたら、いきなり相手を蹴ったの。そのあと、トイレに連れ込んで、カッターナイフでお客さんの顔と大事なとこをズタズタに……」

「そいつは確かに凶暴だな」

「閩《ミン》さんは、もっと怖い。もうだいぶ前の話だけど、ホステスのヒモみたいな男が酔って店に来たとき、何も言わずにその彼の片方の耳を中華庖丁で削《そ》ぎ落として、相手の口の中に突っ込んだの」

「そういう話を聞くと、楊義安《ヤンイオン》は危険な人物みたいだな」

「そう、ちょっとね」

玉玲《ユイリン》がいったん言葉を切り、すぐに言い継《つ》いだ。

「お店の女の子たちの噂《うわさ》によると、オーナーは蛇頭組織と関わりがあって、秘密カジノや国際売春クラブも経営してるらしいの」

「国際売春クラブ？」

「アメリカ人、カナダ人、オーストラリア人、ロシア人、ルーマニア人、リトアニア人、イスラエル人といった白人女性を抱えて、リッチな日本人男性に……」

「そういう噂が事実なら、かなり危《ヤバ》い相手だな。しかし、すぐに別のビジネス・パートナーは見つかりそうもない。もう少し楊義安《ヤンイーオン》のことを調べてみよう。きみ、逆スパイになって、オーナーに関する情報を集めてくれないか」

「ええっ」

「きみに迷惑はかけないよ。もちろん、報酬は払う。とりあえず、着手金として二十万円渡してもいい」

「わたし、お金欲しいよ。でも、怖いね」

「別に危険なことはやらなくてもいいんだ。オーナーの交友関係をそれとなく探ってくれればいいんだよ」

「それだけでいいの？」

「ああ。きみ、携帯電話を持ってる？」

「持ってるよ」

「それじゃ、こっちから時々、連絡する」

鰐沢は裸のままでベッドを抜け出し、ラブチェアに歩み寄った。上着の内ポケットから札入れを取り出して、二十五枚の一万円札を抜き出した。

「二十万が着手金、残りは店外デートのお礼だよ」

「わたし、売春婦じゃない。お金で体売ってないよ。オーナーに逆らえないから、言われた通りにしただけ」

「わかってるさ。いい思いをさせてもらったお礼だよ」

「でも……」

玉玲《ユイリン》は迷っている様子だった。

鰐沢は強引に札束を握らせ、玉玲《ユイリン》の携帯電話番号を聞き出した。

「あっ、もう十一時ね。わたし、そろそろお店に戻らないと」

「そうだな。今夜のことは、いい思い出になりそうだ」

「わたしにも、いい夜だった」

玉玲《ユイリン》が歌うように言って、部屋を出ていった
鰐沢は浴室に入り、熱いシャワーを浴びた。

衣服をまとい、室内の自動支払い機を使って休憩の料金を払う。一万円弱だった。

ラブホテルを出て、『スカーレット』のある飲食店ビルに引き返す。梶浦の四輪駆動車は消えていた。楊《ヤン》を尾行しているのだろう。

ボルボは、大久保病院の裏通りに駐《と》めてあった。そこまで大股で歩く。

運転席に乗り込んだとき、助手席に置いてあった携帯電話の着信音が鳴りはじめた。すぐに鰐沢は携帯電話を摑み上げた。ほとんど同時に、梶浦の声が耳に届いた。

「ラブホテルでの情報収集は、いかがでした？」

「それなりの手がかりはあったよ。それについては、あとで話す。おまえは楊義安《ヤンイオン》と閩長江《ミンチャンジャン》を尾行中なんだな？」

「ええ、そうです。二人は、いまサウナに入ってます。靖国通りから一本歌舞伎町寄りの裏通りにある『オアシス』ってサウナです」

「二人の様子は？」

「サウナルームに、四、五人の中国人と思われる男たちと一緒に籠《こも》ったきりです。もしかしたら『三華盟《サンホアモン》』のメンバーたちなのかもしれませんね」

「考えられるな。いま、おれは大久保病院のそばにいるんだ。これから、『オアシス』に向かう」

「わかりました」

「今夜中に何とか楊《ヤン》の宿泊先を突きとめよう」

鰐沢は電話を切り、ボルボを走らせはじめた。花道通りに出て、桜通りを靖国通りに向かって進む。

『オアシス』は造作なく見つかった。ジープ・チェロキーは、店の数十メートル手前に停まっている。

鰐沢は梶浦の車の横を走り抜け、サウナ会館の少し先にボルボを停止させた。そのまま車内に留《とど》まり、外には出なかった。

鰐沢は特殊無線機を使って、玉玲《ユイリン》から得た情報を梶浦に伝えた。

「楊義安《ヤンイオン》が『三華盟《サンホアモン》』のボスなんでしょうか？」

梶浦が言った。

「まだ何とも言えないな。黒幕《ビッグボス》は北京マフィアの親玉なのかもしれない。あるいは、福建グループのリーダーということもありうる」

「そうですね」

「楊《ヤン》たちが出てきたら、梶、おまえが先に尾《つ》けてくれ。おれは、面が割れてるからな」

鰐沢は交信を打ち切って、キャビンをくわえた。

小《こ》一時間が流れても、楊《ヤン》たちはいっこうに『オアシス』から出てこない。

鰐沢は何か悪い予感を覚え、梶浦に様子を見てくるよう無線で命じた。

数分経つと、梶浦からコールがあった。

「キャップ、奴らはもうサウナ会館にはいませんでした」

「えっ、どういうことなんだ⁉」

「会館には、反対側の裏道に出られる通用口があったんですよ。迂闊《うかつ》でした。すみません！」

「ま、いいさ。『スカーレット』に戻って、ママの清麗《チンリー》を尾行して自宅マンションを突きとめよう」

鰐沢はトークボタンから指を浮かせた。

そのすぐあと、麻衣から電話がかかってきた。

「キャップ、新たな事件が発生しました。稲森会の会長の娘が西麻布の深夜レストランの前で、中国人らしい三人組に連れ去られました。一緒にいた彼氏は射殺されたそうです」

「なんだって⁉」

「拉致《らち》された八雲千佳《やぐもちか》は、稲森会の八雲恭之進《きょうのしん》、六十二歳の次女で二十五歳です。おそらく犯人グループは、住川会の尾高健太郎《おだかけんたろう》総長や極友会の横塚恒平《よこつかこうへい》理事長の家族も誘拐する気なんでしょう」

「考えられるな。敵は関東御三家の首領《ドン》の最も弱いとこを押さえて、歌舞伎町から下部団体を撤退させる気なんだろう」

鰐沢は言った。

「そうでしょうか。仮に御三家の親分たちが脅迫に屈《くっ》して、歌舞伎町の二次組織の組事務所を解散させたとしても、それぞれ巻き返しを図るはずです。きっと犯人側は、三人の親分の身内を誘拐して、会そのものを解散させる気なんだわ」

「麻衣、待てよ。最大の稲森会は一万数千人の会員を抱えてるんだぜ。住川会にしても、極友会にしても、それぞれ七、八千人の構成員がいる。大親分の個人的なことで、そう簡単に解散させられるもんじゃない」

「だとしたら、犯人側の狙いは何なんでしょう？」

「考えられるのは、途方もない額の身代金だな。たとえば、五十億円とか百億円といった……」

「『三華盟《サンホアモン》』の犯行だとしたら、せしめた巨額の身代金を遣《つか》って勢力の拡大を図るつもりなのかしら？」

「そうなのかもしれない。どっちにしても、御三家の親分宅の電話引き込み線に盗聴器を仕掛けよう。とにかく、いったん梶と一緒にオフィスに戻る」

「わかりました」

「麻衣、おれたちが戻るまでに、新宿署生活安全課でO《オー》という頭文字のつく署員をすべてリストアップしといてくれないか。その現職刑事が楊《ヤン》とつながってる疑いが出てきたんだ」

「ええっ」

「詳しいことは会社で話す」

「はい」

麻衣が電話を切った。

鰐沢は特殊無線機で新たな事件が起こったことを梶浦に伝え、清麗《チンリー》の尾行を延期すると告げた。

二台の車は靖国通りに出て、丸の内に向かった。

第三章　狙われた不夜城

1

尾行されていた。

気のせいではない。後続の黒いワンボックス・カーはサウナ会館の近くから、ずっと追尾《ついび》してくる。

鰐沢は腕でステアリングを支えながら、左手首の特殊無線機のトークボタンを押した。梶浦の車は十四、五メートル前を走行中だ。

「梶、応答しろ」

「はい、何でしょう？」

「『オアシス』の近くから、おれたちは黒のワンボックス・カーに尾《つ》けられてる。おそらく楊《ヤン》の手下どもが乗ってるんだろう」

「おれ、まるで気がつきませんでした。いつ張り込みを覚《さと》られたんだろう？　そんな失敗《ドジ》はやらなかったつもりなんですけどね」

「とにかく、尾行されてることは間違いない」

「そうだとしたら、かえって好都合です。追ってくる連中をどこかに誘い込んで、とことん痛めつけてやりましょうよ」

「それは、おれがやる。おまえは新宿に逆戻りして、『スカーレット』のママの自宅を突きとめてくれ。場合によっては、清麗《チンリー》を引っさらってもらうことになる」

「それはかまいませんが、キャップひとりじゃ、危険ですよ。おれも一緒に追ってくる奴らをやっつけます」

「おれのことは心配するな。それより、次の交差点で左折して歌舞伎町に戻るんだ」

鰐沢はそう言って、清麗《チンリー》の特徴を詳しく教えた。

「わかりました。『スカーレット』の営業時間は、午前一時まででしたね？」

「そうだ。もうあまり時間がないぞ。急いでくれ。ママの自宅マンションを突きとめたら、連絡を頼む」

「了解！　それでは、行きます」

梶浦が交信を打ち切り、ジープ・チェロキーの速度を上げた。

数百メートル先に、陸上自衛隊東部方面総監部がある。四輪駆動車は、その手前の交差点を左に折れた。

鰐沢はそれを見届けてから、同じ交差点を右折した。

怪しい車は、どちらを追う気なのか。

鰐沢はミラーを見た。黒いワンボックス・カーは右に折れた。予想通りだった。

荒木町と舟町の間を抜け、新宿通りを横切る。四谷三丁目交差点を渡って間もなく、モバイルフォンが鳴った。

携帯電話を耳に当てると、麻衣の声が流れてきた。

「例のＯの頭文字の現職ですが、新宿署生活安全部保安課の大石久志《おおいしひさし》警部補だと思います。ほかに、Ｏのつく人物はいなかったんです」

「そうか。なら、『スカーレット』でオーさんと呼ばれてるのは、その大石って奴だろう。どんな男なんだ？」

「三十三歳で、独身です。名簿によると、中野の警察独身寮が住所になってますが、現在そこには住んでません。どこか民間のマンションに移ったのかもしれません」

「そうか」

「本庁警務部人事一課監察室に問い合わせてみたら、大石久志は内偵調査リストに載《の》ってました」

「やっぱり、悪徳刑事だったか」

鰐沢は低く呟《つぶや》いた。警務部人事一課監察室は、本庁や各所轄署の警察官の不正に目を光らせているチームだ。室長の首席監察官を含めて職員数は、四十六人である。毎年、数十人が悪事を暴かれて職場を追われている。

「内偵調査報告書によると、大石刑事は歌舞伎町の中国クラブや韓国クラブで只酒《ただざけ》を飲んだり、ソープランドで遊んでるようです。『スカーレット』に足繁《しげ》く通ってたとしたら、おそらく楊義安《ヤンイオン》にいろいろ便宜《べんぎ》を与えてたんでしょう」

「そうにちがいない。特定の暴力団との結びつきは？」

「歌舞伎町に組事務所を構えてる広域暴力団とは、特に深いつき合いはないようです。ただ、池袋や埼玉県の川口、浦和、大宮一帯を縄張りにしてるテキ屋系の睦東会《ぼくとうかい》の大幹部たちの冠婚葬祭には必ず顔を出してますね」

「池袋周辺には、福建省出身の中国人が多く住みついてる。タイ人やコロンビア人の街娼《がいしょう》も多い」

「そうですね。睦東会が出迎え蛇頭をやってる可能性はあるんじゃないかしら？」

「そうだな。だとしたら、睦東会は大石を介して、楊《ヤン》と接触した可能性もある」

「ええ。睦東会が小競《こぜ》り合いを繰り返してた中国人たちをうまく束ねて、楊《ヤン》に『三華盟《サンホアモン》』を結成させたんじゃありませんか？　彼らに歌舞伎町の縄張り争いをさせといて、いずれ睦東会は新宿にも進出する気なんじゃないのかな？」

「睦東会は構成員二千数百人の小さな組織だ。仮に外国人マフィアの混成部隊を味方につけたとしても、歌舞伎町を支配することは難しいだろう」

「そうかもしれませんね。睦東会を背後で操ってる組織があるとしたら、神戸に本家を置く最大勢力ぐらいしか考えられません」

「山根《やまね》組か」

「ええ、そうです。山根組は関東の各組織の親睦会『関東十日会』との紳士協定を守って、首都圏のどこにも山根組の代紋は掲げてません。ですけど、金融会社、不動産会社、飲食店など山根組の息のかかった企業舎弟はたくさんあります」

麻衣が言った。

「そうだな。紳士協定こそ破ってないが、事実上、関東に進出してるようなものだ」

「そうですね。山根組が睦東会に何かおいしい話をちらつかせて、味方につけたんじゃないのかな？　睦東会にしても大っぴらに動くことはできないんで、『三華盟《サンホアモン》』に一連の現金強奪や御三家の二次団体を襲撃させたんじゃありません？」

「睦東会の動きを少し探ってみる必要がありそうだな」

「ええ。報告が遅れてしまいましたが、さきほど組対《そたい》四課の資料がファックスで送信されてきました。東和一心会も手嶋連合も中国人マフィアと手を組んで何か裏ビジネスをやってる様子はないということでした。それから、どちらも御三家とは友好的なつき合いをしてるそうです」

「そうか。若頭《カシラ》が新興勢力の龍昇会と風転会の動きを探ってくれてるはずなんだが、その二グループも一連の事件には関わってなさそうだな」

「キャップ、もうじきオフィスに着かれるんですね?」

「いや、ちょっと状況が変わったんだ」

　鰐沢は、不審なワンボックス・カーに尾行されていることを話した。梶浦が歌舞伎町に引き返していったことも喋《しゃべ》った。

「わたし、バックアップします。キャップ、いま、どのあたりを走ってるんですか?」

「青山一丁目交差点の少し手前だが、きみはオフィスにいてくれ。おれは追ってくる奴らを青山霊園で少し痛めつけようと思ってるんだ」

「心配だわ。若頭《カシラ》が新宿のどこかにいるかもしれません。笠原さんに連絡をとってみます」

「その必要はない。それより、ヤメ検先生に電話して、睦東会が蛇頭ビジネスに関わってないかどうか調べてもらってくれ」

「わかりました」

「それから、拉致《らち》された八雲千佳に関する捜査情報を集めといてくれ」

「はい。キャップ、命を粗末にしないでくださいね」

　麻衣が先に電話を切った。

　鰐沢はモバイルフォンを懐《ふところ》に戻し、ミラーで追尾の車の位置を確かめた。三十メートルほど離れていた。

鰐沢はアクセルを踏み込み、赤信号になりかけている交差点を突っ切った。ワンボックス・カーはホーンをけたたましく鳴らしながら、青山通りを強引に横切った。あちこちで抗議の警笛が鳴り響いた。

ほどなく右手に青山霊園が見えてきた。

鰐沢は霊園の端までボルボを走らせ、外周路に入った。最初の四つ角を右に折れ、数百メートル先を今度は左に曲がった。

霊園内の通路に車を急停止させ、グローブボックスからシグ・ザウエルP226と消音器を取り出す。すぐにボルボから出て、墓石と墓石の間の通路を走った。

鰐沢は走りながら、消音器を銃口にセットした。セーフティー・ロックを外したとき、ワンボックス・カーが近くに停まった。

鰐沢は墓石の陰に隠れ、目を凝らした。

ワンボックス・カーのスライディング・ドアが開き、二人の男が降りた。少し遅れて助手席から、三人目の男が出てきた。

三つの人影は扇の形に散った。

男たちの年恰好《としかっこう》は判然としなかった。三つの影がゆっくりと近づいてくる。鰐沢は敵を充分に引きつけてから、行動を起こす気だった。

霊園は広く、あちこちに樹木が植わっている。葉擦《はず》れの音が潮騒《しおさい》のように聞こえた。風に揺れる小枝も見てとれる。

鰐沢は屈《かが》み込み、足許の玉砂利《たまじゃり》を幾つか拾い上げた。

自動拳銃を右手に持ち替え、玉砂利をできるだけ遠くに投げる。向かって右側だった。

玉砂利が墓石に当たって、乾いた音を刻んだ。

右端にいる敵が、音のした場所に走った。

鰐沢は二つ目の玉砂利をさきほどよりも、やや右側に投げた。その近くにいる男が体を旋回させ、右腕を前に突き出した。

小さな銃口炎《マズル・フラッシュ》がたてつづけに二度吐《は》かれた。

銃声は響かなかった。消音装置付きの銃器を使ったことは明らかだ。放たれた二発は、樹幹にめり込んだ。

仲間の二人が中国語で何か言い交わしながら、発砲した男に駆け寄った。三つの影はいったん一カ所に集まり、すぐ三方に分かれた。

敵のひとりが、まっすぐ鰐沢のいる方に歩いてくる。鰐沢は急《せ》かなかった。

墓石が連《つら》なり、標的を狙《ねら》いにくい。射程は、できるだけ短くしたかった。

鰐沢は息を殺した。

それから間もなく、上着の内ポケットで携帯電話の着信音がした。うっかりマナーモードに切り替えることを忘れてしまったのだ。

前方の暗がりで、短機関銃《サブマシンガン》の連射音があがった。

とっさに鰐沢は、近くの黒御影石《くろみかげいし》の墓柱に身を寄せた。銃弾が墓石を穿《うが》ち、大きく跳《は》ねた。すぐ横の囲い石にも着弾し、小さな火花を散らせた。

鰐沢は墓石から顔を半分だけ覗《のぞ》かせた。

ドイツ製のヘッケラー&コッホのMP5Kを抱えた男が小走りに駆けてくる。短小型の短機関銃で、全長三十二・五センチだ。

発射速度は毎分九百発である。要人警護用として、欧米の警察に多く採用されている。

鰐沢は、走ってくる男の右腿《みぎもも》に九ミリ弾を見舞った。

的《まと》は外さなかった。男が声をあげて倒れた。

弾みで、四、五発暴発した。灌木《かんぼく》や囲い石が弾を受けて、音をたてた。卒塔婆《そとば》も鳴った。

鰐沢は、倒れた男を弾除《たまよ》けにする気になった。走りだしかけたとき、闇《やみ》から円《まる》い光を照射された。

次の瞬間、無数の銃弾が飛んできた。

銃声は耳に届かなかった。消音型の短機関銃で掃射されたにちがいない。

鰐沢は身を伏せた。

寝撃ちの姿勢で撃ち返した。一発目は外れた。

二発目の銃弾が標的の顔面を捉《とら》えた。被弾した男は棒のように後方に倒れた。

鰐沢は起き上がり、腿に銃創《じゅうそう》を受けた男に駆け寄った。

相手が慌《あわ》てて半身を起こし、ＭＰ５Ｋを構えた。鰐沢は一瞬早く、敵の右肩を撃った。

男が動物じみた声を発しながら、引っくり返った。短機関銃が零《こぼ》れ落ちた。

鰐沢は走り寄って、ＭＰ５Ｋを横に蹴った。すぐに男の頭の方に回り込み、後ろから抱え起こす。

「おまえ、わたし、どうする？」

相手が唸《うな》りながら、怯《おび》えた声で訊《き》いた。

「中国人だな？」

「そう」

「楊義安《ヤンイーオン》の手下だなっ」

鰐沢は消音器の先端を男の首の後ろに押し当てた。

「そう、そうね」

「楊《ヤン》が『三華盟《サンホアモン》』のボスなのか?」

「……………」

「死ぬ気になったらしいな」

「違う。それ、違うよ。わたし、まだ死にたくない」

「だったら、おれの質問に答えるんだなっ」

「わかった、わかったよ。楊《ヤン》さん、ボスはボスね。でも、ナンバーワンじゃない。楊さん、ナンバーツウね」

「ナンバーワンは誰なんだ?」

「それ、言えないよ」

男が首を横に振った。

「ボスの名を言わなきゃ、おまえを殺すぜ」

「わたし、困るよ。喋《しゃべ》ったら、きっと仲間に殺される」

「正直に喋ったら、おまえの命だけは助けてやろう」

「それ、ほんとか?」

「ああ」

鰐沢は答えた。

数秒後、男が呻《うめ》いて膝《ひざ》から崩れた。左胸には、三角形の手投げナイフが深々と突き刺さっていた。倒れた男が全身を痙攣《けいれん》させはじめた。

鰐沢は中腰になって、闇を透《す》かして見た。

十メートルほど離れた樹木の陰に、細身の男が立っていた。鰐沢は自動拳銃のグリップを両手で握った。

そのとき、黒っぽい果実のような塊《かたまり》が前方から飛んできた。それは、手投げナイフを受けた男の近くに落ちた。

手榴弾《しゅりゅうだん》だった。

拾って敵に投げ返す余裕はない。鰐沢は体を反転させ、できるだけ遠くまで逃げた。

凄《すさ》まじい炸裂《さくれつ》音が轟《とどろ》き、赤みがかった橙色《だいだいいろ》の閃光《せんこう》が駆けた。

鰐沢は背中に爆風を感じた。すぐさま振り返る。閩《ミン》が立射の姿勢で自動拳銃を構えていた。鰐沢は横に跳《と》んだ。

重い銃声が静寂を突き破った。鰐沢は、側頭部に銃弾の衝撃波を受けた。一瞬、聴覚を失った。

鰐沢はシグ・ザウエルの引き金を絞った。

放った弾は、閩《ミン》の横の樹木の梢《こずえ》を吹き飛ばしただけだった。鰐沢は、また撃った。

閩《ミン》が身を翻《ひるがえ》す。

鰐沢は追った。

閩《ミン》は墓石を巧みに縫《ぬ》いながら、軽やかな身ごなしで逃げていく。鰐沢は懸命に追いかけた。ほどなく不意に閩《ミン》の足音が熄《や》んだ。どこかに身を潜《ひそ》めたにちがいない。鰐沢は爪先《つまさき》に重心を移した。靴音は、ぐっと小さくなった。

鰐沢は抜き足で進んだ。

十数メートル歩いたとき、左手前方から三角形の手投げナイフが飛んできた。ナイフは鼻先数センチのところを掠《かす》め、通路の端に落ちた。一瞬、心臓が縮まった。

鰐沢は片膝を落とし、閩《ミン》に銃弾を見舞った。

閩《ミン》が呻《うめ》いた。どこかに命中したようだ。

鰐沢は間合いを詰めた。

と、墓石の陰から閩《ミン》が躍《おど》り出てきた。被弾した様子はない。まんまと誘いに引っかかってしまった。鰐沢は先に撃った。閩《ミン》は敏捷《びんしょう》に墓石の後ろに走り入った。九ミリ弾は虚《むな》しく闇に吸い込まれた。

閩《ミン》が撃ち返してきた。

今度は、鰐沢が墓の陰に隠れる番だった。弾は当たらなかった。

手強《てごわ》い相手だ。やはり、殺し屋《プロ》なのだろう。

鰐沢は姿勢を低くしたまま、横に移動しはじめた。大きく回り込んで、閩《ミン》の背後に迫る。

だが、閩《ミン》は隠れた場所にはいなかった。足音は聞こえない。動く姿も目につかなかった。この近くに潜んでいるにちがいない。鰐沢は目を凝らしながら、少しずつ動いた。墓石や囲い石の後ろには隠れていない。

鰐沢は、墓地の中ほどにそびえる樫《かし》の巨木を仰いだ。ちょうどそのとき、横に張り出した太い枝の上で赤い銃口炎が光った。

鰐沢は巨木に九ミリ弾を三発連射した。

閩《ミン》も同じ数だけ撃ち返してきた。それきり、発砲してこない。

弾倉が空になったのか。

そうではなく、また罠《わな》なのだろうか。うっかり樫の大木に近づいたら、狙い撃ちされることになりかねない。ここは慎重になるべきだろう。

鰐沢は動かなかった。

閩《ミン》も何も仕掛けてこない。二人は闇を挟んで、対峙《たいじ》しつづけた。

こういう場合は、先に焦《じ》れたほうが負けだ。もどかしさを抑えて、相手が苛立《いらだ》つまで待つべきだろう。

十分が経過したころ、ワンボックス・カーが急発進する音がした。それから間もなく、近づいてくる人影があった。

麻衣だった。

消音器を嚙《か》ませた自動拳銃を手にしていた。グロック17だった。

「こっちに来るな。戻れ、戻るんだっ」

鰐沢は大声で言い、樫の巨木に銃口を向けた。

そのとき、閩《ミン》が先に撃った。狙われたのは、麻衣だった。麻衣が墓石の陰に逃げ込んだ。

部下を死なせるわけにはいかない。

鰐沢は威嚇《いかく》射撃をしながら、麻衣のいる場所に向かって走りだした。

閩《ミン》が抜け目なく撃ち返してきた。何発か、鰐沢の足許《あしもと》に着弾した。

「掩護《えんご》します」

麻衣が立ち上がって、両手保持で拳銃を構えた。すかさず閩《ミン》が、麻衣に発砲する。

「しゃがんでろ。相手は手強い奴なんだっ」

鰐沢は麻衣を怒鳴りつけた。

「でも、キャップが……」

「いいから、動くな。なんで来たんだ？　命令違反だぞ」

「ええ、わかってます。だけど、やっぱりキャップのことが心配になって来てしまったんです」

麻衣が言った。

「おまえさんの気持ちは嬉《うれ》しいが、かえって足手まといだ」

「ごめんなさい」

「今後、勝手な行動は慎め！」

「は、はい」

「そこから動くんじゃないぞ」

鰐沢は麻衣に言いおき、樫の巨木に接近しはじめた。用心深く進む。

すでに閩《ミン》は大木から滑り降りてしまったのか、影すら見えなかった。

根方《ねかた》から太い枝を仰ぐ。やはり、閩《ミン》の姿は見当たらなかった。今夜は、ひとまず引き揚げる気になったのだろうか。

鰐沢は墓地内を駆けずり回ってみた。

結果は虚《むな》しかった。鰐沢は死んだ二人の男のポケットをことごとく検《しら》べてみたが、身許のわかるような証明書の類《たぐい》は何も所持していなかった。

別働隊に死体の始末を頼もう。

鰐沢はシグ・ザウエルを左手に持ち替え、上着の内ポケットから携帯電話を摑《つか》み出した。

2

夜明けが近い。

東の空がほんの少しだけ明るくなった。

鰐沢は、ボルボの運転席で煙草を喫《す》っていた。眠気醒《ざ》ましだった。

港区白金《しろかね》の邸宅街の路上だ。五、六十メートル離れた場所に、稲森会の八雲恭之進の豪壮な自宅がある。

八雲会長は平日は東京の自宅で家族と過ごし、週末は熱海市の別宅で暮らしている。正妻公認の妾《めかけ》は一時期、美人演歌歌手として活躍していた。

八雲会長宅の電話保安器内部にヒューズ型盗聴器を仕掛けたのは、およそ二時間前だ。

八雲邸は高い石塀に囲まれ、防犯ビデオカメラが何台も設置されていた。しかも塀の上には、槍《やり》に似た鉄製の鋭い忍び返しが連《つら》なっている。さらにドーベルマンが二頭もいた。

敷地内に忍び込むのに、だいぶ苦労した。

鰐沢は、まず隣家の庭に無断で入った。八雲邸との境界線になっている万年塀をよじ登り、麻酔ダーツ弾で二頭の番犬を眠らせた。

麻酔薬は動物用のキシラジンだった。わずか数十ccでライオンも一分以内に眠らせることができる代物《しろもの》だ。

二頭のドーベルマンは呆気《あっけ》なく昏睡《こんすい》状態に陥った。

鰐沢は素早く万年塀を乗り越え、敷地内に忍び入った。赤外線の防犯スクリーンは張り巡らされていなかった。

電話保安器は、家屋《かおく》の外壁に取り付けられている。

鰐沢は細長い箱型のプラスチック・カバーを外し、本物と同じ形のヒューズ型盗聴器をセットした。本物とヒューズ型盗聴器を交換したのである。

そうしておけば、たとえ誰かがカバーを外したとしても、すぐには盗聴器と気づかれる心配はない。

電話用盗聴器には、三つのタイプがある。

一般によく使われるのは、モジュラー型盗聴器だ。これは電話コードを延長するときに用《もち》いるコネクターと同型で、内部に送信装置が組み込まれている。

二つ目のタイプは、通称ブラックボックスと呼ばれている超小型電話盗聴器だ。

電話機の内部やモジュラーラックの電話回線に挿入する形で仕掛ける。二センチ角と小さいこともあって、発見されにくい。

ただし、どちらも室内用の盗聴器だ。ヒューズ型だけが屋外用である。

警察は暴力団関係者や過激派のアジトにこっそりヒューズ型盗聴器を仕掛けて、裏付け捜査を行なっている。調査会社の調査員たちも、しばしばヒューズ型盗聴器を使う。市販の広域電波受信機《マルチ・バンドレシーバー》では、有線電話の内容は傍受できないからだ。

それぞれタイプは異なっても、盗聴にはFM、VHF、UHF放送帯の周波数のいずれかが用いられる。

かつてはFM放送帯中心だったが、十数年前からVHF帯に移行し、最近はUHF帯が主流だ。アマチュア無線やタクシー無線などに使用されている周波数帯である。電波受信能力は高いが、その分だけ値が張る。

鰐沢と同じ方法で、梶浦は文京区本駒込《ほんこまごめ》にある住川会の尾高健太郎総長の自宅にヒューズ型盗聴器を仕掛けたはずだ。麻衣の受け持ちは、豊島区要町《かなめちょう》にある極友会の横塚恒平理事長の自宅だった。

メンバーは全員、自動録音装置付きの受信機を使っている。電話が通話状態になると、自動的にテープが回りはじめる。マイクロテープは九十分用だった。

したがって、盗聴器を仕掛けた場所の近くに張り込む必要はない。半径二百メートル以内に隠しておいた受信機を日に何度か回収して、録音テープを聴けばいいわけだ。

鰐沢はわざわざ電話を盗聴のため、八雲会長宅の近くに張り込んでいるわけではなかった。八雲の娘の千佳を誘拐した犯人グループの誰かが警察の動きをチェックしに来ると踏んだのである。

部下の二人を張り込ませているのも、同じ理由からだった。

梶浦は四時間ほど前に、『スカーレット』のママの清麗《チンリー》の自宅マンションを突きとめた。『北新宿レジデンス』の九〇一号室だった。

そのマンションの表玄関は、オートロック・システムらしかった。無断では建物の中には入れない。そんなわけで、鰐沢は無理をしてまで清麗《チンリー》の部屋に押し込むことは避けたのだ。

その気になれば、いつでも『スカーレット』のママは押さえられる。

鰐沢は煙草の火を消すと、梶浦のモバイルフォンを鳴らした。

「おれだ。何か動きは？」

「ありません。尾高総長の家は静まり返ったままです。それから、邸《やしき》の周《まわ》りをうろついてる不審な奴もいませんね」

「そうか。こっちも変化なしだ」

「極友会の横塚理事長のほうは、どうなんでしょう？」

「まだ麻衣からは何も連絡がない」

「そうですか」

「梶、自動録音装置付きの受信機を尾高の家《ヤサ》の近くの繁みにでも隠して、いったん高円寺のマンションに引き揚げろ。少し体を休めておけよ」

「わかりました」

梶浦の声が途切れた。

麻衣も塒《ねぐら》に帰らせてやろう。

鰐沢は携帯電話の終了キーを押した。数字キーを押しかけたとき、着信音が鳴った。

「キャップ、わたしです」

麻衣の切迫《せっぱく》した声が流れてきた。

「何か動きがあったようだな?」

「ええ。たったいま、横塚理事長の愛人を誘拐したという男が電話を……」

「電話の遣《や》り取りは、ちゃんと録音されてるな?」

「はい、大丈夫です。確認済みですから」

「テープを聴かせてくれ」

鰐沢は言った。

麻衣が短く返事をし、すぐにマイクロテープを巻き戻した。待つほどもなく、男同士の会話が響いてきた。

——あなた、極友会の横塚理事長か？

——そうだ。誰なんだ、きさまはっ。こんな時刻に他人《ひと》んちに電話する野郎がいるか。

——大事な話あるね。

——てめえ、日本人じゃねえようだな。出身はどこなんだ？

——そういうこと、わたし、教えられない。あなた、銀座の『秀《しゅう》』って高級クラブのママさんのパトロンね？

——それが何だってんだっ。

——わたしたち、ママの栗原有希《くりはらゆき》さん、預かった。

——預かった？　どういう意味なんだ？

——ママさん、さらったよ。お店閉めて、帰ろうとしたときにね。有希さん、いま、ある所に監禁してる。

——なんだと⁉

——その場所、とっても寒いよ。有希さん、素っ裸で震えてる。ちょっと気の毒ね。でも、仕方ないよ。

——てめえら、有希に妙なことをしたんじゃねえだろうな。どうなんだっ。

——レイプのことか？

――そうだ。

――それ、まだ誰もしてないよ。でも、わたしの仲間たち、とっても女好きね。あんなにセクシーな体を眺めてたら、そのうち誰かが有希さんといいことしたくなるかもしれない。

――おれの情婦《おんな》におかしなことをしやがったら、てめえらを見つけ出して、皆殺しにしてやる！

――わたしたち、日本のやくざ、ちっとも怖くないね。あなた、怒っても意味ない。あなた、『秀』のママ、大切か？

――わかりきったことを訊くんじゃねえ。有希は女房や倅《せがれ》たちよりも大事だ。

――そのこと、わたしたちも知ってる。だから、有希さんを誘拐したね。

――狙いは銭だな？

――そう、お金ね。わたしたち、お金たくさん欲しいよ。あなた、極友会のトップね。お金いっぱい持ってる。

――身代金、いくら欲しいんだ？　二千万か、三千万か？　それぐらいの金なら、くれてやる。だから、すぐに有希を自由にしてやってくれ。

――あなた、冗談言ってるか？　わたしたち、そんなお金じゃ、ママを解放しない。身代金は三十億円ね。

——三十億円だと⁉　おれは銀行を持ってるわけじゃねえんだぞ。そんな大金、用意できるわけねえだろうが。

——すぐに用意できる現金、いくらある？

——二億数千万円ってとこだ。

——無記名の株券や割引債は、どのくらい持ってる？

——時価で五億程度だな。ほかには換金できそうな古美術品が幾らかあるが、それがおれの全財産だ。とても三十億の身代金なんか都合つけられねえ。

——極友会の上納金、香港かスイスの銀行に預けてあるか？

——会でプールしてある金は、一億もねえよ。それに、それはおれ個人の銭じゃない。勝手に流用できねえんだ。

——あなた、池袋にテナントビル持ってるね？

——てめえら、そこまで調べ上げてやがったのか。確かにビルは一棟持ってらあ。けどな、三つも抵当権がくっついてるんだ。おれのビルで、もう銀行から金は引っ張れねえぜ。自宅だって、担保に取られちまってんだ。

——どこかに裏金があるね、きっと。

——そんなもんねえや。手許にある現金と有価証券をそっくり渡してやるから、取引場所を早く言え。

――わたしたち、あなたの条件で取引できない。有希さんの元気な姿見たかったら、あなた、三十億を用意する。わかったか？

――てめえ、おれが駆け引きしてると思ってやがるんだな。おれが言ったことは、ほんとの話なんだ。

――三日間、時間あげるね。その間に、あなた、三十億円集める。それで、人質と会えるね。

――同じことを何遍《なんべん》も言わせせんじゃねえ。どうやったって、そんな大金は工面《くめん》できねえよ。

――あなた、有希さん、かわいくないのか？　ママ、愛してない？

――有希にゃ惚《ほ》れてる。けど、身代金が高すぎらあ。

――あなたの考え、よくわかった。わたしたち、有希さんをセックス・ペットにする。それだけでないね。生きたまま、両腕と両脚、切断する。目玉、おっぱい、あそこ、抉《えぐ》るよ。それでもいいか？

――無茶言うなっ。一カ月かかったって、三十億なんて都合できねえ。

――わたしの言ったこと、ただの脅《おど》しじゃないよ。有希さん、殺す。あなた、後悔することになるね。

――くそったれが！　おれに、どうしろってんだっ。

──簡単なことね。あなた、死にもの狂いで金策に走って、三十億円集めればいい。

──それはできねえって言っただろうが！

──なら、仕方ないね。

──おい、ちょっと待て！　歌舞伎町の極友会《うち》の系列の組事務所を爆破したのは、てめえらなんじゃねえのか？

──そう、それは仲間がやったね。

──てめえら、中国人マフィアだな？　そうなんだろっ。

──その質問に、わたし、答えたくない。あなたとは、もう取引できないね。

──有希にひどいことをしやがったら、てめえらをコンクリート詰めにして、海の底に沈めるぞ。

──できるなら、やればいい。


通話が終わった。脅迫者は中国人のようだが、楊義安《ヤンイオン》の声ではなかった。

「テープの音声、ちゃんと聴こえました？」

麻衣が問いかけてきた。

「ああ、鮮明に聴こえたよ。おそらく脅迫電話をかけたのは、『三華盟《サンホアモン》』の者だろう。しかし、楊《ヤン》の声じゃなかった」

「そうですか。稲森会の八雲会長の娘も中国人と思われるグループに拉致《らち》されたことを考えると、住川会の尾高総長の家族か愛人が誰か誘拐されてる可能性も……」

「ああ、それは否定できないな。しかし、梶の報告によると、犯人側が尾高総長に電話で接触した様子はないそうだ。ひょっとしたら、犯人グループは住川会の本部事務所にファックスで身代金を要求したのかもしれない」

「ええ、それは考えられますね。敵の狙いは、お金だけなのかしら？　それとも、後日、御三家に解散を要求するつもりなんでしょうか？」

「それについては、まだ何とも言えないな。それはそうと、麻衣、疲れたろう？」

「ええ、ちょっと」

「もう張り込みを切り上げて、自宅に戻ってくれ。少し前に、梶を高円寺のマンションに帰らせたんだ」

鰐沢は言った。

「そうだったんですか。キャップのお心遣《づか》いは嬉しいけど、わたしはもう少し張り込んでみます。横塚理事長が犯人グループに見当をつけて、動きだすかもしれませんからね」

「仕事熱心だな、おまえさんは。寝不足で肌が荒れても、おれに文句を言うなよ」

「わかってます。キャップは、どうされるんですか？」

「麻衣が頑張ってるのに、おれが恵比寿のマンションに帰るわけにはいかないじゃないか。もう少し八雲邸を張り込んでみるよ」

「さすがキャップだわ」

「ヨイショしても何も出ないぜ。それより、あんまり無理をするなよ。夜が明けきったら、自分のマンションに引き揚げろ」

「そうします」

「たっぷり睡眠をとったら、新宿署の大石刑事に貼りついてみてくれ。大石が楊《ヤン》だけじゃなく、睦東会とも親交があることがどうも気になるんだ」

「そうですね。ついでに、睦東会の会長のことも調べてみます。会長は確か児玉《こだま》晃《あきら》という名で、四十六歳です。前科《ホシ》は二つだったと思います」

「手回しがいいな」

「キャップの仕込みがいいからですよ」

「きょうは、やけに持ち上げるな。いったい何を考えてるんだ？」

「そう警戒しないでください。事実を言っただけですよ」

「おまえさんがそう言うんなら、そういうことにしておこう」

「うふふ。キャップたちの今後の予定は？」

「おれと梶は清麗《チンリー》を囮《おとり》にして、楊義安《ヤンイーオン》をなんとか押さえるつもりだ」

「そうですか。閔長江《ミンチャンジャン》という用心棒には気をつけてくださいね」

麻衣が電話を切った。

鰐沢は携帯電話を助手席に置き、シートに深く凭《もた》れかかった。八雲会長宅の電話は沈黙したままだった。

西麻布で拉致された八雲千佳は、どこに閉じ込められているのか。すでに犯人側は何らかの方法で、父親の八雲恭之進に身代金の要求をしたのだろうか。

もし捜査員が逆探知に成功していたら、子安警視総監から連絡があるはずだ。犯人側は警察の動きをどこかでじっと探《さぐ》っていて、不用意な行動は起こさないのだろうか。

極友会の横塚理事長の愛人が拉致されたことは、まだ捜査当局は知らない。だから、犯人側は先に横塚に身代金を要求したのだろう。

それにしても、三十億円とは途方もない巨額だ。

現金なら、大型ジュラルミン・ケースで十二、三個の分量だ。仮に半分が有価証券だったとしても、かなり嵩張《かさば》る。

犯人側は、どんな方法で身代金を受け取るつもりなのか。

現金や株券を車から別の車に移し替えるには、少なくとも十分や十五分はかかるだろう。その間に受け渡し場所に潜んでいる捜査員たちに包囲される恐れがある。あまり賢い方法ではない。

橋の上から身代金を高速ボートに落とさせ、海に逃げるつもりなのだろうか。それとても、受け渡し場所を事前に警察が察知していたら、逃走は難しい。

古タイヤの下に現金や有価証券を括《くく》らせ、海中に投下させる気なのか。そして、ウエット・スーツに身を固めた犯人たちは水面下で身代金を回収するつもりなのだろうか。

水中スクーターを使えば、陸《おか》で張り込んでいる刑事たちには姿を晒《さら》さずに済む。しかし、捜査当局もただ手を拱《こまね》いているわけではない。当然のことながら、警視庁はアクアラング小隊を出動させるだろう。

そうなったら、たとえ夜間の海中でも逃げ道はない。袋の鼠《ねずみ》だ。

おおかた犯人グループは、意表を衝《つ》く方法で包囲網を突破する気なのだろう。

鰐沢は、あれこれ推測してみた。しかし、成功しそうな脱出手段は思い浮かばなかった。

長嘆息したとき、助手席の上で携帯電話が着信音を奏《かな》ではじめた。

鰐沢は素早《はよ》く携帯電話を掴み上げ、左耳に当てた。

「こんな早うにすまんな」

畑弁護士が開口一番に詫《わ》びた。

「別にかまいませんよ、まだ張り込み中ですんで。麻衣から聞いてると思いますが、

「そうやってな。で、八雲会長宅の電話保安器にヒューズ型の盗聴器を仕掛けて……」

稲森会の八雲会長の娘の千佳が西麻布で中国人らしい男たちに拉致されたんです」

「ええ、そうです。しかし、現在、まだ犯人側は八雲に接触してないようです。それから、さっき知ったんですが、極友会の横塚理事長の愛人が、やはり中国人と思われる男たちに誘拐されたようです」

鰐沢はそう前置きして、脅迫電話の内容を詳しく話した。

「三十億の身代金やて？　前代未聞《ぜんだいみもん》とちゃうか⁉」

「そうかもしれません。もしかしたら、すでに住川会の尾高総長の身内か関係者が引っさらわれてるのかもしれない」

「そやね。それはそれとして、睦東会が出迎え蛇頭やったことがわかったで」

「ほんとですか⁉」

「ああ、ほんまや。楊《ヤン》との結びつきはようわからんけど、睦東会に世話になった中国人密航者三人から同じ証言を得たんやから、間違いないわ。その連中は上海から船に乗った言うてたから、楊《ヤン》と睦東会の接点もありそやないか」

「そうですね。きょうの午後にでも、楊《ヤン》の愛人の清麗《チンリー》の線からパトロンの塒《ねぐら》を探るつもりなんです」

「それは、いい手や」

「先生、いい情報でしたよ」

「このくらいの働きせんかったら、貰《もろ》た百万遣《つか》いにくいさかいな。ほな、またな」

畑が通話を打ち切った。

いつしか空が明け初《そ》めはじめていた。これ以上粘《ねば》っても、意味はないだろう。

鰐沢は車を発進させた。

3

部屋のインターフォンが鳴った。

その音で、鰐沢は眠りを破られた。

ベッド脇《わき》のサイドテーブルの上に置いた腕時計を見る。オメガだ。

午後二時過ぎだった。

ベッドに潜り込んだのは、午前六時半ごろだ。八時間近く睡眠をとったことになる。

頭は軽かった。

また、インターフォンが響いた。

車か何かのセールスマンか。面倒な気がしたが、ベッドから抜け出た。パジャマの上にガウンを羽織って、玄関に急ぐ。

借りているマンションは、1LDKだった。

築年数は二年弱だ。天井も壁も、ほとんど汚れていない。

鰐沢はドア・スコープに目を当てた。

来訪者は、やくざの笠原だった。いつものように和服を着ている。

鰐沢はドアを開けた。

「まだお寝《やす》みだったんですかい？」

笠原が済まなそうな表情で訊いた。

「ちょうど起きたとこなんだ」

「そうでやしたか。丸の内の会社に電話したんですが、誰も出なかったもんでね。それで、ご自宅に伺《うかが》ったわけでさあ」

「とにかく、上《じよう》がってくれないか」

鰐沢は笠原を請じ入れ、リビング・ソファに坐らせた。自分も笠原の前に腰を落とす。

「すっかり報告が遅くなっちまいやしたが、龍昇会と風転会は一連の事件《ヤマ》には噛んでねえようです」

「そう」

「旦那《だんな》、きのう、稲森会の八雲会長の娘が西麻布で、中国人らしい奴らに拉致されたことはご存じですよね？」

「ああ、知ってる。それから極友会の横塚理事長の愛人のクラブママも中国人と思われるグループに引っさらわれて、どこかに監禁されてるようなんだ」

「ほんとですかい⁉」

笠原の顔に、驚愕《きょうがく》の色が拡がった。

鰐沢は経過をつぶさに話した。口を結ぶと、笠原が早口で言った。

「実は住川会の尾高総長の息子の亮一《りょういち》が、きのうから行方がわからなくなってるらしいんでさあ」

「えっ」

「尾高亮一はディスカウント・ショップを五店舗ほど経営してるんですが、まだ独身の三十歳なんです。親許を出て、代々木のマンションに住んでるんだそうです。それで、きのうは取引先の接待でゴルフのコンペに参加したらしいんですが、ロールスロイスで多摩市の東京国際カントリー倶楽部《くらぶ》を出たあと、消息がわからなくなったというんでさあ」

「同じ誘拐組織に狙われたんだろう」

「あっしも、そう思ってるんでさあ。父親の尾高総長は住川会の二次団体がチャイニーズに襲撃されたことから、若い衆に歌舞伎町で中国人狩りをさせてるって話なんですよ」

「流氓《リュウマン》らしい男たちを片っ端から取っ捕まえて、締め上げてるんだな？」

「ええ、そういう話でした。ですが、どいつも総長の息子は知らねえと……」

「そう。おそらく、『三華盟《サンホアモン》』が三つの誘拐事件に関与してるんだろう。犯人側が尾高総長に身代金を要求した事実は？」

「そのあたりの情報は摑めなかったんですが、まだ犯人側からの接触はないんだと思いまさあ」

「だろうね。息子が誘拐されてることがはっきりしたら、尾高総長も流氓狩りはさせないだろうからな」

「ひょっとしたら、いまごろ犯人グループが尾高総長宅に身代金の要求をしてるかもしれませんぜ」

「それなら、梶浦が仕掛けてくれた盗聴器の自動録音機に電話の遣り取りが録音されるだろう」

「そうですね」

「若頭《カシラ》、梶浦の代わりに本駒込にある尾高総長の自宅に仕掛けたテープを回収してくれないか」

「わかりやした。それじゃ、あとで梶浦警部に自動録音機付き受信機をどのあたりに隠してあるのか、電話で訊いてみまさあ」

「よろしく頼むよ。梶とおれは、時間の都合がつかないんだ。麻衣も、新宿署の大石久志って刑事を洗う予定になってるんでね」

鰐沢は、怪しい新宿署員のことを詳しく話した。

「大石って刑事は楊《ヤン》だけじゃなく、睦東会の児玉会長ともつながってたんですかい。そういうことなら、『三華盟《サンホアモン》』を動かしてんのは睦東会に間違いありませんや」

「若頭《カシラ》、児玉とは面識があるの？」

「同業関係の会合で、二、三度会ってまさあ。一見、商社マン風の男です。児玉に関しては、あまりいい噂《うわさ》は耳に入ってきませんね」

「ヤメ検先生の情報によると、睦東会は出迎え蛇頭をやってるらしいんだ」

「あっしも、そういう噂は聞いたことがありまさあ。児玉は電卓叩《たた》きながら、損得勘定だけで生きてる男らしいんです。儲《もう》かる話がありゃ、義理や人情なんかどうでもいいって奴みてえですぜ。関八州《かんはっしゅう》の親分衆には疎《うと》まれてまさあ。なにしろ、山根組の企業舎弟《フロント》から平気で事業資金を借りるような野郎ですから。関東やくざの意地も誇りもねえんでしょ。そうか、睦東会のバックにゃ山根組がいるんだな！」

笠原が膝を打った。

「おれも、いま、そのことを言おうと思ってたんだ」

「旦那、山根組はダミーの睦東会を使って、関東制覇《せいは》を企んでるんじゃねえのかな。そうだ、そうに違《ちげ》えありませんや。天下の山根組と粋《いき》がっても所帯がでけえだけ、遣り繰《シノギ》りはきついはずです。で、関東の縄張《シマ》りをぶんどる気になったんでしょう」

「そのあたりのことも調べてみよう」

鰐沢は立ち上がって、二人分のコーヒーを淹《い》れた。

二人はコーヒーを飲みながら、ひとしきり雑談を交わした。コーヒーカップが空になると、笠原がソファから立ち上がった。

鰐沢は笠原を玄関まで見送ると、冷凍ピラフを炒《いた》めた。ブランチを摂《と》り終えたころ、梶浦から電話がかかってきた。

「いま、会社の無線室にいるんです。ほんの少し前に八王子市郊外の山林で若い女性の惨殺体が発見されたんですが、被害者は極友会の横塚理事長の愛人の栗原有希、二十八歳でした。全裸で遺棄《いき》された有希は顔半分を鈍器で潰《つぶ》され、鋭利な刃物で乳房と性器を抉《えぐ》られていました」

「やっぱり、殺されてしまったか。昨夜《ゆうべ》、麻衣が横塚理事長と誘拐犯の電話内容をキャッチしたんだ」

「どんな遣り取りがあったんです？」

梶浦が訊いた。鰐沢は盗聴テープの内容を伝えた。

「三十億の身代金なんて、すぐには都合できませんよね？」

「だろうな。愛人を惨《むご》いやり方で殺された横塚は、しばらく寝込むことになるかもしれない。おそらく有希は、犯人グループに輪姦《マワ》されてから殺されたんだろう」

「ええ、そうなんだと思います。キャップ、そろそろ清麗《チンリー》のマンションに行きませんか。この時刻なら、美容院に出かけるかもしれませんよ」

「そうだな。いったん電話を切るぞ。協力者から、清麗《チンリー》の日課を教えてもらう。すぐに連絡するよ」

鰐沢は通話を打ち切り、玉玲《ユイリン》の携帯電話を鳴らした。

「あっ、その声は鈴木さんね？」

「当たりだよ。ところで、何かわかったかな？」

「ごめんなさい。まだ何もわからないの。ママに楊義安《ヤンイイオン》のこと、いろいろ訊いたら、変な顔された」

「そうか。あまり無理をしなくてもいいんだ」

「無理しないと、わたし、あなたに悪いよ。お金、たくさん貰《もら》っちゃったね。もう少し待っってて。わたし、必ず鈴木さんの役に立つと思うよ」

「心強いね。それはそうと、ママの清麗《チンリー》は毎日、美容院に行ってるのかな？」

「そう言ってた、いつか。マンションの近くの美容院で毎日、毎日、髪の毛をセットしてもらってるんだって」

「そう。その美容院の名前、わかるかい？」

「わたし、それはわからない。でも、美容院に行く時間はわかるね。夕方五時に予約してると言ってた」

玉玲《ユイリン》が答えた。

「そうか」

「ママ、美容院のあと、軽く食事してから、お店に入ると言ってた」

「店に入る時刻は？」

「いつも七時半ごろね」

「そう」

「鈴木さん、ママに直接、オーナーのこと教えてもらうつもり？　それ、危険なことね」

「そんなことはしないよ。参考までにママの日常生活のことを訊いただけさ。また、連絡するよ」

鰐沢は携帯電話の終了キーを押した。すぐに梶浦に電話をかけ、白金を回ってから桜田物産に行くことを手短に伝えた。

鰐沢は外出の支度を整え、ほどなく部屋を出た。

エレベーターで地下駐車場に下《くだ》り、ボルボに乗り込んだ。あと数分で、午後三時になる。

鰐沢は白金の八雲会長宅に向かった。十五分ほどで、目的地に着いた。

八雲邸の近くにボルボを停め、ごく自然に外に出た。自動録音機付きの受信機は、八雲の自宅の並びにある児童公園の植込みの中に隠しておいた。

それは、誰にも持ち去られていなかった。素早く回収し、車の中に戻る。

鰐沢は自動録音機のマイクロテープを巻き戻し、再生してみた。誘拐犯と八雲会長の遣り取りは録音されていなかった。

犯人グループは、稲森会の本部にファックスで身代金を要求したのかもしれない。

それとも、八雲の携帯に電話をしたのだろうか。

鰐沢は助手席の下から、広域電波受信機《マルチ・バンドレシーバー》を摑《つか》み上げた。

周波数のチューナーをゆっくりと回してみたが、携帯電話の音声はキャッチできなかった。十五分ほど待ってみる。それでも、八雲の声は耳に飛び込んでこない。

鰐沢は広域電波受信機《マルチ・バンドレシーバー》をグローブボックスの下の床《フロア》に置き、自動録音装置付き受信機を摑み上げた。

車を降り、元の場所に盗聴用受信機を置く。

すぐさまボルボに戻って、丸の内に向かった。桜田物産の地下駐車場に車ごと潜り込んだのは、三時五十分ごろだった。

鰐沢は七階に上がり、無線室に入った。

梶浦が警察無線に熱心に耳を傾けていた。太編《ふとあ》みのざっくりとした柄セーターの上に、黄土色のダウンパーカを着込んでいた。下は、オフホワイトのコーデュロイ・パンツだった。

「何か動きは？」

鰐沢は声をかけた。

「特にありません」

「そうか。若頭《カシラ》から、おまえに電話は？」

「少し前に電話がかかってきました。尾高総長の自宅と受信機の隠し場所を詳しく教えておきました」

「横柄な口をきいたんじゃないだろうな？」

「です・ます調で喋《しゃべ》りましたよ、ちゃんとね。相手は、ろくでもない博徒ですけど、一応、年上ですから」

「おまえは、どうして若頭《カシラ》に突っかかってばかりいるんだ？」

「警察がヤー公の手を借りることが気に入らないんです」

梶浦が言った。

「いつも同じことを言うが、若頭《カシラ》は屑《くず》なんかじゃない。並の堅気《かたぎ》なんかより、はるかに人間的に優《すぐ》れてる」

「そうですかね？」

「ま、いい。清麗《チンリー》のマンションに行くぞ。予備の弾倉《マガジン》クリップを忘れるな」

鰐沢は言いおき、先に無線室を出た。梶浦が小走りに追ってくる。

二人は地下駐車場で、それぞれ自分の車に乗り込んだ。日比谷回りで半蔵門に出て、新宿通りに入る。

『北新宿レジデンス』に着いたのは、四時五十分ごろだった。

鰐沢たちは車を裏通りに路上駐車し、マンションの前の大通りまで歩いた。二人とも、消音器を装着した自動拳銃を隠し持っていた。鰐沢と梶浦は通行人を装いながら、マンションの前を行きつ戻りつする。とうに陽《ひ》が沈み、あたりは暗かった。

清麗《チンリー》がマンションの表玄関から現われたのは、五時を数分回ったころだった。ラヴェンダーカラーのニットスーツの上に、黒っぽい毛皮のコートを羽織っていた。チンチラだろうか。

鰐沢は清麗《チンリー》に走り寄り、毛皮コートの下にシグ・ザウエルP226を滑り込ませた。

「手に持ってる物は何なの⁉」

「サイレンサー付きの拳銃だよ。騒いだら、迷わず撃つぜ」

「あ、あなたは確か鈴木さんでしたよね？　なぜ、こんなことをなさるのっ」

「ママに訊きたいことがあるんだ。おれたち二人を部屋に案内してもらおうか」

「二人ですって？」

清麗《チンリー》が周りを見た。彼女のすぐ背後に、巨身の梶浦が立っていた。清麗《チンリー》の美しい顔が強張った。

「さ、部屋に戻るんだ」

鰐沢は低く凄《すご》んだ。

清麗《チンリー》が観念し、マンションの表玄関に引き返した。鰐沢と梶浦は、『スカーレット』のママと一緒にオートドアを潜《くぐ》った。

三人は九階に上がるまで、誰も口を開かなかった。

清麗《チンリー》がブランド物のハンドバッグからキーホルダーを抓《つま》み出し、九〇一号室のドア・ロックを解《と》いた。

間取りは2ＬＤＫだった。リビングルームを挟んで、二部屋ある。右手が十畳ほどの洋室で、左手には八畳の和室があった。

梶浦が洋室に足を踏み入れた。

鰐沢はエア・コンディショナーのスイッチを入れ、設定温度を二十七度にした。少しすると、梶浦が洋室から出てきた。

「ベッドはダブルでした。それから、クローゼットの中には男物の上着やコートが十数着吊《つ》るしてありました」

「ネームは？」

「ありませんでしたが、多分、楊義安《ヤンイオン》と名乗ってる男の衣類でしょう」

「だろうな」

鰐沢は相槌《あいづち》を打って、居間に立ち尽くしている清麗《チンリー》に顔を向けた。

「あなたたちは何者なの？」

「気になるだろうが、その質問には答えられない。あんたのパトロンは、ここに週に何回通ってくるんだ？」

「パトロン？」

「白々しいな。楊義安《ヤンイオン》のことさ」

「知らないわ、そんな男は」

「閩長江《ミンチャンジャン》って義眼の用心棒を連れ歩いてる楊《ヤン》を知らないだと？」

「ええ、知らないわ。閩《ミン》なんて男もね」

「結構、強《したた》かだな。そっちがそこまで言うんだったら、こっちも荒っぽい手を使うことになるぜ」

「わたしに何をする気なの⁉」

清麗《チンリー》の顔面が引き攣《つ》った。

「服を脱いでもらおう」

「二人で、わたしを犯すつもりなの⁉」

「おれたちを女に飢えたチンピラどもと一緒にするな。早くコートを脱ぐんだ」

「いやよ。わたしに何をする気なのか教えてくれなきゃ、コートも服も絶対に脱がないわ」

「明るくて、恥ずかしいらしいな」

鰐沢は少し退《さ》がって、天井のシャンデリア風の照明器具の一つをシグ・ザウエルで撃ち砕いた。

割れたクリスタルカバーや電球が派手に飛び散った。清麗《チンリー》が悲鳴を放ち、反射的にしゃがみ込んだ。その頭髪やコートには、ガラスの破片が付着していた。

「こいつがモデルガンじゃないことはわかったな？」

「わ、わかったわ」

「あんたがあまり協力的じゃなかったら、また引き金を絞ることになる」

「言われた通りにするわよ」

「いい心がけだ。それじゃ、寝室で生まれたままの姿になってもらおう」

「リビングじゃ、駄目なの？」

「ここで裸身を横たえたら、ガラスの破片で血だらけになるぜ。それでも、いいのか？」

「いやよ、そんなの。わかったわ。わたし、ベッドルームに行く」

清麗《チンリー》が毛皮のコートを脱ぎ捨て、寝室に足を向けた。覚悟を決めた顔つきだった。

「甘い拷問にかけるんですね？」

梶浦が近寄ってきて、小声で確かめた。

鰐沢は無言でうなずき、清麗《チンリー》のあとから寝室に入った。

寝室は明るい。さきほど梶浦がメインライトを灯《とも》したからだ。ベランダと出窓は白いレースのカーテンと襞《ひだ》をたっぷりとった厚手のドレープのカーテンで閉ざされていた。

清麗《チンリー》がベッドのそばに立ち、ニットスーツを脱ぎはじめた。素っ裸になるまで、一分もかからなかった。

蜜蜂《みつばち》のような体型ながら、シルエットはすっきりしている。ほどよく肉の付いた脚《あし》は、すんなりと長い。和毛《にこげ》は霞草《かすみそう》のように煙っている。

梶浦が鰐沢の斜め後ろで口笛を吹いた。鰐沢の目にも、清麗《チンリー》の肉感的な肢体は眩《まばゆ》かった。

「あとは、どうすればいいの？」

「ベッドの上で仰向けになってくれ」

「えっ。やっぱり、わたしを……」

「心配するな。おれたちは、力ずくで女を抱いたりしない。根がフェミニストだからな」

「ほんとにレイプしないでね」

清麗《チンリー》が言いながら、ベッドに身を横たえた。

砲弾を連想させる乳房は、少しも形が崩れなかった。鰐沢はベッドに歩み寄った。

4

裸身は硬直していた。

清麗《チンリー》は、いまにも泣き叫びそうな表情だった。怯《おび》えた目は半《なか》ば凍りついている。

「もっとリラックスしろよ」

鰐沢は清麗《チンリー》に笑いかけた。

「無理よ、そんなこと」

「それじゃ、おれがリラックスさせてやろう」

「わたしに何をさせる気なの?」

清麗《チンリー》が問いかけてきた。声は震えを帯びていた。

「指で、自分を慰めてくれ」

「えっ⁉」

「言ってる意味、わかるよな？」

「わかるけど、そんな恥ずかしいことできないわ」

「できるようにしてやろう」

鰐沢は、消音器の先端を清麗《チンリー》の額に押し当てた。清麗《チンリー》が喉《のど》の奥を軋《きし》ませた。

「命令にあくまでも背《そむ》く気なら、ここで死んでもらう」

「本気なの⁉」

「もちろんだ」

「あなたたち、どこかのインテリやくざなの？」

「話をはぐらかすな」

「そういうわけでは……」

「テンカウント取るまでに、独り遊びをしてもらう」

「独り遊び？　その言葉の意味がよくわからないわ」

「オナニーショーのことだ。やらなきゃ、あんたの頭はミンチになる」

鰐沢は数《かず》を数えはじめた。

清麗《チンリー》の顔に、苦渋《くじゅう》の色がにじんだ。鰐沢はカウントを取りつづけた。9《ナイン》まで数えたとき、清麗《チンリー》の両腕が動いた。

片手は左の乳房に伸びた。もう一方の手は、股間に置かれた。

「やっと素直になったな」

鰐沢は小さく笑って、目顔で清麗《チンリー》を促した。

清麗《チンリー》は何か言いかけたが、急に瞼《まぶた》を閉じた。

指の間に乳首を挟みつけ、隆起全体を揉《も》みたてはじめた。右手で恥毛を掻《か》き上げ、双葉に似た二枚の肉片を指先で擦《こす》り合わせる。その部分は、平均よりも長かった。まるで鶏冠《とさか》のようだ。合わせ目は、たちまち肥厚《ひこう》した。

清麗《チンリー》が脚をやや開いた。

右手の指は、繁みの底の尖《とが》った部分に移された。包皮は大きく後退し、薄桃色の芽が零《こぼ》れている。

清麗《チンリー》は乳房を交互にまさぐりながら、感じやすい部分を愛撫しはじめた。それは抓《つま》まれ、圧《お》し潰《つぶ》され、捏《こ》ね回された。

清麗《チンリー》の息遣《づか》いが乱れはじめた。じきに喘《あえ》ぎ声が洩《も》れた。

梶浦がダウンパーカのポケットからデジタルカメラを取り出し、清麗《チンリー》の足許に回り込んだ。アングルを変えながら、彼は清麗《チンリー》の淫猥《いんわい》な痴態《ちたい》を撮りはじめた。

清麗《チンリー》が気配で、それを覚《さと》った。自慰行為を中断させ、彼女は梶浦を詰《なじ》った。

「写真なんか撮らないでよっ。いったい、どういうつもりなの！」

「ただの記念撮影さ」

「ふざけないでよ」

「結構、刺激的に映ってると思うぜ。デジタルカメラ、テレビに接続しようか？」

「観《み》たくないわ、わたしは」

「本人は、そうかもしれないな。しかし、パトロンが観たら、涎《よだれ》を垂らすんじゃないか」

梶浦が茶化して、デジタルカメラをダウンパーカのポケットに仕舞《しま》った。

いつの間にか、清麗《チンリー》の胸の蕾《つぼみ》は張りを失っていた。肉の芽も包皮に隠れてしまった。

「つづけるんだ」

鰐沢は清麗《チンリー》に命じた。

「もう駄目よ。おかしなシーンを撮られちゃったんで、とても自分では燃え上がれないわ」

「そいつは困ったな」

「ね、もう勘弁してちょうだい」

「そうはいかない。おれが協力してやろう」

「わたしの体に触《ふ》れたら、嚙みつくわよ」

清麗《チンリー》が柳眉《りゅうび》を逆立《さかだ》てた。

「嚙みつく前に、あんたはあの世行きだ」

「ええっ」

「どうする？　自分だけで、ショーを演じきれそうか？」

「自分だけじゃ、とても無理だわ。だって、ふつうの状態じゃないんだもの。ねえ、協力して」

「いいだろう」

鰐沢は消音器付きの自動拳銃を浮かせ、梶浦に目配せした。

梶浦が腰の後ろからＳ＆Ｗ410を取り出し、枕許に歩み寄った。やはり、消音装置付きだった。

梶浦がサイレンサーの先を清麗《チンリー》のこめかみに宛《あて》がった。

清麗《チンリー》が目をつぶり、両手で自分の乳房をまさぐりはじめた。弾力性のある胸は、さまざまに形を変えた。軟球のように、よく弾んだ。

鰐沢はベッドに上がり、清麗《チンリー》の股の間に胡坐《あぐら》をかいた。シグ・ザウエルは手の届く場所に置いた。

鰐沢は清麗《チンリー》の膝を立てさせ、股を大きく割った。長いフリルは笑《え》み割れ、鴇色《ときいろ》の襞《ひだ》を覗《のぞ》かせている。濡《ぬ》れて光っていた。

鰐沢は、むっちりとした内腿《うちもも》に指を滑らせはじめた。フェザータッチを心がけ、時折、立てた爪を走らせた。

そうしながら、清麗《チンリー》の秘めやかな肉に熱い息を吹きつけた。鋭敏な芽は、瞬《また》く間に硬く張りつめた。その部分に息を送りつづけると、清麗《チンリー》は腰をひくつかせた。猥《みだ》りがわしい呻《うめ》きもあげた。

鰐沢は意図《いと》的に指は使わなかった。

たぎった息だけを吹きかけつづけた。焦《じ》らしのテクニックだ。

体の奥から湧《わ》いた透明な蜜液が、肉の扉を濡らしはじめた。夥《おびただ》しい量だった。あふれた露《つゆ》は会陰部《えいんぶ》まで達した。

「お願い、焦らさないで」

清麗《チンリー》が甘え声で訴えた。

「どうして欲しいんだ？」

「いじって」

「どこを？」

「いやよ、いじめないで！　早く指を使ってちょうだい」

「好きだね、あんた」

鰐沢は二本の指で、クリトリスを挟みつけた。

芯の痼《しこ》った塊を揉みほぐすように愛撫し、残りの指で濡れそぼったフリルを掻き震わせはじめた。

「好《ハオ》、好《ハオ》！　それ、すごく感じるわ」

清麗《チンリー》が顎《あご》をのけ反らせ、恥丘全体を迫《せ》り上げた。

鰐沢は愛撫に熱を込めた。清麗《チンリー》の眉が大きくたわんだ。瞼の陰影が深くなった。昇りつめる前兆だ。鰐沢は指の動きを止めた。

「わたしを苦しめないで。あと一歩で、クライマックスに達するのに」

清麗《チンリー》が恨みがましく言った。

鰐沢は、また指を使いはじめた。だが、清麗《チンリー》が極みに駆け昇る寸前に愛撫を中断させた。清麗《チンリー》がもどかしがって、右手を下腹部に伸ばしかけた。

鰐沢は清麗《チンリー》の手を払いのけ、高度なフィンガー・テクニックを用《もち》いた。

親指の腹を突起に当て、人差し指と中指をはざまの奥に沈めた。薬指と小指で蟻の戸渡りを愛撫する。

内奥《ないおう》のGスポットは大きく盛り上がっていた。襞《ひだ》の群れが吸いついてくる。

鰐沢は五本の指を躍らせはじめた。清麗《チンリー》が啜《すす》り泣くような声を発し、顔を左右に振りはじめた。

「おっと、消音器を離さないと、暴発しそうだ」

梶浦が言った。

「おまえも協力してやれよ。見てるだけじゃ、つまらないだろう?」

「ええ、まあ」

「乳首を舌で転がしてやれ」

鰐沢は部下を唆《そその》かした。

梶浦がベッドの際《きわ》に片方の膝を落とし、清麗《チンリー》の乳首を口に含んだ。S&W410の消音器は、清麗《チンリー》の喉に向けられていた。

数分すると、清麗《チンリー》がエクスタシーを迎えそうになった。

鰐沢は部下に行為を中断させ、自分も指を静止させた。と、清麗《チンリー》が哀願口調で言った。

「つづけて、つづけてちょうだい！　これ以上、焦らされたら、わたし、狂っちゃう」

「あんたのパトロンは、楊義安《ヤンイオン》だな?」

「そうよ。早くわたしを……」

「楊は、『三華盟《サンホアモン》』の大幹部なんだろ?」

「ええ、そう」

「『三華盟《サンホアモン》』のボスの名は?」

「それは……」

「少しサービスが足りないようだな」

鰐沢はフィンガー・テクニックを披露しはじめた。梶浦も清麗《チンリー》の乳首を吸いつけた。

「ボ、ボスは蔡富泰《ツアイフータイ》よ」

「どういう奴なんだ?」

「北京グループのリーダーで、五十歳かそこらよ。でも、わたしは蔡《ツアイ》とは会ったことがないの。彼から、楊《ヤン》から話を聞いただけ」

「『三華盟《サンホアモン》』はイラン人、コロンビア人、パキスタン人たちも取り込んで、大型スーパーや銀行の現金を強奪したんだな。それから、関東やくざの御三家の二次団体の組事務所も襲撃した。そうだなっ」

「そういう話、わたし、何も聞いてないわ。そんなことより、早くわたしを……」

「おれの質問に正直に答えたら、たっぷりいい思いをさせてやるよ」

「わたし、彼が何をやってるか、ほとんど知らないの。嘘じゃないわ」

「楊《ヤン》の居所を教えてもらおうか」

「ホテルを泊まり歩いてることは知ってるけど、いま彼がどこにいるのかは知らないのよ。あの男性《ひと》は気が向いたときに、この部屋に来るだけ」

清麗《チンリー》が甘やかに呻きながら、声を絞り出した。

「楊《ヤン》というのは偽名なんだろう？」

「ええ、多分ね。でも、わたしは彼の本名も知らないの。怖くて訊けないってこともあるけど、新宿にいる中国人はプライベートなことは詮索《せんさく》し合わないのよ」

「それが暗黙のルールになってるってわけか？」

「そういうことね。国費で日本の大学に留学したり、有名企業で研修を受けてる人たちは別だけど、ほとんどの中国人が密入国や不法残留だから……」

「あんたも入管や警察にチェックされたら、危《ヤバ》いわけだ？」

「オーバーステイであることは認めるわ。でも、わたし個人は日本で何も悪いことはしてない。それだけは嘘じゃないわ」

「そんなことはどうでもいいんだ。それより、楊《ヤン》は携帯電話を持ってるな？」

「ええ、持ってるわ」

「ナンバーを教えてくれ」

鰐沢は言って、集中的に性感帯を刺激した。

清麗《チンリー》が喘《あえ》ぎながら、電話番号を明かした。梶浦が、すかさずメモを執《と》る。

このまま階段を外すのは、少しかわいそうだ。

鰐沢は一段と愛撫に熱を入れ、清麗《チンリー》を沸点に押し上げた。

清麗《チンリー》は中国語混じりの日本語で悦《よろこ》びを表し、なまめかしいスキャットを洩らした。

裸身の震えはリズミカルだった。鰐沢の二本の指に、確かな収縮感が伝わってきた。軽く引いても、指は抜けなかった。

清麗《チンリー》は全身で余韻を味わうと、死んだように動かなくなった。

鰐沢は指を引き抜き、ベッドを降りた。その足で洗面所に行き、愛液にぬめる指を丁寧に洗った。

寝室に戻ると、梶浦が屈《かが》み込んで清麗《チンリー》の剥《む》き出しの恥部を覗き込んでいた。

「突っ込みたいとこだろうが、我慢してくれ」

「別に、そういうことじゃないんです。花びらが長くて大きいんで、ちょっと物珍しかったんですよ。楊《ヤン》は、引っ張るのが好きなんですかね？」

「そうなんだろうな。楊《ヤン》に電話をしてみよう」

鰐沢は自動拳銃をベルトに挟むと、木炭色の厚手のツイード・ジャケットの内ポケットから携帯電話を取り出した。

梶浦がメモを見ながら、楊義安《ヤンイオン》の携帯電話のナンバーを読み上げた。鰐沢はタッチ・コールボタンを押した。

少し待つと、楊《ヤン》の声で応答があった。鰐沢は一拍、沈黙を挟んだ。

「もしもし」

楊《ヤン》が焦《じ》れた声で話しかけてきた。

「日本語で喋ってくれ。おれは上海語も北京語も話せないんでな」

「おまえ、漢方薬と羽毛、中国から輸入したいと言った男ね？」

「そうだ。いま、おれは『北新宿レジデンス』の九〇一号室にいる。清麗《チンリー》はベッドの上にいるよ。素っ裸で、股を開いてな」

「わたしの女に、おまえ、何した!?」

「レイプはしてない。おれは清麗《チンリー》にせがまれて、ちょっと指を使っただけさ。あんたの彼女は乱れに乱れたぜ。発達した花弁、たっぷり拝ませてもらったよ」

「おまえ、何考えてる？　それ、早く言う。よろしいか？」

「あんたに直《じか》に会って確かめたいことがあるんだ。いま、どこにいる？」

鰐沢は訊いた。

「西新宿のホテル。わたし、そこにいる」

「すぐに清麗《チンリー》の部屋に来い。用心棒の閩長江《ミンチャンジャン》を連れてきたら、清麗《チンリー》の命は保証しないぜ」

「少し時間、欲しいよ。わたし、大事な用事あるね。一時間経《た》ったら、清麗《チンリー》のマンションに必ず行く」

「それは駄目だ。三十分以内に、こっちに来るんだ」

「仕方ない。おまえの言う通りにするよ」

電話が切られた。

鰐沢は左手首の時計を見た。五時四十分過ぎだった。

梶浦が歩み寄ってきた。鰐沢は小声で、楊《ヤン》との遣《や》り取《と》りを伝えた。

「奴ひとりで来ますかね？」

「いや、おそらく閩《ミン》と一緒だろう。おまえはエレベーター・ホールのどこかに隠れてて、閩《ミン》を押さえてくれ」

「了解！」

梶浦が寝室を出て、玄関に足を向けた。

それから間もなく、清麗《チンリー》がむっくりと身を起こした。

「服を着てもいい？」

「もう少し裸でいてくれ」

「困るわ。裸のままでいたら、彼はわたしがあなたたちとセックスしたと疑うに決まってる。楊《ヤン》は、とっても嫉妬深いのよ。わたし、後で殴られるわ」

「気の毒だが、そのままでいてくれ」

鰐沢は取り合わなかった。

二人の間に、気まずい沈黙が横たわった。清麗《チンリー》は立てた膝を両腕で抱え込み、顔を伏せてしまった。鰐沢は居間のソファに腰かけた。寝室のドアは開け放ったままだった。清麗《チンリー》の姿は視界に入っていた。

鰐沢はキャビンに火を点《つ》けた。

一服し終えたとき、携帯電話が鳴った。発信者は麻衣だった。

「新宿署の大石警部補がほんの少し前に、池袋の睦東会の事務所に入っていきました。それから、中国語を喋る男たちも事務所の中に消えました」

「男たちは何人いるんだ？」

「二人です。片方は五十年配の脂《あぶら》ぎった感じの男で、もうひとりは四十二、三です」

「峰岸ちゃんに電話して、その二人組の素姓《すじょう》を洗わせてくれ」

「わかりました。そちらの動きは？」

「女を押さえて、目標を誘《おび》き出したとこだ。もう間もなく、目標と接触できるだろう」

「キャップ、油断は禁物ですよ」

「おまえさん、いつからおれの上司になったんだい？」

「気に障《さわ》ったんですね？　ごめんなさい」

「冗談だよ。そっちこそ、油断するな」

鰐沢は先に電話を切った。すぐに立ち上がり、モケット張りのソファを居間の仕切りドアの近くまで運んだ。

「こっちに来てくれ」

鰐沢は寝室に向かって怒鳴《どな》った。待つほどもなく、清麗《チンリー》が姿を見せた。鰐沢は、全裸の清麗《チンリー》をソファに腰かけさせた。玄関ホールと向き合う位置だった。

鰐沢はダイニング・テーブル近くまで後退し、消音器付きの自動拳銃を腰から引き抜いた。玄関ホールからは死角になる場所だった。

「楊《ヤン》をどうする気なの？」

清麗《チンリー》が訊いた。

鰐沢は返事をしなかった。清麗《チンリー》がうなだれた。

六時になった。鰐沢は拳銃のセーフティー・ロックを外して、深呼吸した。逸《はや》る気持ちが鎮《しず》まった。

玄関のドアが開けられたのは、六時八分だった。

楊《ヤン》が驚きの声をあげ、清麗《チンリー》と母国語で何か言い交わした。鰐沢は躍《おど》り出て、歩み寄ってくる楊《ヤン》に消音器の先端を向けた。

楊《ヤン》が立ち竦《すく》んだ。

鰐沢は楊《ヤン》を手招きし、清麗《チンリー》の前に這《は》わせた。両手は頭の上に置かせた。鰐沢はシグ・ザウエルP226で清麗《チンリー》を威《おど》しながら、手早く楊《ヤン》の身体検査をした。拳銃も刃物も隠し持っていなかった。

「『三華盟《サンホアモン》』は、睦東会の下請け仕事をしたんだろ？　現金輸送車や関東御三家の二次団体の事務所を襲い、稲森会、住川会、極友会の首領《ドン》の身内や愛人を拉致したのも、おまえらなんだなっ」

「わたし、知らないよ。『三華盟《サンホアモン》』のボス、わたしじゃない。蔡《ツアイ》ね」

「ボスは、どこに住んでるんだ？」

「それ、知らないね。蔡富泰《ツアイフータイ》、自分の用事あるときだけ、わたしの携帯電話、鳴らす。わたし、ボスに連絡とれないよ」

「腕と脚のどっちに九ミリ弾を浴びせてもらいたい？　好きなほうを選べ」

「どっちも撃たれたくないよ。わたし、ほんとに何も知らないね」

楊《ヤン》が顔だけ上げて、真剣な目で訴えた。

ちょうどそのとき、梶浦が部屋に戻ってきた。目が合うと、彼は黙って首を横に振った。閩《ミン》の姿は見当たらなかったらしい。

梶浦がソファを回り込み、清麗《チンリー》の後頭部にサイレンサーを押し当てた。

鰐沢は消音器の先端を楊《ヤン》の太腿に当てた。引き金の遊びを絞ったとき、玄関ドアが勢いよく開けられた。

なんと閩《ミン》に利き腕を捩《ねじ》上げられた玉玲《ユイリン》の姿が目に飛び込んできた。玉玲《ユイリン》のほっそりした首筋には、三角形のナイフが押し当てられていた。

「日本人の二人、武器捨てる。それしないと、玉玲《ユイリン》殺す」

閩《ミン》が片言の日本語で言った。

玉玲《ユイリン》を巻き添えにするわけにはいかない。鰐沢は銃器を下げ、梶浦に目顔で逆《さか》らうなと告げた。梶浦が無言でうなずき、自動拳銃を足許に置いた。

「わたしの勝ちね。おまえ、拳銃、わたしに渡す。よろしいか？」

楊《ヤン》が立ち上がって、右手を差し出した。

ほとんど同時に、玉玲《ユイリン》が断末魔の叫びをあげた。噴《ふ》き上げた血煙が天井を赤く染めた。玉玲《ユイリン》の体が頽《くずお》れた。

閩《ミン》の左手には、超小型の短機関銃ＭＰ５ＫＡ１《ワン》が握られていた。ＭＰ５Ｋをさらに小型化したモデルだ。

「梶、伏せろ！」

鰐沢は部下に大声で言い、床に転がった。

サブマシンガンの連射音が響きはじめた。後ろで、楊《ヤン》と清麗《チンリー》の悲鳴が重なった。流れ弾を受けたのではない。狙い撃ちだった。

鰐沢は寝撃《プローン・ポジション》ちの姿勢で引き金《トリガー》を強く引いた。銃弾は閩《ミン》の右腕を掠《かす》めた。二《に》の腕《うで》のあたりだった。閩《ミン》が口の中で呻き、掃射してきた。

鰐沢は右に左に転がった。凄まじい銃声が途切れた。

閩《ミン》が部屋を飛び出した。

「追うぞ」

鰐沢は廊下に走り出た。閩《ミン》は非常階段の施錠部分を撃ち砕き、外の踊り場に出た。

「おまえはエレベーターで一階に回れ」

鰐沢は九〇一号室から出てきた梶浦に指示し、非常口に突っ走った。

踊り場に飛び出すと、下から閩《ミン》が銃弾を見舞ってきた。どれも鉄骨階段のステップや手摺《てすり》に当たっただけだった。

鰐沢は撃ち返した。しかし、標的には命中しなかった。

閩《ミン》が軽やかに非常階段を駆け降りていく。

鰐沢は必死に追った。だが、みるみる引き離されていく。閩《ミン》が早くも階段を下《くだ》りきり、マンションの裏庭の植込みの陰に走り入った。

鰐沢は追いかけた。

マンションの裏通りに出て、闇を透かして見た。

閩《ミン》の姿は掻き消えていた。『北新宿レジデンス』を回り込み、表通りに出る。

梶浦が走り寄ってきた。

「こっちにはいません」

「くそっ、逃げられた！」

「残念です。部屋の三人は全員、息絶えてました。まさか楊《ヤン》や清麗《チンリー》を射殺するとは……」

「閩《ミン》は『三華盟《サンホアモン》』のボスの蔡《ツアイ》に命じられて、楊《ヤン》たち二人を始末したんだろう」

「その蔡《ツアイ》の居所は？」

「楊《ヤン》は知らないと言ってた。こうなったら、新宿署の大石刑事と睦東会の児玉会長の口を割らせるしかないな」

鰐沢は呟いた。

さきほどの銃声を聞きつけたマンションの居住者たちが騒ぎはじめていた。鰐沢たち二人は、車を駐めた場所に急いだ。

第四章　巨大勢力の影

1

なんの罪もない玉玲《ユイリン》を死なせてしまった。脳裏に彼女の残像がこびりついて離れない。

ひどく後味が悪い。

鰐沢はボルボを運転しながら、長く息を吐いた。

南池袋一丁目のあたりを走行中だった。後ろから梶浦のジープ・チェロキーがついてくる。鰐沢たちは、睦東会の本部事務所に向かっていた。

本部事務所は、三越池袋店の裏手にある。東池袋一丁目だ。

池袋駅の前を抜け、三越の手前で右に折れる。二つ目の四つ角を今度は左折した。

少し走ると、麻衣のＢＭＷが目に留まった。車体は濃紺だった。個人の車である。

鰐沢はＢＭＷの五、六十メートル後方に、ボルボを停めた。その十数メートル後ろに、梶浦の車が停止する。

鰐沢は外に出た。

大股でBMWに歩み寄り、車内を覗《のぞ》き込む。麻衣だけしか乗っていなかった。峰岸はどこにいるのか。

鰐沢は素早く助手席に入った。

「楊《ヤン》と清麗《チンリー》は閩《ミン》に口を封じられた」

「えっ」

「おそらく『三華盟《サンホアモン》』のボスの蔡富泰《ツアイフータイ》が二人を始末させたんだろう。かわいそうなことに、『スカーレット』のホステスの玉玲《ユイリン》を巻き添えにしてしまった」

「北新宿で何があったんです?」

麻衣が問いかけてきた。鰐沢は経緯《いきさつ》を包み隠さずに話した。

「敵は、かなり手強《てごわ》いですね」

「ああ、侮《あなど》れない連中だ。玉玲《ユイリン》を死なせてしまったのは、おれの責任だよ。彼女に逆スパイめいたことをさせなければ……」

「キャップ、どうしたんです?　いつも梶浦さんやわたしに、任務に感傷は禁物だと言ってたのに」

「そうだったな」

「玉玲《ユイリン》というホステスさんとの間に、特別な何かがあったんですか?」

麻衣が探《さぐ》りを入れてきた。鰐沢は内心の狼狽《ろうばい》を隠して、努めて平静に応じた。

「何を言ってるんだ。おれが協力者に個人的な思い入れなんか懐《いだ》くわけない。たとえ相手が絶世の美女でもな」

「そうですよね、キャップは冷徹な方だから。でも、やっぱり変ですよ。いつもと様子が違うわ」

「玉玲《ユィリン》には、健気《けなげ》なとこがあったんだ。それで、ちょっと柄にもなくセンチメンタルな気分になっただけさ。それより、峰岸ちゃんに連絡がつかなかったのか？」

「いいえ。彼は、この先にある鮨屋《すしや》にいます。児玉が大石刑事と二人の中国人らしい男たちを伴って、その店に入ったんです」

「峰岸ちゃんは客を装って、児玉たち四人の話を盗み聴きをしに行ったのか？」

「そうです。児玉が鮨屋に入るところを一応、高感度フィルムで撮っておきました」

麻衣がルームライトを灯し、一葉の写真を差し出した。

鰐沢は写真を見た。鮨屋に入りかけている四人の男たちが写っていた。横向きだった。

「先頭の男が睦東会の児玉会長です」

「若頭《カシラ》が言ってたように、ちょっと見は商社マンみたいだな。児玉のすぐ後ろにいるのが、新宿署の大石か？」

「ええ、そうです。大石の後ろの二人は、『三華盟《サンホアモン》』の関係者だと思われます」

「この額の禿げ上がった五十男がボスの蔡《ツアイ》なのかもしれないな」

「そうだとしたら、もうひとりの男は福建グループのリーダーなんじゃないかしら?」

「その可能性はあるな。この四人の力関係は読み取れたか?」

「ええ、ある程度は。児玉は大石刑事には少し気を遣ってる様子でしたけど、二人の中国人と思われる男たちには態度が大きい感じでした」

「そうか。この写真は、おれが預かっておく。梶に四人の顔を憶《おぼ》えさせたいんでな」

「ええ、どうぞ」

麻衣がルームライトを消した。鰐沢は写真を上着のポケットに突っ込んだ。

「尾高総長の息子の消息は依然として不明のようです。所轄系の無線を傍受してみたんですけど、特に動きはありませんでした」

「そうか。若頭《カシラ》に本駒込のテープを回収してもらうことになってるんだが、おれのとこにまだ連絡がないんだ」

「尾高亮一は反抗的な態度だったんで、誘拐犯グループに殺されてしまったんでしょうか? それとも誘拐とは無関係で、住川会の総長の倅《せがれ》は別の理由で姿を消したのかしら?」

「稲森会の八雲会長の娘が拉致《らち》されたこと、それから極友会の横塚理事長の愛人が惨殺されたことを考え併《あわ》せると、尾高亮一は拉致されたと思っていいだろう」

「最初はわたしも、そう思ったんです。だけど、犯人側が父親の尾高総長に身代金を要求してる気配もありませんから」

「犯人グループは警察に察知されない方法で、尾高総長に接触してるんだろう」

「そうとしか考えられませんよね。いったい、どんな手を使ってるのかしら？　電話やファックスは、足がつきやすいですよね？」

麻衣が言った。

「そうだな。犯人グループは脅迫状を直接、尾高総長宅のポストに入れたのかもしれない。あるいは、速達か宅配業者のビジネス・エキスプレスを利用したとも考えられるな。いや、待てよ。極友会の横塚理事長の家には、犯人グループから直《じか》に電話があったたな」

「そうでしたね。横塚は犯人側に高姿勢を示したんで、愛人の栗原有希は惨《むご》い殺され方をした。あれは、一種の見せしめだったんでしょうね？」

「そうなんだろう。犯人どもは、あの惨殺事件で八雲会長や尾高総長が震え上がって、すんなりと巨額の身代金を払う気になると踏んだにちがいない」

「ええ、そうなんだと思います。もしかしたら、犯人側は最初っから栗原有希は見せしめに殺す気だったんじゃないのかしら？」

「警察に逆探知されやすい電話を敢《あ》えて使ったのは、御三家に対する挑発だったというわけか」

「そういう意味もあったんでしょうけど、犯人側の狙《ねら》いは稲森会と住川会に有希が拉致されたという噂《うわさ》を流したかったんじゃないのかな？」

「つまり、犯人側は稲森会と住川会をビビらせて、その双方から巨額の身代金をせしめる計画なんじゃないかというわけだね？」

「ええ。御三家の中では、極友会が最も構成員が少ないですよね？　それから、企業舎弟の数も稲森会や住川会の半分です。ですから、犯人たちは短い間に横塚理事長が三十億の身代金を用意できるとは思ってなかったんだと思います」

「なるほどな。そうだったとすれば、犯人グループは郵便物や宅配便で八雲会長や尾高総長に身代金を要求したのかもしれない」

「わたしは、そんな気がするんです」

「くそっ。電話の盗聴だけじゃなく、郵便物や宅配便が届く前に中身をチェックすべきだったな」

鰐沢は、地団駄《じだんだ》を踏みたい気持ちだった。

しかし、よく考えてみると、実際には郵便物や宅配便の中身を検《しら》べることは難しい。八雲会長宅や尾高総長の自宅の前で待ち受け、速達便や荷物を受け取ることは不可能だろう。

仮に郵便局員や宅配業者に警察手帳を呈示《ていじ》したとしても、協力を得られるかどうか。

といって、それぞれの家のポストを覗《のぞ》くことも荷物を横奪《ど》りするわけにもいかない。

「児玉たち四人から手がかりを得られなかった場合は、白金の八雲邸と本駒込の尾高邸に張り込んだほうがいいんじゃないでしょうか？　そうすれば、八雲と尾高側の動きで犯人グループの行動が読めると思うんです」

麻衣が言った。

「そうだな、そうしよう。峰岸ちゃんが鮨屋から出てきたら、おれのとこに来るよう伝えてくれないか」

「はい」

「それから、腕時計型の特殊無線機を嵌《は》めといてくれ。児玉たち四人が店から出てきたら、尾行の指示をする」

鰐沢はそう言い、ＢＭＷを降りた。

百数十メートル先に、睦東会の本部事務所がある。磁器タイル貼りの七階建てだ。

鰐沢は、そこまで歩いた。本部事務所の前にたたずみ、くわえたキャビンに火を点《つ》ける。

ビルの玄関には、人の姿はない。エントランス・ロビーには、大きな観葉植物の鉢が置かれている。むろん、代紋も提灯《ちょうちん》も掲げられていない。中小企業の本社といったたたずまいだ。

鰐沢は踵《きびす》を返し、来た道を戻りはじめた。

今夜も寒い。大気は凍《い》てついていた。少し歩くと、問題の鮨屋に差しかかった。

鰐沢は店内を覗き込みたい衝動に駆られたが、そのまま素通りした。いま、児玉たちに顔を見られるのは得策ではないと判断したからだ。

鰐沢はジープ・チェロキーまで歩き、さりげなく助手席に乗り込んだ。麻衣から聞いた話を梶浦にかいつまんで語り、インスタント写真を見せる。

梶浦はルームライトを点《つ》けなかった。ライターの炎で写真を照らした。

鰐沢は児玉や大石を指さし、若干の説明をした。口を閉じると、梶浦が腹立たしげに言った。

「大石みたいな奴がいるから、警察は一般市民に嫌われるんですよ。多くの刑事は市民の治安を守るために、真面目に働いてるってのにね。すごく残念です」

「おれだって、同じ気持ちだよ。殉職した警察官《サツカン》たちが、あの世で悔《くや》しがってるだろう」

「キャップ、大石をどこかで締め上げましょうよ。腕をへし折って、蹴りで奴の前歯を折ってやります」

「大石は小物さ。痛めつけるなら、睦東会の児玉会長だよ。とことん締め上げれば、『三華盟《サンホアモン》』や山根組とのつながりも吐くだろう。おれたちは児玉の尻《けつ》を追おう。麻衣には、中国人らしい二人組を尾行させる」

「わかりました。それじゃ、特殊無線機を装着しておきます」

梶浦が言って、インスタント写真を返してきた。

鰐沢は写真を上着のポケットに入れ、四輪駆動車から出た。ボルボの運転席に坐った直後、笠原から電話がかかってきた。

「旦那《だんな》、回収した録音音声に身代金を要求する犯人の声は入ってませんでしたぜ」

「そう。尾高総長宅の様子は？」

「頻繁《ひんぱん》に高級外車が横づけされてまさあ。それで、段ボール箱やスーツケースが次々に邸《やしき》ん中に運び込まれやした」

「重そうに運んでた？」

鰐沢は訊《き》いた。

「ええ、かなりね。大型の段ボール箱は、二人がかりで家の中に運び入れてやした」

「多分、中身は札束や有価証券なんだろう」

「ということは、もう犯人側から身代金の要求があったと……」

「そう考えていいだろう。敵は電話やファックスを使うと足がつくと警戒心を起こして、速達か宅配便で身代金を要求したにちがいない。そして、尾高は息子と引き換えに巨額を渡す気になったんだろう」

「そういうことだったのか。いまの話を聞いて、合点がいきましたよ。尾高総長は倅《せがれ》のために、三十億円分の現金や株券を住川会の企業舎弟から掻《か》き集めてるんでしょう」

「そうなんだろう」

「旦那、あっしは張り込みをつづけまさあ」

「車は?」

「レンタカーの白いカローラです。派手な車じゃねえから、目立つことはねえでしょ?」

「そうだね。若頭《カシラ》、いつものように雪駄を脱いで、白足袋《しろたび》で運転してるんだろう?」

「ええ。だから、身代金を積んだ車をどこまでも尾行できまさあ」

「それらしい車が尾高邸を出発したら、すぐに連絡して欲しいんだ」

「わかってまさあ。その後、旦那たちのほうはどうなったんです?」

笠原が訊いた。

鰐沢は経過を伝え、携帯電話の終了キーを押した。そのすぐあと、助手席のウインドー・シールドが軽く叩かれた。

峰岸だった。鰐沢は助手席のロックを解《と》いた。黒っぽいダッフルコートを着た峰岸が、寒風とともに車内に滑り込んできた。

「ご苦労さん！　児玉たち四人は、鮨屋でどんな話をしてた？」

「四人は奥の小上がりで刺身の盛り合わせや天ぷらを食べてるんですが、その近くのテーブル席やカウンターは空いてなかったんですよ。ぼくはカウンターの中ほどで握りを摘《つま》んでたんです。そんなわけで、四人の話はよく聞き取れなかったんです」

「そうか」

「でも、断片的な話は耳に入ってきました。連中は、近く睦東会が新宿歌舞伎町に下部組織の組事務所を構えるという話をしてました。それから、五十年配の額の禿げ上がった男は蔡《ツァイ》という名でした。もうひとりは胡《ウー》と呼ばれてました。蔡《ツァイ》と胡《ウー》は二人で話すときは、北京語を使ってましたよ」

「どちらも、滑らかな北京語を使ってたのか？」

鰐沢はたずねた。

「いいえ、胡《ウー》の北京語は拙《つたな》かったですね。福建語の訛《なまり》があるようでした。彼は、福建系マフィアのリーダーだったんじゃないのかな？」

「おおかた、そうだろう。連中、『三華盟《サンホアモン》』のことは話題にしてなかった？」

「してましたよ、ちょっとだけでしたけどね。児玉が睦東会と『三華盟《サンホアモン》』が手を組めば、天下無敵だと言ったとき、蔡《ツァイ》が『二華盟《アルホアモン》』と名称を変えたほうがいいのかもしれないと口走ったんです。そのことで、何か思い当たります？」

「ああ、思い当たるよ。夕方、上海マフィアのリーダーの楊《ヤン》が殺されたんだ。用心棒の閩《ミン》にな。おそらく蔡《ツァイ》が閩《ミン》に楊《ヤン》を始末させたんだろう。北京、上海、福建で三華《サンホア》なんだろうが、そのうち上海がいなくなった」

「そうか、それで蔡《ツァイ》は二華《アルホア》にすべきかなんて言ってたんだな」

「ああ、そういうことだと思うよ。ところで、連中は腰を落ち着けて、じっくり飲む気なのかな？」

「ええ、そう見えましたね」

峰岸が答えた。

「そいつは好都合だ。相手が酔ってりゃ、取り押さえやすいからな」

「ええ、確かにね」

「峰岸ちゃんは、もう引き揚げてもいいよ」

「蔡《ツァイ》は、あまり日本語が上手じゃないんです。ぼくが北京語の通訳をしたほうがいいと思いますが」

「蔡《ツァイ》も胡《ウー》も、まったく日本を知らないわけじゃないなら、おれたちだけで何とかなるだろう。それとも、血塗れの拷問シーンを見たくなったのか？」

「いいえ、それは見たくないですね。キャップたちの締め方は半端じゃないから、見たら、またしばらく食事できなくなっちゃいますから」

「それなら、帰ったほうがいい」

鰐沢は言った。

峰岸が素直に車を降り、池袋駅の方向に歩きだした。鰐沢はキャビンの箱を開けた。ちょうどそのとき、子安警視総監から電話がかかってきた。

「稲森会の八雲会長が組対四課を通じて、誘拐された娘の千佳を『SAT《サット》』に保護してもらえないかと打診してきた」

「保護というと、八雲は身代金を誘拐犯グループに渡すつもりなんですね？」

鰐沢は確かめた。

「そうだ。八雲は現金と有価証券で三十億用意したそうだよ。身代金を要求する速達便はきのうの午前中、稲森会の本家事務所に届いたという話だった」

「やっぱり、そうでしたか。で、犯人側は身代金の運び役に誰を指名したんです？」

「人質の父親だよ。受け渡し場所は、本栖湖《もとすこ》のロッジ村前だ。時刻は今夜の十一時だよ。すでに『SAT《サット》』のメンバー十人が現場に向かってる。彼らには、人質の保護を任せた。きみらは身代金を奪回し、犯人グループの主犯格を押さえてくれたまえ」

「正規メンバーの三人は、ただちに本栖湖に向かいます」

「健闘を祈る」

子安の声が途切れた。

鰐沢はいったん終了キーを押し、すぐに笠原に電話をかけた。

「若頭《カシラ》、そっちの張り込みを切り上げて、すぐに池袋に向かってくれないか?」

「池袋ですかい。何か状況が変わったんですね?」

笠原が言った。鰐沢は子安警視総監の話を手短に伝えた。

「わかりやした。あっしは、鮨屋にいる四人の誰かを尾《つ》けりゃいいんですね?」

「そうしてほしいんだ。できれば、蔡《ツァイ》の塒《ねぐら》を突きとめてもらえるとありがたいね。額の禿げ上がった五十男だよ」

「わかりやした。蔡《ツァイ》って野郎を取り押さえてもいいですぜ。組の若い奴を二、三人呼べば、なんとかなるでしょう」

「そうしてもらうか」

「合点でさあ」

笠原が電話を切った。

鰐沢は特殊無線機を使って、二人の部下をボルボに呼び寄せた。

2

静かだった。

本栖湖の漣《さざなみ》の音だけがかすかに聞こえる。あと十数分で、午後十一時だ。

鰐沢はロッジ村を見下ろせる高みに立っていた。ロッジ村の右手に梶浦、左手に麻衣がいるはずだ。

鰐沢は暗視望遠鏡《ノクト・スコープ》を目に当てた。

赤外線を使った旧式のノクト・ビジョンではない。ハイテクを結集した新型だ。解像度は高く、夜間でも物がくっきり見える。

鰐沢はレンズの倍率を最大にした。

ロッジ村の広場を取り囲む形で、『SAT《サット》』のメンバーたちが闇《やみ》の底に潜《ひそ》んでいる。ちょうど十人だった。彼らは、身じろぎ一つしない。

鰐沢は忙《せわ》しく周《まわ》りを見回した。誘拐犯グループの偵察隊の影はどこにも見えない。

敵は警視庁の特殊チームが身代金の受け渡し場所に張り込んでいることを予想しているはずだ。彼らは、どこから現場の様子をうかがっているのだろうか。

ロッジ村の樹木の上に、偵察の者が隠れているのか。しかし、それでは捕まる危険性がある。

　湖上に偵察隊がいるにちがいない。

　鰐沢は暗視望遠鏡《ノクト・スコープ》を湖に向けた。

　うっそうと繁る原生林に遮《さえぎ》られ、本栖湖の湖面全体は見通せない。メンバーのうちで最も湖岸に近い場所に張り込んでいるのは、麻衣だった。

　鰐沢は腕時計型の特殊無線機のトークボタンを押した。

「麻衣、おれだ」

「はい」

「おまえさんのいる場所から、湖全体を見渡せるな?」

「ええ、見えます」

「湖上に不審なボートが浮かんでないかどうか、ノクト・スコープで確認してくれ」

「了解!」

　麻衣の声が沈黙した。

　ヘビースモーカーの鰐沢は、無性《むしょう》に煙草が喫《す》いたくなった。しかし、張り込み中にライターを使うわけにはいかない。キャビンの匂いだけを嗅《か》いで、ぐっと我慢する。

「キャップ、応答願います」

　麻衣の囁《ささや》き声が耳に届いた。

「どうだった？」

「怪しいボートは一隻も見えません」

「おかしいな。犯人どもは警察の裏をかいて、身代金の受け渡し場所を変える気なのかもしれない」

「それ、考えられますね。わたし、車に戻って、『SAT《サット》』のメンバーの無線交信を傍受して来ましょうか？」

「いや、下手に動かないほうがいい。近くに敵の偵察隊がひとりもいないとわかったわけじゃないからな」

「そうですね」

「もしかすると、敵は車で身代金を受け取りに来るんじゃないのかもしれない。熱気球か、ヘリで上空から……」

「空から逃げるつもりだと？」

「おそらく、そうなんだろう。だから、偵察隊の影も見えないのさ」

「キャップ、お言葉を返すようですけど、熱気球やヘリを使っても無事に逃亡できる可能性はないんじゃありませんか？　当然、本庁の航空隊は大月《おおつき》の上空あたりにヘリを待機させてるでしょうし、山梨県警にも応援を要請したはずです」

「わかってる。しかし、追うに追えない事態なら、手の打ちようがない」

鰐沢は言った。

「犯人側に、人質の八雲千佳を解放する気はないと？」

「逃げ切るまでは人質を解放する気はないだろうな。おそらく犯人グループは千佳を楯《たて》にしながら、熱気球かヘリから身代金を山中のどこかに投下して、自分たちも地上に降りるつもりなんだろう」

「熱気球なら視界から消えたら、レーダーでは捕捉《ほそく》できませんね。ヘリによる逃亡なら、追跡できますけど」

「とは限らない。ヘリを空中停止《ホバリング》させといて、犯人どもがロープを伝って山深い場所に降下すれば、そう簡単には追えなくなる」

「あっ、そうですね」

「どっちにしても、敵は空から来るにちがいない。上空の様子に注意を払ってくれ」

「了解！」

麻衣の声が熄《や》んだ。

鰐沢は梶浦をコールし、自分の推測を語った。

「きっとそうですよ。偵察隊らしい影は一つも見えませんからね。敵は熱気球を使う気なんじゃないのかな？　そうだとしたら、パラプレーンに乗った護衛隊が熱気球の周りに飛んでそうですね」

梶浦が言った。

パラプレーンはミニパラシュートを使う軽便飛行具だ。大きなエンジンは搭載できないが、上空千メートル近くまで舞い上がれる。操縦はきわめて簡単で、パイロットは射撃も可能だ。

「なるほど、それも考えられるな。人質を取られたままじゃ、『SAT《サット》』の連中は手も足も出せない」

「そうですね。仮に航空隊のヘリが熱気球を包囲しても、結局、敵の言いなりになるほかありません。くそっ、忌々《いまいま》しいな」

「梶、少し冷静になれ。犯人グループが熱気球でやってくるかどうか、まだわからないんだ」

「しかし、敵が八雲千佳を弾除《たまよ》けにして逃亡を図る気なら、こっちは動きようがないじゃありませんか」

「いったんは身代金をせしめられるかもしれないが、敵だって身の安全が保障されるまでは決して人質を殺したりしないはずだ。それまで粘り強く追跡するんだよ。いいな！」

鰐沢は交信を打ち切った。

それから間もなく、湖岸道路から車の走行音が這《は》い上がってきた。鰐沢は暗視望遠鏡を覗いた。

　少しすると、ロッジ村の広場にブリリアント・グレイのメルセデス・ベンツが停まった。

　後部座席と助手席には、銀色のジュラルミン・ケースや段ボール箱が何段も重ねられている。中身は札束や有価証券だろう。

　運転席のドアが開き、八雲恭之進が降り立った。厚手のセーターの上に、黒革のハーフコートを羽織っている。六十歳にしては体つきが若々しい。

　ベンツの車内に誰かが隠れている様子はうかがえない。八雲会長は犯人側の指示通りに、ひとりだけで現金と有価証券を運んできたようだ。

　張り込んでいる『SAT《サット》』の十人が少しずつ広場に近づきはじめた。『隼』の三人は動かなかった。

　十一時になった。

　八雲がそわそわしはじめた。さかんに、湖岸道路の左右に目をやっている。しかし、犯人グループが接近してくる気配はない。

　十分ほど経過したころ、小豆《あずき》色のライトバンが本栖のバス停の方向から低速で滑ってきた。ライトバンは、メルセデス・ベンツのそばに停まった。

　あろうことか、運転席には人影が見えない。

ドライバーは、ダッシュボードの下に隠れているのか。鰐沢は麻衣に無線連絡をした。

「ライトバンの中に何人いるか確認してくれ。おれの位置からは、車内がよく見えないんだ」

「無人です。車の中には誰もいません」

「なんだって!?　もっとよく見るんだ」

「何度も見ました。やっぱり、車内にはまったく人影がありません」

「わかったぞ。あのライトバンは、リモコン操作で動いてるんだ」

「ラジオ・コントロールで、アクセルやブレーキを動かしてるんですか!?」

麻衣の声が裏返った。

「多分、そうなんだろう。そう遠くない場所に、必ず操縦者《ハンドラー》がいるはずだ。そいつを取っ捕まえよう」

「わかりました」

「操縦者《ハンドラー》を見つけたら、すぐに連絡してくれ。おまえさんひとりで押さえようとするんじゃないぞ」

鰐沢は言いおき、すぐさま梶浦をコールした。麻衣に喋《しゃべ》ったことを繰り返し、交信を打ち切る。

鰐沢は暗視望遠鏡《ノクト・スコープ》を上着の右ポケットに突っ込み、腰の後ろからシグ・ザウエルP226を引き抜いた。十五発フル装弾してあった。

銃口に消音器を嚙ませ、斜面を下《くだ》りはじめる。歩《ほ》を運ぶたびに、折り重なった落葉がかさこそと鳴った。もどかしかったが、急ぎ足では歩けなかった。用心深く一歩ずつ斜面を降りていく。

広場がすぐ眼下に迫ったとき、梶浦から無線連絡が入った。

「湖岸に動く人影がありました」

「影は幾つだった？」

「確認できたのは、ひとりです。箱のような物を抱えてます。コントロール・ボックスでしょうか？」

「ああ、多分な。現在位置は？」

「ロッジ村の切れるあたりです。烏帽子岳《えぼしだけ》の裾野《すその》付近です」

「よし、そこで待て。麻衣に指示を与えたら、おまえと合流する」

鰐沢は梶浦に言って、無線で麻衣に呼びかけた。

すぐに応答があった。鰐沢は梶浦がハンドラーと思われる人影を発見したことを告げ、広場の動きを見守るよう麻衣に命じた。彼女は湖岸道路の数十メートル手前にいるらしかった。

鰐沢は広場を大きく迂回《うかい》し、梶浦のいる場所に急いだ。

広場を回り込んだとき、繁みの向こうで影が揺れた。敵か。一瞬、鰐沢は緊張した。

だが、姿を見せたのは『SAT《サット》』の隊員だった。

「鰐沢警視でしたか」

「そうだ。びっくりさせんなよ」

「申し訳ありません。何か動きがあったのでしょうか？」

「そういうわけじゃないんだ。張り込み場所を変えるんだよ」

鰐沢は、湖岸の不審な影については何も触れなかった。といっても、別に手柄を『隼』のものにしたかったからではない。

ハンドラーらしき人物のことを『SAT《サット》』のメンバーに話せば、当然、捜査員たちの動きが大きくなる。そのことで、犯人側を刺激したくなかったのである。

「警視、お気をつけて」
二十八、九の隊員が敬礼し、路《みち》を譲る。
鰐沢は相手の肩を無言で軽く叩き、先を急いだ。丘陵地を下《くだ》りきると、梶浦が樹幹にへばりつくような恰好《かっこう》で立っていた。

「目標はどこだ？」

鰐沢は小声で訊いた。梶浦が黙って湖の方を指さした。

鰐沢は暗視望遠鏡《ノクト・スコープ》をポケットから取り出し、すぐに覗き込んだ。部下の指さした方向には、人の姿はなかった。

「見えないな」

「それじゃ、しゃがみ込んでるんだと思います」

「どんな奴だった？」

「黒っぽい服を着て、登山帽を被《かぶ》ってました。顔はよく見えませんでしたが、動きはきびきびしてました。多分、まだ二十代でしょう。キャップ、湖岸道路を横切って、浜に降りりましょうよ」

「もう少し様子を見てからにしよう」

「了解！」

梶浦が口を閉じた。

そのとき、ベンツとライトバンの間に立っていた八雲がハーフコートの内ポケットから携帯電話を摑み出した。誘拐犯グループから何か連絡が入ったのだろう。

通話は短かった。

八雲は十数秒で、モバイルフォンを懐《ふところ》に戻した。それから彼は、自分の車に積んであるジュラルミン・ケースや段ボール箱を一つずつ小豆色のライトバンに移しはじめた。

ライトバンには、ナンバープレートが付いていなかった。

八雲会長は額の汗を拭《ぬぐ》いながら、ひたすら札束や有価証券を積み替えている。堅気《かたぎ》には恐れられている広域暴力団の大親分も、人並の家族愛は持っているようだ。

やがて、作業は終わった。

「梶、ハンドラーを取っ捕まえよう。うまくすれば、人質の交換ってことに持っていけるだろう」

「キャップ、そのお考えは少し楽観的なんじゃありませんか？　ハンドラーが大物とは思えません。敵がハンドラーと八雲千佳を交換する気になるとは……」

「そうだな。確かに、おれの考えは少し甘かった。とにかくハンドラーを痛めつけて、仲間たちのことを吐かせよう」

鰐沢は中腰で進みはじめた。梶浦がすぐに追ってくる。

二人は湖岸道路に達すると、腹這いになった。そのまま匍匐《ほふく》前進し、道路を横切った。

今度は仰向《あおむ》けになって、浜までのスロープを下る。浜辺に出ると、二人は身を伏せた。

波打ち際《ぎわ》を小走りに走っている男が目に留まった。登山帽を被《かぶ》っている。コントロール・ボックスを小脇に抱えていた。

「キャップ、あいつです」

梶浦が言った。

鰐沢はうなずき、寝撃ちの姿勢をとった。標的までの距離は五十メートル前後だ、きわどい距離だった。命中するだろうか。

鰐沢は逃げる男の脚に狙いをつけ、シグ・ザウエルの引き金を絞った。一発目は当たらなかった。二発目で、男が倒れた。コントロール・ボックスが宙を泳いだ。

前のめりに倒れた男が肘《ひじ》で上体を支え起こした。次の瞬間、数発の銃弾が飛んできた。銃声はしなかった。消音器を使っているのだろう。

「くそったれめ！」

梶浦がS&W410を前に大きく突き出した。

「待て！　おまえは撃つな」

「しかし、このままじゃ……」

「心配するな。相手に狙いを定める余裕はないんだ。じっとしてれば、銃弾を喰うことはないさ。それより、逆上して撃ち返したら、相手を殺してしまう。そんなことになったら、元も子もない」

「ええ、そうですね」

「おれに任せろ」

鰐沢は言って、わざと相手に時間を与えた。

案の定《じょう》、男がふらふらと立ち上がった。すかさず鰐沢は、相手の右肩を撃った。ふたたび男が倒れた。

「行くぞ」

鰐沢は巨身の部下に声をかけ、敏捷《びんしょう》に起き上がった。梶浦も立った。

二人は姿勢を低くして、倒れている男に近づいた。

男は、落とした銃器を手探りしていた。梶浦が先にサイレンサー・ピストルを拾い上げた。マカロフＰＢだった。ロシアの特殊部隊員用の銃器だ。

「殺せ。わたし、殺せ！」

男が片言の日本語で言った。鰐沢は足で男を仰向けにさせた。

「中国人だな？」

「わたし、何も言わない」

「『三華盟《サンホアモン》』のメンバーなんだろう？　蔡富泰《ツアイフータイ》の手下だなっ」

「…………」

男は呻《うめ》いたきりだった。

鰐沢は男の左の膝頭《ひざがしら》を九ミリ弾で砕いた。男が長く唸《うな》って、体を丸めた。

「簡単に死ねると思ったら、大間違いだぜ。口を割らなきゃ、急所を外しながら、何発もぶち込んでやる」

「おまえの言った通りだ。早く急所を撃て」

「仲間は、空から身代金を取りに来るんだろっ」

「それ、言わない。中国人、仲間を裏切ったら、家族も故郷にいられなくなる。早く殺せ！」

「カッコつけてんじゃねえよ」

梶浦が声を荒らげ、男のこめかみと脇腹に鋭い蹴りを入れた。男が転げ回った。

「それぐらいにしておけ」

鰐沢は、なおも足を飛ばそうとしている梶浦に声をかけた。梶浦が少し退《さ》がった。

そのとき、男が奇声を放った。自分の舌を噛《か》み切ったのだ。千切《ちぎ》れた舌が喉《のど》の奥に詰まったのか、男は苦しげにのたうち回りはじめた。

「口を開けるんだっ。千切れたベロを吐け！」

鰐沢は言った。

男が短く喉を鳴らし、それきり動かなくなった。

鰐沢は男の左手首を取った。脈動は伝わってこなかった。

なんてことだ。鰐沢は足許《あしもと》の砂を蹴散らした。

　そのすぐあと、上空からヘリコプターのローター音が響いてきた。鰐沢は暗視望遠鏡《ノクト・スコープ》を目に当てた。

　烏帽子岳の方から、警視庁航空隊の大型ヘリコプターが飛来してくる。脚部から、何か白っぽい塊が吊《つ》るされていた。

　よく見ると、それは下着姿の八雲千佳だった。両手首をロープで縛られた人質は、くるくると回っていた。気を失っているらしく、顔を後ろに反らせている。

「なんで本社の大型ヘリが⁉」

　梶浦がノクト・スコープを目に当てながら、呻くように呟《つぶや》いた。

「新宿署の大石のほかにも、敵の協力者がいたってことだろう」

「いったい誰が……」

「睦東会の児玉が航空隊のパイロットを仲間に引きずり込んだにちがいない」

「警察関係者が二人も犯人グループに取り込まれてたなんて、世も末です」

「おまえの言う通りだ。それほど世の中は腐りきってるのさ。もはや法だけじゃ、悪党どもは裁けない。梶、おれたちが何とかしなけりゃな」

　鰐沢は部下に言って、大型ヘリの動きを目で追った。

　ほどなく大型ヘリはロッジ村に達し、広場のほぼ真上で空中停止した。地上から三十五、六メートルの高さだった。

ローターの風圧で、樹々の梢や小枝が烈《はげ》しく揺れている。

鰐沢たち二人は湖岸道路まで駆け上がった。

八雲が娘を不安そうに見上げながら、携帯電話を耳に当てていた。犯人側が、また何か指示を与えたのだろう。

八雲が携帯電話を耳から離したとき、大型ヘリのスライディング・ドアが開けられた。すぐにワイヤーの束が投げ落とされた。

ワイヤー・ロープは太かった。先端は輪の形になっていた。

八雲がワイヤーの輪を拡《ひろ》げ、小豆色のライトバンに引っ掛けはじめた。ワイヤーは三本だった。

敵はライトバンを大型ヘリで吊り上げたまま、逃げる気なのだろう。

鰐沢は『SAT《サット》』のメンバーを見た。

自動小銃や狙撃銃《そげきじゅう》の銃口は、すべて大型ヘリに向けられていた。しかし、人質が吊るされた状態では発砲できない。事態は最悪だ。

せめて八雲千佳を救出してやりたいが、銃弾でワイヤーをぶっ千切ったら、地上に叩きつけられることになる。いったい、どうすればいいのか。

鰐沢は頭を掻き毟《むし》った。

八雲がライトバンから離れ、空に向かって大声で何か叫びはじめた。ローター音に掻き消されて、その声は聞こえない。多分、愛娘《まなむすめ》の名を呼んでいるのだろう。

ワイヤーは大型ヘリの脚部に固く縛ってあった。スライディング・ドアが閉められ、機が垂直上昇しはじめた。

三本のワイヤー・ロープが張り詰め、ライトバンが舞い上がった。『SAT《サット》』の隊員たちが次々に広場に飛び出し、頭上の大型ヘリを憎々しげに仰ぎ見た。

「先に車に戻ってろ。ヘリの追跡だ」

鰐沢は無線で麻衣に命じ、梶浦と一緒に走り出した。

三台の車は数百メートル離れた場所に駐《と》めてあった。機は人質とライトバンを吊り下げたまま、水平飛行に移りつつあった。烏帽子岳の山陰《やまかげ》に入り込まれたら、もはや追うことはできない。

二人は全力で疾走し、それぞれの車に乗り込んだ。すでに麻衣はBMWの中にいた。

三台の車は相次《あいつ》いで走りはじめた。『SAT《サット》』の車は四方に散った。

大型ヘリは烏帽子岳のパノラマ台の上空を飛んでいた。

鰐沢のボルボは先頭だった。まだ肉眼で大型ヘリの明滅している航空灯が見える。

しかし、わずか数分後には機は稜線の向こうに消えてしまった。

鰐沢は無線で二人の部下に三方に別れることを提案し、精進湖畔《しょうじこはん》に抜ける山道にボルボを進めた。

3

酒が苦い。

手の込んだ京懐石《きょうかいせき》料理も、うまくは感じなかった。何度も箸《はし》を手に取る気にはなれなかった。

鰐沢は赤坂の料亭の奥座敷にいた。

すぐ横には、子安雅光警視総監が坐っている。上座《かみざ》で盃を傾けているのは、警察庁の弓削陽介長官だった。

三人の会話は弾まなかった。

本栖湖で失態を演じてから、五日が経っていた。夜の九時過ぎだった。

人質の八雲千佳と三十億円分の身代金を積んだライトバンを吊り下げた大型ヘリは、烏帽子岳の北側に位置する釈迦《しゃか》ケ岳《たけ》の山中で忽然《こつぜん》と消えてしまった。鰐沢たち三人と『SAT《サット》』は手分けして、山狩りをした。

上九一色村《かみくいしきむら》側の中腹で凍死した千佳の死体を発見したのは、夜明け前だった。千佳の両手首はワイヤー・ロープで縛《しば》られ、ランジェリーも剝《は》ぎ取られていた。

住川会の尾高総長が現金と有価証券を併《あわ》せて三十億円相当の身代金を誘拐組織に相《さ》

模湾《がみわん》沖で渡したのは、三日前の深夜だった。犯行グループは身代金を積んだ大型救命ボートを件《くだん》の大型ヘリで吊り上げた直後、人質の尾高亮一を射殺した。

　そのことを警視庁や『隼』が知ったのは、事件後だった。取り返しのつかない失点だ。

　悪いことは、それだけではなかった。

　五日前の深夜、睦東会の児玉会長たち四人の尾行に失敗した笠原は蔡《ツァイ》に左腕を撃たれてしまった。幸いにも銃弾は貫通し、骨には損傷がなかった。

　警視庁航空隊の大型ヘリを盗み出したのは、パイロットの勝呂《すぐろ》到《いたる》と判明した。三十九歳の勝呂は妻帯者ながら、無頼漢を気取っていたらしい。あらゆるギャンブルにのめり込み、中国人マフィアの賭場《とば》にも出入りしていた。賭博絡みの借金につけ込まれ、勝呂は『三華盟《サンホアモン》』に大型ヘリコプターの強奪を強《し》いられたようだ。

　勝呂と新宿署の大石刑事は消息不明だった。おおかた睦東会の児玉会長か、『三華《サンホア》盟《モン》』の蔡《ツァイ》が二人を匿《かくま》っているのだろう。

「デパート、銀行、スーパーの現金が強奪され、関東御三家の二次団体の組事務所が襲撃されて、稲森会の八雲会長と住川会の尾高総長は三十億円相当の身代金を奪われた上に、それぞれ自分の子供を殺害されてしまった。極友会の横塚理事長は愛人を惨殺された。これほど凶悪な犯罪は、おそらく前例がないだろう」

弓削が苦り切った顔で言った。子安がうつむき加減で警視庁の不手際《ふてぎわ》を詫びた。

鰐沢も、『隼』の捜査に手抜かりがあったことを素直に認めた。

「別にきみらが悪いわけじゃない。犯人どもが大悪党なんだよ。それにしても、新宿署の大石と航空隊の勝呂の二人が犯行グループの一味だったことはショックだね」

「長官、すべて警視総監のわたくしの責任です。今後は悪徳警官の摘発に力を入れます」

「そうしてくれたまえ」

「はい。それから、別件で睦東会の児玉会長の身柄を押さえるつもりです」

「総監、それはもう少し待っていただけませんか」

鰐沢は子安に顔を向けた。

「なぜかね？」

「きのうから、児玉が経営してる池袋の会員制クラブに森脇警部補をホステスとして潜《もぐ》り込ませてるんです」

「そうだったのか」

「別件で児玉をしょっぴいても、一連の事件《ヤマ》について自白《ウタ》うとは思えません。われわれが児玉に罠《わな》を仕掛けて、奴の口を強引に割らせます」

「色仕掛けで、児玉を油断させるつもりなんだな？」

「ええ、まあ」

「大丈夫なのかね、そんな危険な役目を森脇警部補に押しつけても。潜入捜査がバレたら、きっと児玉は彼女を始末させるにちがいない」

「麻衣は、いえ、森脇は優秀な刑事です。失敗《ドジ》は踏まないでしょう」

「しかし、万が一ということもある。別の囮《おとり》捜査はできんのか?」

「児玉は、ひどく警戒心を強めてるんです。男の刑事が裏社会の人間になりすまして、ダーティー・ビジネスを持ちかけても乗ってこないと思います。しかし、相手が女なら、つい無防備になるでしょう」

「そうかもしれないな。それじゃ、もう少し森脇に潜入捜査をつづけてもらうか。ただし、決して彼女に無理をさせないでくれ」

　子安が言った。

「わかりました」

「睦東会と山根組の結びつきは、どこまで把握してるのかな?」

　弓削長官が会話に加わった。

「山根組が睦東会の企業舎弟《フロント》に事業資金を回してることは事実でした。神戸は睦東会をダミーにして、関東進出を図るつもりなんでしょう。睦東会は睦東会で、蔡《ツァイ》の率いる『三華盟《サンホアモン》』を利用してるようです」

「蔡《ツァイ》について、中国の当局の回答は？」

「きのう、ありました。蔡富泰《ツァイフータイ》は本名でした。北京郊外で生まれた蔡《ツァイ》は十代後半に紅衛兵に志願し、文化大革命のとき、旧地主だった伯父《おじ》を吊るし上げて幹部候補生になったんです。しかし、内ゲバ闘争で対立グループの幹部を襲撃して、労働改造所という名の強制労働所に送り込まれたそうです」

「紅衛兵は農民や知識人の子弟で組織されてた『紅旗《こうき》』と共産党や軍などの幹部の子弟たちのグループ『東風《とうふう》』に分かれ、長いこと対立してたはずだ」

「ええ、そうらしいですね。『紅旗』に属してた蔡《ツァイ》は一九七〇年代の後半に労働改造所を何人かの仲間と脱走して、香港に逃げたようです」

「その当時、香港の九龍城は無法地帯だった。だから、大勢の元紅衛兵が流れ込み、『大圏仔《ダーヒユンチャイ》』という犯罪組織を結成したんだよ」

「ええ、察《ツァイ》も『大圏仔《ダーヒユンチャイ》』の一員だったようです。その後、どういう経緯《いきさつ》があったのか、偽造パスポートで数年前に日本に潜り込んだと思われます」

「福建省マフィアのリーダーの胡《ウー》についてはどうなのかね？」

「胡貴陽《ウーグイヤン》は四十歳ですが、六年前に密入国してます。福建省にいたころのことは何もわかりませんでした。上海グループの楊《ヤン》の用心棒をしてた閩長江《ミンチャンジャン》は、八年前まで中国第十二特殊戦部隊分遣隊に所属してました」

「レンジャー隊員だったのか」

「そうです。閩《ミン》がどういう理由で日本に密入国したのかは不明です。いま現在は、蔡《ツァイ》の用心棒を務めてるようです」

鰐沢は言った。一拍置いて、弓削がどちらにともなく呟いた。

「とにかく、一刻も早く何とかしなければならんね」

「おっしゃる通りです」

子安が長官に同調し、鰐沢に問いかけてきた。

「見通しはどうなんだ？」

「あと一週間もあれば、何とか目途《めど》はつくと思います」

「そうか。なら、それまで『隼』に任せよう。長官、それで問題ございませんね？」

「指揮官は、きみなんだ。思う通りにやってくれたまえ」

弓削が鷹揚《おうよう》に言い、徳利を摑《つか》み上げた。子安、鰐沢の順に酌を受けた。

数十分が経ったころ、鰐沢は先に席を立った。

ボルボは料亭の脇《わき》に駐めてあった。酒気帯び運転になるが、かまわず車を発進させる。

桜田物産に戻ったのは、ちょうど十時ごろだった。

七階の無線室を覗くと、警察無線に耳を傾けていた梶浦が弾かれたように椅子から立ち上がった。

「何かあったようだな？」

鰐沢は先に口を開いた。

「いま、キャップに電話をしようと思ってたんです。大石と勝呂が殺されました」

「えっ」

「九時五十分ごろ、富士山麓の青木ケ原樹海で日東テレビのドキュメンタリー番組の撮影スタッフが取材中に二人の射殺死体を発見したそうです。大石と勝呂は至近距離から頭部を撃ち抜かれてました」

「児玉か蔡《ツアイ》が二人の口を封じさせたんだな」

「そうにちがいありませんよ。大石も勝呂も、大ばか野郎です。屑《くず》どもにさんざん利用されて、あっさり殺されちゃったんですから」

「自業自得だな」

「それはそうですが、ちょっと残念です」

梶浦が言った。

「残念？」

「ええ、そうです。おれ、大石たち二人に手錠《ワッパ》ぶち込んで、同じ仕事をしてる警察関係者のひとりひとりに土下座させたかったんですよ」

「おまえの怒りはわかるが、どんな組織にも簡単に魂を売り渡しちまう人間がいるもんさ。ところで、麻衣から何か連絡は？」

「特にありません。ただ、会議室に畑先生と若頭《カシラ》がいます」

「そうか」

鰐沢は無線室を出て、会議室に入った。畑弁護士と笠原が将棋《しようぎ》を指《さ》している。笠原は左腕を三角巾《きん》で吊っていた。

「若頭《カシラ》、無理して出歩かないほうがいいな」

鰐沢は笠原に声をかけた。

「弾は貫通しましたんで、どうってことありやせんや。それより、池袋《ブクロ》では下手打っちまって、面目ありません」

「いいんだ、気にしないでくれ。敵が振り向きざまに、いきなりぶっ放したんだから、誰だって躱《かわ》せないさ」

「そうおっしゃっていただけると、少しは気持ちが軽くなりまさあ。それはそうと、あっしに手伝えることが何かあるんじゃねえかと来てみたんですがね」

「銃創がすっかりよくなるまで、ゆっくりしてろと言ったじゃないか」

「旦那のおっしゃったことは忘れちゃいやせん。でも、あっしとしては一日も早く名誉挽回《ばんかい》したくってね」

「いまのとこ、手伝ってもらうことはないんだ」

「そうですかい。必要なときは、いつでも遠慮なくお声をかけてくだせえ」

笠原が口を結んだ。それを待っていたように、畑が早口で言った。

「神戸は、やっぱり関東制覇を企んでるようやな」

「新しい情報が入ったんですね？」

「そや。わし、この二、三日、京都と大阪の組関係の顧問会社回って、法律相談受けとってん。そのついでに、山根組のことをいろいろ探ってきたんや。山根組は予想以上に台所が苦しいみたいやで。背に腹は替えられんいうことで、睦東会焚《た》きつけたようやな」

「そうですか。そのあたりのことを近いうちに必ず児玉に吐かせますよ」

鰐沢は椅子に腰かけ、キャビンに火を点《つ》けた。

三人は一連の事件に関する話を交わした。畑と笠原が引き揚げたのは、十時五十分ごろだった。

鰐沢は二人を見送り、社長室に引き籠《こも》った。

麻衣から電話がかかってきたのは、十一時七分ごろだった。

「ついに目標が罠に……」

「児玉に口説《くど》かれたんだな？」

「そうです。午前零時に、目標がリザーブしたホテルの部屋を訪ねることになりました。池袋署の並びにあるメトロ・プラザホテルの一五一〇号室です。目標がバスルームに入ったら、ドアの内錠は外しておきます」

「わかった。すぐに池袋に向かう」

鰐沢は電話を切り、社長室を走り出た。

梶浦を大声で呼び、すぐさま二人は地下駐車場に降りた。二台の車は信号無視を繰り返しながら、池袋に急いだ。

目的のシティホテルには、午前零時六分前に着いた。

鰐沢たちは午前零時十分に十五階に上がった。一五一〇号室のドアは、ロックされていなかった。

二人は革手袋を嵌め、室内に入った。麻衣はダブルベッドに浅く腰かけていた。服は着たままだった。

麻衣が足音を殺しながら、鰐沢と梶浦に近づいてきた。

「いま、バスタブに浸《つか》ってるはずです」

「近くに児玉の番犬は？」

「いません」

「二人はここにいろ」

鰐沢は部下たちに言って、シグ・ザウエルに消音器を嚙ませた。スライドを滑らせ、初弾を薬室《チェンバー》に送り込む。

鰐沢はバスルームのドアをそっと開けた。

児玉はバスタブに体を沈め、ハミングしていた。すぐに鰐沢に気づき、反射的に立ち上がった。湯滴が飛び散る。

「しゃがめ！」

鰐沢はサイレンサーを向けた。児玉が渋々、浴槽の中に坐り込んだ。

「物騒な物は引っ込めてくれ。おれは素っ裸だから、逃げることも抵抗もできねえんだ」

「『三華盟《サンホアモン》』を使って、一連の現金強奪をやらせたな。それから稲森会、住川会、極友会の二次団体を襲撃させ、関東御三家の親分たちの子供や愛人を拉致させた。稲森会の八雲会長と住川会の尾高総長から、それぞれ三十億相当の身代金をせしめながら、人質は始末させた。そうだなっ」

「おまえら、警察の覆面捜査官か何かなんだろ？」

「質問するのは、このおれだ。どうなんだっ」

「いったい何の話をしてるんだい？」

「世話焼かせやがる」

鰐沢は口の端を歪《ゆが》め、無造作に引き金を絞った。

発射音は子供の咳《せき》よりも小さかった。

放った九ミリ弾は、児玉の右肩に埋まった。児玉が歯を剥《む》いて、野太く唸った。

傷口に当てた左手は、みるみる鮮血に染まった。血の条《すじ》が肌を伝い、湯に溶けた。

「湯が真っ赤になるまで空とぼける気か？」

「うーっ、痛《いて》え！　もう撃たねえでくれ。そうだよ、おれが蔡《ツァイ》たちを使って犯行《ヤマ》踏ませたんだ。しかし、おれが絵図を画《か》いたわけじゃねえ。神戸の総大将に頼まれて、おれは協力しただけなんだ」

「山根組の磯辺《いそべ》耕造《こうぞう》が首謀者だって言うのか？」

「そうだよ。総大将は関東の縄張り《シマ》を自分のものにしたがってるんだ。おれは磯辺の親分に事業資金を回してもらってたんで、ダミーの役を引き受けざるを得なかったんだ」

「強奪した売上金や身代金は、もう山根組に運んだのか？」

「…………」

「もう一発喰《くら》いたいらしいな」

「や、やめろ！　現金《ゲンナマ》と有価証券は、睦東会《うちかい》の直営の重機リース会社の倉庫に隠してある。大宮だよ」

さいたま市だ。

「蔡《ツァイ》たち中国人マフィアは、どこにいる？」

「大宮の倉庫の横にある社員寮にいるよ」

「青木ケ原樹海で大石と勝呂の頭《ペテン》を撃《ハジ》いたのは、誰なんだっ」

「そいつは、蔡《ツァイ》のボディーガードの閩《ミン》の犯行《ヤマ》だよ」

「勝呂がかっぱらった大型ヘリは、どこにある？」

「あのヘリは分解して、パーツを日本海沖に沈めさせた。使ったライトバンや吊り上げたボートも分解させたんだ」

「それじゃ、大宮の倉庫まで案内してもらおうか。バスタブから出るんだっ」

鰐沢は自動拳銃を構えながら、少し後ろに退《さ》がった。麻衣が児玉のワイシャツや背広を持ってきた。

児玉が傷口を手で押さえながら、バスタブから出た。

「傷口にタオルを宛《あて》がってから、ワイシャツを着ろ」

「大宮に行く前に、傷の手当てをさせてくれねえか。逃げやしねえよ」

「いや、大宮が先だ。早く服を着ろっ」

鰐沢は急《せ》かせた。

児玉が痛みに顔をしかめながら、傷口に乾いたタオルを当てた。瞬《また》く間に、タオル地に血が吸い込まれていく。

児玉が麻衣の手を借りながら、衣服を身につけた。スーツの上に、黒いチェスターコートを羽織った。生地素材はカシミヤだった。

靴を履《は》くと、梶浦が児玉の片腕を支えた。

「うちの若い衆をひとりだけ呼ばせてくれねえか。おれ、自分じゃ運転できねえよ」

「おれたちの車で、さいたま市に行こう」

鰐沢は言って、児玉の背を軽く押した。

梶浦が児玉を支えながら、先に部屋を出た。

鰐沢は消音器付きの自動拳銃を腰の後ろに差し込み、麻衣と一緒に廊下に出た。

エレベーターで、地下駐車場に降りる。

ジープ・チェロキーに児玉が乗り込みかけたときだった。

コンクリートの支柱の陰から、閩《ミン》が現われた。マカロフPBを手にしていた。二度小さな発射音がし、児玉が被弾した。

鰐沢はシグ・ザウエルを引き抜いた。そのとき、閩《ミン》がスロープに向かって全力で走りはじめた。梶浦と麻衣が、すぐに閩《ミン》を追う。

鰐沢は児玉を抱え起こした。

顔面と左胸を撃たれて死んでいた。閩《ミン》が児玉を射殺したのは、山根組の指令だろう。

鰐沢は死体から離れた。

4

夕陽が美しい。

播磨灘《はりまなだ》は緋色《ひいろ》に染まっている。

午後四時過ぎだった。

鰐沢たち『隼』の正規メンバーは、釣糸を垂れていた。船は、兵庫県の垂水《たるみ》漁港で借り受けた遊漁船だった。

といっても、二トンの船には船頭は乗り込んでいない。梶浦が操船を受け持っていた。『SAT《サット》』の隊員だった彼は、小型船舶二級の免許を持っていた。

借りた幸進丸《こうしんまる》は、淡路島の東十二キロの海上に浮かんでいる。

右手に点のように見える島影は、小豆島《しょうどしま》だ。

ほぼ正面に、三千トンの白い豪華クルーザーが碇泊《ていはく》している。山根組の所有艇だ。

グロリア号という艇名で、まだ真新しい。

グロリア号の周辺には、護衛のランチや高速モーターボートが漂っている。

午後五時から、艇内で山根組の定例理事会が開かれることになっていた。組長の磯辺と十二人の理事が乗船していることは、すでに確認済みだった。

潮目《しおめ》が変わったらしく、まったく魚信はなくなった。それまで三人は、わずかな時間に真鯛《まだい》を数尾ずつ釣り上げていた。

鰐沢はキャビンをくわえた。

いつからか、風が強まっていた。煙草の火は、すぐには点かない。鰐沢は三度もライターを鳴らした。

池袋のホテルの地下駐車場で睦東会の児玉会長が閩《ミン》に殺されたのは、一昨日《おととい》の深夜だ。

そのあと、鰐沢たち三人は大宮まで車を飛ばした。睦東会直営の重機リース会社の倉庫は、造作なく見つかった。

しかし、倉内は空っぽだった。隣の社員寮にも人っ子ひとりいなかった。

殺された児玉に担《かつ》がれたことが忌々《いまいま》しかった。おそらく総額で百億円近い強奪金や身代金は、山根組の手に渡っているのだろう。そして、『三華盟《サンホアモン》』のメンバーも山根組の企業舎弟に匿《かくま》われているにちがいない。

キャビンを喫《す》い終えたとき、ダウンジャケットの内ポケットで携帯電話が鳴った。

電話の主は畑弁護士だった。

「磯辺の愛人《レコ》を裏六甲《うらろつこう》の貸別荘に軟禁したで。いま、若頭《カシラ》が左京《さきょう》亜弓《あゆみ》を裸にしとるとこや」

「ご苦労さん！」

「亜弓はミス神戸だけあって、ほんまにべっぴんさんや。それに、なかなかのナイスバディやで。磯辺やのうても、男やったら誰かて亜弓のような女を囲《かこ》うてみたくなるんちゃう？」

「そんなにお気に入りなら、先生、味見をしてもかまいませんよ」

鰐沢は言った。

「それはできんわ。わし、元検事やで。いまかて、現役の弁護士や。磯辺の愛人やって月に三百万の手当貰《もろ》てるのは許せん気ぃするけど、亜弓は別に世間に迷惑かけてるわけやない。そない女を手込《てご》めにするわけいかんわ」

「手込めとは、ずいぶん古い言い方だな」

「そうかもしれんね。けど、なんとなく情緒がある思わん？」

「ええ、まあ」

「なんや話が脱線してしもうたけど、そっちのほうはどないなんやろ？」

「予定通りに進んでますよ。暗くなったら、細工をするつもりです」

「おあとが楽しみやね。ほな、貸別荘で待ってるで」

畑が電話を切った。

鰐沢は携帯電話を懐に収め、二人の部下に経過を伝えた。すると、梶浦が口を開いた。

「あとは磯辺を生捕《いけど》りにするだけですね」

「そうだな」

鰐沢は短い返事をした。

「それにしても、磯辺の奴、なんか頭にくるなあ。二十四歳の美女を愛人《レコ》にしてるなんて、ふざけてますよ。こっちは三十過ぎなのに、女友達もいないんです。なんか面白くないな」

「左京亜弓はセクシーな美人らしいが、たいした女じゃないよ。金で、磯辺のような男の愛人になったわけだからな」

「それはそうですが」

「やっぱり、妬《ねた》ましいか？」

「ええ、ちょっとね」

梶浦が、きまり悪げに笑った。

そのとき、麻衣が言った。

「キャップ、釣った鯛、どうします？」

「殺生《せっしょう》しといて、海に棄《す》てるわけにもいかないだろう。みんなで喰ってやろう」

「そうしますか」

「おれが捌《さば》いてやる」

鰐沢はベンチから立ち上がり、シーナイフを使って七尾の鯛を次々に三枚に下《お》ろした。刺身庖丁のようには上手に切れなかったが、それでも一応、お造りができた。

船には紙皿や割箸《わりばし》のほかに、醤油《しょうゆ》や粉山葵《こなわさび》も積んであった。

三人は狭い船室で車座になって、鯛の刺身を食べはじめた。新鮮で、身は引き締まっていた。麻衣はあまり食べなかったが、鰐沢と梶浦はせっせと箸を口に運んだ。すっかり平らげたときには、完全に陽《ひ》は沈んでいた。間もなく五時になる。

三人は甲板《デッキ》に出た。

梶浦が草色の防寒コートを脱いだ。下には、黒のウエットスーツを着込んでいた。手早く長い足ひれ《ロングフィン》を付け、ウエイトベルトを締めた。シーナイフや水中ライトが腰に提《さ》げられた。

「こいつをグロリア号の船尾の下に、しっかり貼りつけてくれ」

鰐沢はそう言い、磁石式の金属製の箱を梶浦に渡した。中身はプラスチック爆弾だった。箱の大きさはポケットサイズの辞典よりも小さい。

梶浦が大きくうなずき、プラスチック爆弾の入った箱をウエストポウチの中に収めた。

麻衣が十二リットルのエアボンベを一本ずつ抱え上げ、梶浦に二本背負わせた。梶浦が防水ゴーグルを掛け、マウスピースを深くくわえた。

鍔沢は麻衣と二人がかりで、ロープ付きの灰色の水中スクーターを海中に沈めた。梶浦が左舷の縁板《ブルワーク》に後ろ向きに腰かけ、逆さまに海に身を投じた。すぐに彼は水中スクーターに取りついた。

鍔沢と麻衣はロープから手を離した。

ほとんど同時に、暗い海面の下から無数の泡が湧《わ》き上がってきた。梶浦が水中スクーターのエンジンを始動させたのである。

鍔沢は暗視望遠鏡《ノクト・スコープ》を目に当てた。

三百メートル弱離れたグロリア号が眼前に迫った。舷灯が煌々《こうこう》と灯っている。

甲板には、見張りの男たちが立っていた。いずれも屈強そうだ。

男たちは自動小銃も短機関銃《サブマシンガン》も手にしていなかった。しかし、丸腰とは思えない。おそらく四人とも、懐に拳銃を忍ばせているのだろう。

護衛のランチと高速モーターボートは、グロリア号の前後に見えた。併《あわ》せて四隻だ。

どれも動いてはいなかった。うねりに揉《も》まれて、上下に揺れている。

「あちこちに漁火《いさりび》が見えるわ」

麻衣が海原を眺め回し、風で乱れた豊かな髪を撫《な》でつけた。

「こっちにとっては好都合だ。幸進丸だけしか浮かんでなかったら、当然、山根組の奴らは怪しむからな」

「そうですね」

「怖《こわ》いか？」

「え？」

「おれたちは、これから日本最大の暴力団に牙《きば》を剥《む》く。そのことを言ったんだよ」

「まったく怖くないと言ったら、嘘になりますね。磯辺組長の拉致に失敗したら、わたしたち三人は何年も殺し屋《ヒットマン》に命をつけ狙われることになるわけだから」

「そうなったら、おれはおまえさんを命懸《が》けで護《まも》り抜く」

「嬉《うれ》しいわ、いまの言葉。キャップは、わたしのことなんか女と認めてくれてないんじゃないかと思ってたんです」

「勘違いするな。おれは、自分の部下を死なせやしないと言ったんだ。きみだけじゃなく、梶も護り抜く」

「なあんだ、そういう意味だったんですか。がっかりだわ。うぬぼれ屋だと思ったんじゃありません？」

「賢くて美人で、しかも勇気もある。それなりの自信を持ってもいいさ。しかし、おれはおまえさんに特別な感情は懐《いだ》いていない。もちろん、大切な部下だとは思ってるがな」

「単なる部下なんですね、やっぱり。爆弾テロで亡くなられた女性を心底《しんそこ》愛してらしたんですね？　その女性が羨《うらや》ましいわ」

「もう昔の話だ」

鰐沢は話の腰を折って、煙草をくわえた。

麻衣が淋《さび》しげに笑い、瞬《また》たきはじめた星を仰《あお》ぎ見た。舷《ふなばた》を打つ波の音が次第に高くなりはじめた。

梶浦が幸進丸に戻ってきたのは、およそ三十分後だった。

鰐沢は麻衣と先に水中スクーターを船内に取り込み、梶浦を引っ張り上げた。甲板に立つと、梶浦がゴーグルとマウスピースを外した。

「首尾《しゅび》は？」

「上々です。船尾の近くに護衛のランチがいたんで、少し時間を喰っちゃいましたが、無事にプラスチック爆弾をセットできました」

「ご苦労さん！　海水、冷たかったろう？」

「いいえ、そうでもありませんでした。冬は陸《おか》より海水の温度のほうが高いですからね」

「それにしても、大変だったな。一息入れたら、この船を淡路島に数百メートル寄せてくれ」

鰐沢は言った。

麻衣が梶浦の背から、二本のエアボンベを外した。梶浦はロングフィンを脱ぐと、すぐさま操舵室に入った。

エンジンが唸り、幸進丸が小さく震えはじめた。ウインチによって、錨《いかり》が巻き揚げられた。幸進丸が微速《スロー》で走りだし、大きく右旋回した。ほどなくスクリューが逆回転し、船が停まった。

鰐沢はダウンジャケットのポケットから起爆装置を摑み出し、かたわらの麻衣に手渡した。電卓よりも、ひと回り大きい程度だ。

鰐沢は暗視望遠鏡《ノクト・スコープ》を覗きながら、起爆スイッチを押させるタイミングを計《はか》った。四隻のランチと大型モーターボートは、グロリア号を取り囲む形だった。

「スイッチ・オン！」

鰐沢は命じた。

麻衣が起爆スイッチを押した。

数秒後、爆破音が轟《とどろ》いた。グロリア号の船尾から、巨大な炎が噴《ふ》いた。橙色《だいだいいろ》に近い赤色だった。

盛り上がった海面が、ランチと高速モーターボートを転覆させる。

すぐに二度目の爆発音が響き、船体の一部や火の塊《かたまり》が四方に飛び散った。とてつもなく大きな水柱がグロリア号を突き上げた。

破損した船尾から海中に沈み、船首が浮き上がった。

居住区《ハウス》から、山根組の理事たちや見張りの組員たちが我先に甲板に飛び出してきた。一様《いちよう》に顔が引き攣《つ》っている。

ほどなく磯辺組長も姿を見せた。若い組員たちが周りをガードしていた。デッキから、救命ボートが二つ海に投げ落とされた。理事たちは見苦しいほど取り乱し、相次《あいつ》いでランチや高速モーターボートに跳《と》び移った。

誰も組長の磯辺を気遣う者はいなかった。おのおのが自分のことだけしか考えていない。

あれが極道どもの真の姿なのだろう。てめえの身に危険が迫ったら、親分も子分もない。奴らは、やっぱり屑だ。

鰐沢は胸底で呟き、梶浦に幸進丸をグロリア号に近づけるよう命令した。

幸進丸が船首の向きを変え、全速前進《フルアヘッド》で走りはじめた。

磯辺組長は大型クルーザーの手摺《てすり》を跨《また》ぎ、救命ボートに乗り移った。グロリア号は船尾から没しはじめていた。

護衛の組員たちが慌《あわ》てて二隻の救命ボートに跳び込む。理事たちを乗せたランチや高速モーターボートは、とうにグロリア号から遠ざかっていた。

磯辺の乗り込んだ救命ボートには、七人もいた。救命ボートは五人乗りだった。磯辺は、二人の若い組員を海に突き落とした。少しも、ためらいを見せなかった。

海に落とされた二人は、もう一隻の救命ボートまで懸命に泳いだ。

しかし、そのボートには十数人の組員が乗り込んでいた。重みで、いまにも沈没しそうだ。彼らは新たにボートに縋《すが》った二人の男を足蹴《あしげ》にし、互いに揉み合いはじめた。

磯辺の乗った救命ボートは、少しずつグロリア号から離れはじめた。

それから間もなく、豪華クルーザーは船首を上に向け、垂直に海中に沈んでいった。

十数人の乗った救命ボートは渦に引き込まれ、たちまち引っくり返った。男たちは海に投げ出された。幾人かが海中に引きずり込まれた。

磯辺の乗ったボートは無事だった。二人の組員が死にもの狂いでオールを漕《こ》いでいる。

鰐沢は暗視望遠鏡《ノクト・スコープ》をダウンジャケットのポケットに仕舞い、シグ・ザウエルを引き抜いた。消音器は嚙ませなかった。

麻衣は麻酔ダーツガンを握った。

幸進丸に気づくと、救命ボートの男たちは一斉に救いを求めてきた。組長の磯辺も手を振りながら、大声を張り上げている。

「奴らを救出する振りをして、磯辺だけを船内に引っ張り上げよう。四人の組員たちは麻酔ダーツ弾で眠らせてやれ」

鰐沢は麻衣に言った。

「はい」

「奴らが発砲してきたら、迷わず撃ち殺せ！」

「わかりました。縄梯子《なわばしご》を用意します」

麻衣が船室に走り入った。

幸進丸のエンジンが停止した。五人を乗せた救命ボートが近づいてくる。操舵室から、S&W410を手にした梶浦が現われた。

麻衣も甲板に戻ってきた。左舷に縄梯子が垂らされた。

「ひとりずつ上がってくれ。焦《あせ》って何人も縄梯子に取りついたら、ぶっ千切れるぞ」

鰐沢は、接舷した救命ボートに向かって怒鳴った。

二人の組員が縄梯子を手で押さえた。磯辺が当然のような顔をして、真っ先に縄梯子に足をかけた。

縄梯子を半分近く上がったとき、見覚えのある大型モーターボートが猛スピードで接近してきた。

「おっ、組の者や。せっかくやが、わし、モーターボートに乗るわ」

「そうはいかない。あんただけは、どうしてもこっちに乗ってもらう」

鰐沢はそう言い、磯辺の片腕をむんずと掴んだ。

「われ、何するんや？　わしが誰や知らんらしいな」

「吼《ほ》えるな、磯辺！」

「おまえらが組のクルーザーを爆破したんやなっ」

「そういうことだ」

「おい、こいつら撃《ハジ》いたれ！」

磯辺が振り返って、救命ボートと高速モーターボートの男たちに命じた。

すかさず麻衣が、磯辺の太い首に麻酔ダーツ弾を撃ち込んだ。ダーツ弾のアンプルの中には、全身麻酔薬のチオペンタール・ナトリウムが五十ccほど入っている。

ダーツ針から麻酔薬が体内に注入されると、たいてい四、五分で昏睡状態に陥る。

ダーツ針には返しがついていて、容易には引き抜けない。

救命ボートの四人が懐や腰から拳銃を抜き、相前後して発砲してきた。どの弾《たま》も大きく逸《そ》れていた。

鰐沢は、縄梯子を押さえていた二人を撃った。狙ったのは頭部だった。どちらも、ほとんど的《まと》は外さなかった。男たちは幸進丸と救命ボートの間に落ちた。

ど声はあげなかった。顔半分が消えていた。

梶浦が残りの二人を撃った。二人は絶叫しながら、海中に消えた。

高速モーターボートの中で、短機関銃を持った男が立ち上がった。

鰐沢は先に引き金を絞った。サブマシンガンを抱えた男が吹っ飛び、墨色の波間に没した。

残りは二人だった。鰐沢と梶浦は、ひとりずつ片づけた。撃ち抜いたのは、顔面だった。


「わ、わしも撃《ハジ》くんか!?」

磯辺が、ぎょろ目を剥《む》いた。

「いまは、まだ殺さないから、安心しろ」

「ほんまやな？」

「ああ」

鰐沢は磯辺を引っ張り上げ、甲板に引きずり落とした。

梶浦が操舵室に駆け込んだ。ほどなく幸進丸は垂水漁港に向かって、全速で航行しはじめた。

「おまえら、どこの組の者《もん》や？　東京者《もん》やろ？」

磯辺が甲板で喚《わめ》いた。仕立てのよさそうなスリーピースは、海水でところどころ濡《ぬ》れていた。

「あとで、じっくり話をしようじゃないか」

鰐沢は薄く笑い、磯辺の脇腹に鋭い蹴りを入れた。

磯辺が長く唸って、怯《おび》えたアルマジロのように四肢《しし》を縮める。じきに、山根組の組長は意識を失った。麻酔が効いたようだ。

幸進丸は、ひたすら走りつづけた。

垂水漁港に着いたのは、六時数分過ぎだった。漁港の外れには、青いワンボックス・カーが駐《と》めてある。レンタカーだ。

磯辺は、まだ麻酔から醒《さ》めていなかった。

鰐沢は病人を介抱する真似をしながら、梶浦とともに磯辺をワンボックス・カーの後部座席に寝かせた。それから、手早くエアボンベや水中スクーターを車内に積み込んだ。

梶浦の運転で、裏六甲の貸別荘に向かう。

助手席に坐った鰐沢は、笠原の携帯電話を鳴らした。待つほどもなく、笠原が電話口に出た。

「磯辺を押さえられたんですかい?」

「ああ、うまくいったよ。組長は後部座席で鼾《いびき》をかいてる」

「そうですかい。左京亜弓はさんざん泣き喚《わめ》いてたんですが、いまは観念したようでさあ」

「そう。若頭《カシラ》とヤメ検先生は、磯辺に顔を見られないほうがいいな。フェイスマスクを被《かぶ》っといてくれないか」

鰐沢は電話を切った。

ワンボックス・カーは表六甲ドライブウェイを走り、六甲山トンネルを抜けて裏六甲ドライブウェイに出た。貸別荘は古寺山の中腹にある。

貸別荘村に着いたのは、七時ごろだった。

シーズンオフとあって、山荘はどこも暗かった。電灯が点《つ》いているのは、自分たちの借りたロッジだけだ。ログハウスである。

鰐沢たちは、磯辺をロッジの中に担《かつ》ぎ込んだ。笠原と畑は、黒いフェイスマスクで顔面を覆っていた。

左京亜弓は奥の寝室にいた。ペイズリー模様のベッドカバーで裸身を包み、ベッドの上に坐り込んでいた。美人は美人だが、知的な輝きはまるでなかった。

「パパ、どないしたん？　この人たち、誰やの⁉」

「騒ぐな」

鰐沢は亜弓を威嚇《いかく》し、梶浦と麻衣に目配せした。二人の部下が手早く磯辺を素っ裸にし、もう一つのベッドの上に仰向けに寝かせた。

「組長のシンボルを口で大きくしてやってくれ」

鰐沢は亜弓に声をかけた。

「あんた、変態やないの!? 他人《ひと》がいる前で、フェラチオなんかできるわけないやないの」

「やらなきゃ、あんたを外の巨木に縛りつけて、大事なとこにダイナマイトを突っ込むことになるぜ。もちろん、導火線にはすぐ火を点ける」

「本気やの!?」

「もちろん、本気だ」

「そない残酷なこと、山根組の極道たちかてやらへんわ」

「かもしれないな。しかし、おれたちはやるぜ」

「あんたら、鬼や」

亜弓が毒づいて、ベッドを降りた。ベッドカバーをまとったままだった。

亜弓がもう片方のベッドの隣に両膝を落とし、パトロンのうなだれている男根《だんこん》を握った。根元を五、六度強く握り込み、亀頭に赤い唇を被せた。

ひとしきり情熱的な舌技がつづいた。

磯辺のペニスが力を漲《みなぎ》らせはじめた。鰐沢は梶浦に合図を送った。

梶浦がフード付きパーカのポケットから大型カッターナイフを取り出し、亜弓の顔を磯辺の股間から引き剥がした。

次の瞬間、磯辺の口から悲鳴が迸《ほとばし》った。カッターナイフの切っ先は、亀頭に浅く埋まっていた。

麻衣が消音器付きのグロック17を磯辺の顔に向けた。

笠原がベッドに上がり、片方の膝で磯辺の厚い胸板を押さえた。畑が磯辺の両足をきつく固定する。

「睦東会の児玉や『三華盟《サンホアモン》』の蔡《ツアイ》たちを使って、一連の犯行《ヤマ》を踏ませたなっ」

鰐沢は磯辺を睨《にら》みつけた。

「なんの話してんねん⁉　児玉のことは知っとるけど、『三華盟《サンホアモン》』って何やねん？」

「いまさら白々しいぜ。あんたは児玉に事業資金を回して、奴に現金強奪や関東御三家をぶっ潰させようとしたはずだ」

「ちょっと待てや。児玉に事業資金を回してやったが、関東の御三家に喧嘩《けんか》売らせたことはないで。いまは戦争やる時代やない。共存共栄の時代なんや」

「きれいごとを言うな。あんたは児玉に金を回してやって、関東制覇を企んでたんじゃないのかっ。素直に吐かないと、マラを根元から斬《き》っちまうぞ」

「ま、待たんかい。確かにそない下心もあって、児玉に二億ほど事業資金を回してやってん」

「やっぱりな」

「ちょっと待てや。児玉を取り込む気はあったんやけど、あのガキに逃げられてん。どこでどう都合つけたのか知らんけど、児玉は貸した銭を一括返済《いっかつへんさい》してきたんや。おそらく誰《だれ》ぞスポンサーがついたんやろう」

磯辺が言った。

鰐沢は、亜弓に血塗れの男根をしゃぶらせた。少しでも磯辺の欲望が猛《たけ》ると、梶浦にカッターナイフを使わせた。

同じことを何度も繰り返したが、磯辺の答えは変わらなかった。

鰐沢は大型ニッパーを使って、磯辺の左手の指を三本切断した。それでも、山根組の組長は一連の事件にはまったく関与していないと叫びつづけた。

嘘をついているようには見えなかった。どうやら児玉や『三華盟《サンホアモン》』を操っていた黒幕は、別人らしい。その首謀者と児玉が結託して、山根組の犯行と見せかけたようだ。

神戸くんだりまで来て、収穫なしか。それどころか、振り出しに戻ってしまった。

鰐沢は徒労感に包まれた。

「磯辺の話は信じてもいいんじゃないですか？」

「わたしも、そう思います」

麻衣が梶浦に同調した。笠原も畑も異論は唱《とな》えなかった。

磯辺が傷だらけのペニスを両手で押さえ、しきりに痛みを訴えはじめた。いまにも気を失いそうだった。

「磯辺と左京亜弓を眠らせてくれ」

鰐沢は麻衣に言った。

麻衣が無言でうなずき、裸の男女に一発ずつ麻酔ダーツ弾を見舞った。磯辺と亜弓は、ほどなく意識を失った。

「東京に戻って、児玉の交友関係の洗い直しだ」

鰐沢は仲間たちに言って、大股で寝室を出た。

第五章　仮面紳士の葬送

1

喉《のど》の調子が変だ。

舌の先も、ざらついている。明らかに煙草の喫《す》い過ぎだ。

鰐沢は、短くなったキャビンの火を消した。

桜田物産の社長室である。午後三時を回っていた。昨夜のことを思い出すと、なんとなく気が滅入る。

極道とはいえ、山根組の組員たちを何人も射殺してしまった。組長の磯辺にも怪我《けが》をさせた。なんの罪もない左京亜弓にも、理不尽なことを強《し》いてしまった。

どれも勇み足だ。凶悪な事件の解決を急ぐ余り、つい暴走してしまった。その責任は重い。自分には『隼』のリーダーの資格がないのではないか。

鰐沢は、そんな思いにも捉《とら》われた。しかし、途中で捜査を投げ出すわけにはいかない。

山根組の関係者には、運が悪かったと諦《あきら》めてもらおう。

鰐沢は自分に言い聞かせ、机上のマグカップを持ち上げた。ブラックコーヒーは、すっかり冷めてしまった。コーヒーをひと口飲み、また煙草に火を点《つ》ける。無意識の行動だった。

社内には誰もいなかった。梶浦、麻衣、笠原、畑の四人は、死んだ児玉の交友関係を探《さぐ》っているはずだ。

煙草を喫い終えたとき、畑弁護士が社長室に入ってきた。

「怪しい人物がひとり浮かび上がってきたで。その男が、児玉の借金を肩代わりしてたんや」

「その借金というのは、児玉が山根組から回してもらった事業資金ですね？」

「そうや。一億九千三百万円やね。その金がオリエンタル経済研究所から、死んだ児玉の個人口座に振込まれてたん。それから数日して、児玉は山根組に借金を一括返済《いっかつへんさい》してたんや」

「どんな手を使って、児玉の個人口座を調べたんです？」

鰐沢は訊《き》いた。

「面倒な手品使《つこ》うたわけやないねん。簡単なことや。わし、睦東会の新しい顧問弁護士になりすまして、児玉の奥さんに会《お》うたん。未亡人はなんも言わんで、預金通帳から不動産の権利証まで見せてくれたわ」

「そういう手もあったんですね。いったい、これまで何のために苦労したんだろう。まいったな」

「そう自分を責めなさんな。わしかて、けさ起きたとき、ふと偽の顧問弁護士になることを思いついたんや。あまりにも単純な騙《だま》しのテクニックやから、盲点になってたんやろな。坐らせてもらうで」

畑が飄々《ひょうひょう》とした足取りでソファ・セットに近寄り、どっかと腰かけた。鰐沢は執務机から離れ、畑と向き合う位置に坐った。

「そのオリエンタル経済研究所は、総会屋かブラックジャーナリストの事務所なんですね？」

「主宰者は、かつて派手な仕手戦をやってた牧野拓郎《まきのたくろう》いう男や。年齢《とし》は四十七、八だった思うわ」

「その名前には聞き覚えがあるな。大手ミシンメーカーと計器メーカーの株を大量に買い占めて、高値で買い取りを迫った奴でしょ？」

「そうや。牧野はごっついプレミアムを乗せて、二社で数十億儲《もう》けたはずや。そのときの資金提供者は稲森会だったと噂になったんやけど、結局、それはわからずじまいやった。ひところ牧野は羽振りがよかったんやけど、その後、デリバティブやヘッジファンドで火傷《やけど》して、一年前まで沈んでたねん。けど、牧野は十カ月ほど前から、東証一部上場の優良企業数社の株を万単位で買い漁《あさ》りはじめてたんや」

「また、スポンサーがついたんですかね？」

「そう考えてもええやろな。ただ、株の買い占め方がこれまでのパターンと違うねん。仕手筋《すじ》は経営体力の低下した一流企業や急成長中の会社を狙《ねら》うもんやけど、なぜか牧野は関東電力、トミタ自動車、丸菱商事、松川電工といった優良企業の株を買い漁ってんねん」

「そうした安定企業は発行してる株数が多いから、たとえ十万や二十万の株券を手に入れても、企業側は株を高値では引き取らないでしょう？」

「そうなんや。そこが、どうもようわからんねん」

　畑が腕を組んだ。

「たいした数ではない株に大きなプレミアムを乗っけさせられるのは、牧野が企業の弱みを押さえて、それを恐喝材料にした場合でしょうね？」

「キャップ、それや！　そういうことなら、マンモス企業かて、小口の株も無視できへん。それどころか、企業のイメージダウンになるような弱点を握られてたら、持ち込まれた株を積極的に高値で買い取るはずや」

「そうですね。牧野は総会屋やブラックジャーナリストに優良企業の不正やスキャンダルを摑《つか》ませて、裏取引をする気なんじゃないのかな」

「ま、そやろうな」

「牧野は取得した株を使って、合法すれすれの恐喝をやってるんじゃないだろうか。そういう方法で儲けた金で、児玉の二億円近い借金を肩代わりしてやったんじゃないのかな？」

「おそらく、そうなんやろう。問題は牧野がどんな手で優良企業の不正を握り、株の購入資金を誰から引き出してるかやな」

「ええ。その資金提供者が一連の凶悪な事件の黒幕なのかもしれない」

鰐沢はグリーングレイのスエード・ジャケットのポケットから、煙草とライターを摑み出した。

「その可能性は大いにある思うわ。牧野と児玉はちょくちょく一緒にゴルフをやってたそうやけど、十年来の友というわけやない。その程度のつき合いで、二億円近い借金の肩代わりするわけないからな」

「そうですね。おおかた牧野は死んだ児玉をダミーにして、蔡《ツァイ》たち『三華盟《サンホアモン》』の連中を動かしてたんでしょう」

「そうやろう」

「先生、牧野が首謀者だとは考えられませんかね？　株の買い占め資金と児玉の借金の肩代わり分をつなぎ融資で調達すれば、『三華盟《サンホアモン》』の奴らに強奪させた売上金や身代金で、自分の負債はきれいにできるわけです」

「そうか、そうやね。けどな……」

畑が何か言いかけて、口を噤《つぐ》んだ。

「先生、けど、何なんです？」

「牧野はデリバティブやヘッジファンドでしくじって、尾羽《おは》打ち枯らしとったんや。そんな男に、まとまった株の購入資金を貸す人間がおるやろか？」

「言われてみれば、確かに先生のおっしゃる通りだな。やっぱり、牧野はアンダーボスに過ぎないんだろうか」

「わしは、そう思うてるねん。牧野に資金を提供しとる人物がおる気ぃするわ」

「どっちにしても、牧野拓郎をマークする必要がありますね。先生、オリエンタル経済研究所の所在地、それから牧野の自宅も調べてくれました？」

鰐沢は問いかけた。

畑がにっこり笑い、茶色の革鞄《かわかばん》から手帳と経済専門誌を取り出した。まず彼は、専門誌を開いた。その見開きページには、牧野のインタビュー記事が顔写真付きで載っていた。鰐沢は経済専門誌を受け取り、牧野の写真を見た。

眉が太く、目は鷲《わし》のように鋭い。鉤鼻《かぎばな》で、唇は薄いほうだ。

「その記事は牧野が派手な仕手戦をやってたころに書かれたものやから、いま現在は写真よりも少し老《ふ》けてるやろな。けど、悪人顔は変わってへんやろ」

「でしょうね」

「オフィスと自宅の住所は、ここに書いといたわ」

畑がそう言い、手帳の一ページを引き千切った。

鰐沢は紙片を受け取り、畑の癖のある字を読んだ。オリエンタル経済研究所は赤坂五丁目の雑居ビルの六階にあり、自宅マンションは神宮前二丁目にあった。

「これだけの資料があれば、すぐにも張り込めます」

「けど、少し気ぃつけたほうがええで。敵は、暴力団や外国人マフィアを自在に動かしてるんや。それから、仲間の口を平気で封じる冷血漢やで」

「わかってますよ」

「そやな。わし、これから本業の仕事で五反田まで行かなあならんねん。悪いけど、きょうはこれで引き取らせてもらうわ」

畑が革鞄を胸に抱え、ソファから立ち上がった。

鰐沢は片手を挙げ、懐から携帯電話を取り出した。ちょうどそのとき、笠原から電話がかかってきた。

「旦那《だんな》、殺された睦東会の会長は株の仕手戦屋崩れの牧野拓郎とよく一緒にゴルフをやってたらしいんでさあ」

「そうらしいな」

「ご存じだったんですかい⁉」

「牧野のことは、たったいま、ヤメ検先生から聞いたんだ」

鰐沢は経過を話した。

「さすがは弁護士先生だ。動きに無駄がねえですね」

「そうだな。おれたち三人は、きょうから牧野拓郎をマークしてみる。若頭《カシラ》は待機しててくれないか」

「わかりやした。そうだ、けさ早くから関西から数十人単位で極道が新幹線で続々と上京してるって話があっしの耳に入ってきたんでさあ。おそらく、昨夜《ゆうべ》の仕返しに磯辺が組の若い衆たちを放ったんでしょう」

「だろうね」

「あっしと畑先生は磯辺に面《つら》は見られてねえけど、旦那たち三人は顔を見られてますんで、外に出るときは変装なさったほうがいいんじゃねえですかい？」

「そうするか」

「山根組の奴らに取り囲まれるようなことがあったら、あっしに電話くだせえ。血の気の多い舎弟を引き連れて、すぐに助《ス》けに行きまさあ」

「おれたちのことは心配しないで、出番がくるまで充分に休養してくれ」

「ありがてえ話ですが、あっしは旦那たちのことが心配なんでさあ」

笠原が言った。

「おれたちのことより、自分のことを考えなよ。撃たれた左腕、まだ完全にはよくなってないんだろう?」

「もう完治《かんち》しやした」

「そんなはずはない。若頭《カシラ》、頼むから、少し休んでくれよ。いいね?」

鰐沢は念を押して、通話を打ち切った。

すぐに梶浦と麻衣に電話をかけ、いったん桜田物産に戻るよう言った。二人の部下は池袋で、それぞれ睦東会の元組員と児玉の昔の愛人に接触中だった。

鰐沢は部下たちに畑から聞いた話をかいつまんで喋《しゃべ》り、携帯電話を耳から離した。

紫煙をくゆらせながら、頭の中で作戦を練りはじめる。牧野のオフィスと自宅の電話に盗聴器を仕掛け、さらにマークした相手の車に電波発信器を取りつけたい。『隼』には、高性能な車輌《しゃりょう》追跡装置があった。

探偵社などが尾行に使っている車輔追跡装置は、一セットでたいてい百万円以下だ。被尾行車のバンパーや助手席の下などに強力磁石付きの電波発信器を取り付ける方法に変わりはないが、追跡装置の受信能力は割に低い。

ことに電波が乱反射している都心や山間部では、受信しにくくなる。受信可能エリアは、せいぜい一キロ以内だ。

だが、『隼』の特殊車輌追跡装置は桜田物産の屋上に設置されている基地レーダー・システムと連動する仕組みになっている。三百六十度回転する大型アンテナによって、二十キロ圏内はカバーできる。尾行対象の車輌を見失う心配はない。

ただ、電波発信器がバンパーなどから道路に転げ落ちた場合は手の打ちようがない。そんなときのことを考慮し、チームにはマイクロチップ型の電波発信器もある。尾行したい対象者の体にマイクロチップを撃ち込み、発信電波を追う方法だ。

このタイプは手間がかからないが、大きな難点がある。相手がナイフでマイクロチップ型発信器をせせり出してしまえば、その時点で追跡ができなくなる。

いますぐにでも牧野を締め上げて口を割らせたいところだが、もう失敗はできない。牧野が首謀者か単なる参謀なのか見極めるまでは、慎重に動こう。

鰐沢はそう思いながら、喫いさしのキャビンの火を灰皿の底で揉《も》み消した。

二人の部下が前後して戻ってきたのは、四時過ぎだった。鰐沢は梶浦と麻衣を会議室に導き、二人に牧野の顔写真を見せた。

「冷酷そうな顔をしてるわね。たとえ一億円くれるって言われても、わたしは援助交際なんかしたくないわ」

「援助交際《エンコウ》は十代の女の子たちにしか、資格がないんじゃないの？」

梶浦が麻衣をからかった。

「あっ、そうか。わたし、いつまでも若いつもりでいたけど、もう二十代だったのね」

「まだまだ若いよ。とても二十九には見えない」

「梶さんったら、意地悪ね。わたしが二十五だって、知ってるくせに」

「おい、おい！　どさくさ紛《まぎ》れに二つもサバ読むなよ」

「バレたか」

麻衣が首を竦《すく》めた。鰐沢は空咳《からぜき》をして、二人の部下に言った。

「冗談はそれぐらいにして、おれの話を聞いてくれ」

「すみません」

「ごめんなさい」

梶浦と麻衣が口々に謝った。

「麻衣は、神宮前二丁目にある牧野の自宅マンション『表参道レジデンシャル・コーポ』に行ってくれ」

「はい。盗聴器を仕掛けるんですね？」

「そうだ。集合住宅の電話保安器のケーブルの束から一本のラインを探し出すのは手間がかかるだろうが、よろしくな」

「了解！」

「ＮＴＴの作業服は、車のトランクに入っててるな？」

「ええ、工具一式とひとまとめにしてあります」

「マンションの居住者に怪しまれそうなら、暗くなるまで待て」

鰐沢は麻衣に言って、梶浦に顔を向けた。

「おまえは、赤坂五丁目にある牧野のオフィスに盗聴器を仕掛けてくれ」

「わかりました」

「それから、牧野の車がわかったら、例によって、リア・バンパーの下に電波発信器をセットしといてくれ」

「了解！」

「出かける前に、二人とも特殊メイクをしてくれ。若頭《カシラ》の情報によると、けさ早くから山根組の若い者《もん》が続々と上京してるらしいんだ」

「きのうのことで、磯辺が頭にきてるんだな」

「そうなんだろう。そう簡単におれたち三人が見つかるとは思えないが、いまは関西の極道どもを相手にしてるときじゃないからな」

「そうですね」

「梶さんのメイクが終わったら、キャップのお顔にも特殊パテと人工皮膚を貼《は》らせてもらいます」

麻衣が言った。

「おれは、いいよ。黒縁眼鏡と付け髭《ひげ》で変装する。特殊メイクをすると、なんだか気分が落ち着かなくなるんだ」

「そういうことなら、無理強《じ》いはしません。それはそうと、キャップはどうされるんですか？」

「ここで、おまえたちの連絡を待つ。どっちかが目標に接触したら、ただちに出動する」

「わかりました」

「すぐメイクに取りかかってくれ」

鰐沢は麻衣に言って、椅子から立ち上がった。社長室に戻り、煙草に火を点ける。

部下の準備が整ったのは、小一時間後だった。

特殊メイクで、二人はまるで別人のように変わった。特に麻衣の変わりようが顕著《けんちょ》だった。親兄弟が見ても、すぐには彼女とは見抜けないのではないか。

梶浦にしても、素顔とはだいぶ異なっている。見る角度によっては、アメリカの有名なアクション男優に似ていなくもない。

鰐沢は二人の部下と一緒にエレベーターに乗り込んだ。

地下一階で梶浦たちを見送り、地下二階の射撃訓練場兼武器庫に入った。射撃訓練をしたら、銃器の手入れをするつもりだ。

鰐沢はシューティング・ブースに入り、プロテクターで両耳を塞《ふさ》いだ。

2

着信音が響いた。

鰐沢は、すぐに携帯電話を耳に当てた。ちょうど午後七時だった。

「たったいま、作業が完了しました」

梶浦が報告した。

「そうか。牧野は自分のオフィスにいるのかな？」

「それは未確認ですが、多分、いると思います。というのは、ビルの専用駐車場にメタリックシルバーのロールスロイスが駐《と》めてあったんです。おそらく牧野の車でしょう」

「そうかもしれない。念のために万能鍵を使って、ロールスの車内に忍び込んで、車検証をチェックしてくれ」

「はい。車の所有者名義が牧野拓郎になってたら、電波発信器を取りつけます」

「ああ、そうしてくれ」

「わかりました。美人刑事から連絡は？」

「まだ何も言ってこない。マンションは人の出入りが激しくて、なかなか盗聴器を仕掛けるチャンスがないんだろう」

「そうなんでしょうね。あっ、受信機のマイクロテープが回りはじめた。キャップ、電話をそのままにしといてください。いま、音声を流しますから」

「わかった」

鰐沢は耳をそばだてた。

男同士の会話が、いきなり流れてきた。

——例の怪文書をライバル会社と大口投資家たちに送りつけておきました。それから、ブラック系の経済誌や業界紙記者にも情報を流しておきました。

——そいつはありがたい。謝礼は近々、きみの口座に振込んでおくよ。

——よろしくお願いします。それにしても、牧野さん、どうやってダイナマイト級の企業秘密を探り出したんです？　内部の者を抱き込んだんですか？

——それこそ、うちの企業秘密だよ。

——うまく逃げましたね。牧野さん、わたしも仲間に入れてくださいよ。昔はあなたの下で働いてたんですから、わたしのことはよくご存じでしょ？　あなたの寝首を掻《か》くような真似はしませんよ。

——きみには気の毒だが、人手は足りてるんだ。それに、電子情報の収集に長《た》けてないとね。

——やっぱり、そうか。あなたは派遣《はけん》社員を産業スパイに仕立てたり、ハッカーを使って、極秘データや大口脱税の事実を……。

——落合《おちあい》君、根拠のない話で他人《ひと》を罪人扱いするもんじゃない。わたしは、まっとうな方法で情報を集めてるだけだ。

——情報収集の狙いは、取得した株の引き取りを有利に運びたいだけだと？

——もちろん、そうだ。大企業はどこも、小口の株の買い取りはしないからな。しかし、粉飾《ふんしょく》決算や受注に絡《から》む贈賄《ぞうわい》工作のことを知ってる株主なら、門前払いはできない。

——牧野さん、それは企業恐喝になるんじゃないですか？

——わたしは相手企業を脅《おど》したことは一度もない。いつも企業の不正や弱点については、噂《うわさ》の真偽を確かめる形で質問してるだけだ。声を荒らげたことはないんだよ。

——それでも、れっきとした犯罪でしょ？　わたしが法すれすれの怪文書を作成して、ブラックジャーナリストに相手企業の黒い噂《うわさ》を書かせてるのも、きわどい賭けです。一歩間違えれば、犯罪になっちゃいますからね。

——おい、きみはわたしを脅迫してるのかっ。

——とんでもない。牧野さんが危ない橋を渡ってるという事実を申し上げただけですよ。むろん、わたしも同じ立場なんですがね。

——どうして欲しいんだ?

——わたしは野々村証券時代に牧野さんの仕手戦の手伝いをしてることがバレて、結局、会社を辞めざるを得なくなってしまいました。それから数年間は、いい思いをさせてもらいました。しかし、その後は不運つづきでした。浮気のことで女房に逃げられ、再就職した投資会社も潰《つぶ》れてしまいました。それで、いまは子供の養育費も払ってやれない暮らしをしてるんですよ。

——話が回りくどいぞ。ストレートに要求を言ってくれ。

——それじゃ、言いましょう。月給三百万円で牧野さんに雇っていただきたいんですよ。時々いただいてる五十万や六十万の報酬じゃ、安定した生活はできませんのでね。

——さっきも言ったように、人手は足りてる。それに、そんな高給で落合君を雇う余裕はないんだ。

——そうですか。それじゃ、出世払いで二千万円だけ回してください。博多ラーメンのフランチャイズの加盟店になって、出直したいんですよ。それで、あなたの前から消えます。悪い相談じゃないと思いますがね。

——二、三日考えさせてくれ。

——いいでしょう。いいご返事を待ってます。

受話器を置く音がして、音声が途絶《とだ》えた。

「キャップ、聴こえました？」

梶浦が問いかけてきた。

「ああ。どうやら牧野は新手の企業恐喝屋らしいな」

「そうみたいですね。嗅《か》ぎ当てた企業の機密事項や不正そのもので口止め料をせしめてるんじゃなく、買い漁《あさ》った株を高値で売りつけてるんでしょう」

「悪知恵の発達した奴だ。そういうやり方なら、狙われた大企業も牧野の言いなりになるほかないからな」

「ええ、そうですね。企業側も不正や弱点を公《おおやけ》にはしたくないでしょうから、牧野を恐喝罪で訴えることもできません」

「そうだな」

「あっ、またテープが回りはじめました。牧野がどこかに電話をかけたようです」

「自動録音装置付き受信機の音量をもう少し高めてくれ」

鰐沢はキャビンをくわえた。

そのすぐあと、牧野と中年男の遣《や》り取りが携帯電話の向こうから響いてきた。

――社長、わたしです。

――ああ、おばんです。軍資金が足りなくなったんでしょう?

――そうです。買い増したい銘柄が二、三あるんですよ。

――なんぼ回せば、いいんです?

――二十億お願いします。

――わかりました。明日中に、そちらの口座に振込みますよ。

――よろしくお願いします。菊池《きくち》社長、きょうも札幌は雪ですか?

――そう、朝から派手に降ってね。しばれてしばれて、どこもかしこも縮かんでますよ。これじゃ、バイアグラでも服《の》まなきゃ、坊主も起き上がる気にならんでしょう。

――菊池社長は楽天家だな。

――もう開き直ってるんですよ。さんざんな目に遭《あ》ったからね。摩周湖のリゾートホテルが、まさか裏目に出るとは思いませんでした。

――つまずいた事業家は、あなただけじゃありませんよ。まさかと思う銀行まで倒産したんですから。

――そうだけどね。しかし、自分の会社を潰したショックは大きかったね。好景気のころには、わたしの会社の売上高は道内の不動産会社で断トツだったんだから。マンション、建売住宅、別荘地のすべてが即日完売だったんです。夢のような話でしたよ。それが、いまじゃ……。

——社長、また陽《ひ》は昇りますよ。

——そう思うようにしてます。現に捨てる神ばかりじゃなく、拾う神もいましたからね。

——ええ、そうですよ。まだ社長は五十二なんですから、必ず再起できます。

——そうだね。また、頑張りますよ。軍資金の件、任せてください。

——よろしく！

通話が終わった。

鰐沢は先に口を切った。

「菊池という男は、ダミーの資金提供者だな」

「そうみたいですね。本当のスポンサーは何者なんでしょう？」

「あとで、『会社四季報』や企業関係のファイルを見てみよう。まず菊池のことを調べて、背後関係を探ってみようや」

「そうですね」

「もう少し経ったら、おれも赤坂に行く」

「了解！」

梶浦が電話を切った。

鰐沢は執務机から離れ、背後のキャビネットに歩み寄った。その中には、さまざまな捜査資料が揃《そろ》っていた。

企業関係のファイルに目を通す。菊池健吾なる人物は、札幌市内に本社を置く『北海エステート』という不動産会社の代表取締役だった。

会社は二年前に二千数百億円の負債を抱え、倒産に追い込まれた。その後、会社更生法の申請をして再建中と記述されている。菊池の自宅や家族構成も書かれていた。

ヤメ検先生に、『北海エステート』の取引銀行や債権者のことを調べてもらおう。

鰐沢は胸底で呟《つぶや》き、ファイルをキャビネットの中に戻した。そのとき、麻衣から連絡が入った。

「ご報告が遅くなりましたが、ようやく牧野の自宅マンションに例の物を取りつけました。居住者の姿がちらついてて、なかなか電話保安器に近づけなかったんです」

「そんなことだろうと思ってたよ」

「しばらく牧野の自宅マンションの近くで張り込みましょうか？」

「いや、自動録音装置をどこかに隠して、赤坂のオフィスに回ってくれ。牧野は自分の事務所にいる。それから、電話の盗聴で、ちょっとした手がかりも得られたよ」

鰐沢は詳しい話をした。

「その菊池健吾の背後に、一連の事件の首謀者がいるんですね？」

「ああ、そう思っていいだろう。おれも追っつけ赤坂五丁目に行く。おれが着く前に牧野がオフィスを出たら、梶とリレー尾行してくれ」

「了解！　それでは、先に赤坂に向かいます」

麻衣の声が沈黙した。

鰐沢はいったん終了キーを押し、畑の携帯電話を鳴らした。だが、電源が切られていた。電車に乗っているのだろう。

携帯電話を懐に戻しかけたとき、着信音が響きはじめた。発信者は峰岸だった。

「ぼくの出番はないんでしょうか？」

「いまんとこは、まだ出番がないな」

「そうですか。でも、捜査そのものは進んでるんでしょ？」

「ようやく陰謀が透《す》けてきたよ」

鰐沢は、その後の捜査状況を語った。

「山根組はシロだったのか。睦東会の児玉会長や『三華盟《サンホアモン》』を操ってたのは、神戸の最大組織だと思ってましたがね」

「おれも磯辺を痛めつけるまでは、てっきりそう思ってたんだ。しかし、それは敵のミスリード工作だった。おれも焼きが回ったもんだ」

「そんなに気にすることじゃないと思います。ちょっと遠回りした恰好《かっこう》になりましたけど、事件の核心に迫りかけてるわけですから」

「峰岸ちゃんは心優しいな。いまの言葉で少し救われた気がするよ」

「からかわないでください」

「いや、本心で言ってるんだ」

「そんなふうにマジに言われると、ぼく、どう返事をすればいいのか、わからなくなるな。とにかく、待機してます。必要なときは、いつでも声をかけてください」

峰岸が通話を打ち切った。

鰐沢は社長室を出て、七階のエレベーター・ホールに足を向けた。地下一階まで下《くだ》り、ボルボに乗り込む。黒縁眼鏡をかけて、付け髭《ひげ》を鼻の下に貼りつけた。ついでに、前髪も少し垂らした。

車を走らせはじめる。

目的の雑居ビルは、TBSテレビの裏手の円通寺坂に面していた。九階建てのビルだった。ビルの手前に、麻衣のBMWが見える。梶浦のジープ・チェロキーは、ビルの先に停めてあった。

鰐沢はビルの前をゆっくりと通過した。ビルの専用駐車場には、メタリックシルバーのロールスロイスが駐《と》めてあった。

鰐沢は坂道を登り、薬研坂《やげんざか》の少し手前でボルボを路肩《ろかた》に寄せた。左手首に腕時計型の特殊無線機を装着していると、梶浦からコールがあった。

「キャップ、応答願います」

「よく聴こえるよ。ロールスロイスは、やっぱり牧野の車だったのか？」

「ええ。もう電波発信器を取りつけました」

「そうか。その後、牧野はどこかに電話をしてないんだな？」

「はい。外からの電話もありませんでした。えーと、それからですね、さっき目標のビルの真ん前のテナントビルに入って、牧野の事務所を覗《のぞ》いてみたんですよ」

「社員は何人いたんだ？」

「それが事務所には、牧野ひとりしかいませんでした。多分、社員は誰も雇ってないんでしょう。奴はダーティー・ビジネスをしてるわけですから、社員がいたら、何かと不都合ですからね」

「そうだな。牧野がオフィスから出てきたら、おまえは麻衣と奴をリレー尾行してくれ。おれは事務所に忍び込んで、何か手がかりになるような物があるかどうか物色してみる」

鰐沢は言って、トークボタンから指を浮かせた。

麻衣から無線連絡が入ったのは、九時数分過ぎだった。

「いま、ロールスロイスがわたしの車の横を走り抜けて、坂道を下《くだ》っていきました。梶さんは車首を切り替え中です」

「そうか。前後になりながら、牧野の車を追尾してくれ。運がよけりゃ、今夜、奴はどこかで黒幕と接触するかもしれない」

「わたしも、それを期待してるんです」

「何か動きがあったら、すぐに報告してくれ。しっかり頼むぞ」

鰐沢は交信を切り上げ、ゆったりと煙草を喫った。

車を降りると、すでにBMWもジープ・チェロキーも消えていた。鰐沢はスエード・ジャケットの襟を立て、急ぎ足で目的の雑居ビルに向かった。

一階のエレベーター・ホールには、幸いにも人の姿はなかった。六階に上がり、オリエンタル経済研究所に急いだ。

ペッカリーの革手袋をして、万能鍵でドア・ロックを解《と》く。素早く事務所の中に入り、息を殺した。

人のいる様子はうかがえない。

鰐沢は電灯のスイッチを入れた。窓はブラインドで閉ざされていた。なんの変哲もないスチール・デスクが四卓並び、その向こうに応接ソファ・セットが置かれている。ソファ・セットの右手に、ドアの閉まった別室があった。鰐沢はまた万能鍵を用《もち》いて、鍵を外した。

別室の照明を灯す。

正面の壁際に五台のパソコン、高速モデム、専用ソフトなどが並んでいる。左手のスチール・キャビネットには、各種の盗聴器、CCDカメラ、電波発信器、高性能電波広域受信機、電磁波探索機などが所狭しと並んでいた。

牧野は、ハッキング、盗聴、盗視のエキスパートたちを使って、超一流企業の極秘事項や不正の事実を探らせているようだ。

鰐沢は確信を深めた。

政府機関や大企業は機密保持に腐心しているが、覚書、書簡、議事録、会計記録、人事ファイル、販売数量、研究開発記録といった資料を完璧《かんぺき》に保管することはできない。

プロの産業スパイたちは、オフィスで無造作に捨てられているメモ、報告書、コンピューター・プリントアウト、USBメモリー、納品書、出荷伝票をガーボロジーと呼ばれている〝ごみ調査〟でたやすく入手してしまう。

無線送信機能を備えた盗聴装置《バグ》や電話盗聴装置《タップ》も巧妙に使われている。ハッカーたちのテクニックは年々、高度化している。

正当なユーザーのパスワードを突きとめる偽の契約スクリーン、パスワードを推測してくれる試験プログラム、パスワード・ファイル解読プログラム、オペレーション・システムの抜け穴探しといったハッキング・テクニックは、いまや古典的だ。

天才ハッカーたちは、どのようなコンピューター・プロテクトも易々《やすやす》と破ることができる。米国防総省《ペンタゴン》のシステムに侵入して、データを盗み出した事例も一件や二件ではない。

また、盗視という特殊能力に長《た》けたハッカーも確実に増えている。

盗視とは、コンピューターから漏《も》れる電磁波をキャッチし、信号処理して画面に再現することだ。電磁波は機械本体や電子回路からだけではなく、コードからも発生する。

理論的には、電子機器のある部屋全体をシールドすれば、盗視は防止できるわけだ。しかし、現実にはレーザーによって、情報が盗まれている。

対抗策として、端末を金属カバーで覆い、偽信号で盗視を防止するようになったが、それも完璧な防禦《ぼうぎょ》ではなかった。ハッカーたちによって、偽信号を読み取る装置が作られてしまったのだ。

産業スパイや企業恐喝屋が凄腕《すごうで》のハッカーを抱き込めば、超一流会社も丸裸も同然と言っていいだろう。

どこかにハッカーや盗聴・盗視のエキスパートの連絡先がメモされているかもしれない。

鰐沢はパソコンルームをくまなく検《しら》べはじめた。

しかし、住所録の類《たぐい》は見つからなかった。ＵＳＢメモリーもチェックしてみたが、住所登録はされていなかった。

その代わり、大手商社の裏帳簿のＵＳＢメモリーを手に入れることができた。鰐沢はそれをポケットに入れ、スチール・デスクの引き出しをすべて開けてみた。

だが、結果は虚《むな》しかった。ハッカーたちの連絡先は、牧野の電子手帳にでも登録されているのか。

鰐沢は溜息《ためいき》をついた。

ちょうどそのとき、携帯電話が鳴った。モバイルフォンを耳に当てると、梶浦の低い声が流れてきた。

「キャップ、牧野が妙な場所に消えました」

「妙な場所？」

「ええ。代々木にある大松商事です」

「ひょっとしたら、大型パチンコ店をいくつも経営してる……」

「そうです、そうです。ほら、店の売上金を強奪された大松商事ですよ。確か社長は台湾人の張季民《チャンジーミン》という男だったと思います」

「ああ、そんな名前だったな」

「牧野が被害者を訪ねたってことは、あの売上金強奪事件はもしかすると……」

「張《チャン》のマッチ・ポンプ臭《くさ》いな」

鰐沢は言った。

「ええ、そうですね。牧野は馴《な》れた足取りで大松商事のオフィスに入っていきましたから、きっとあの事件《ヤマ》は仕組まれたにちがいありません」

「おそらく、そうなんだろう。梶、『三華盟《サンホアモン》』の真のボスは蔡《ツアイ》じゃなく、台湾人の張《チャン》なのかもしれないぜ」

「あっ、そうか。それ、考えられますね。台湾人実業家なら金を持ってるでしょうから、中国本土から流れてきたマフィアたちを束ねることもできるでしょう。それから、イラン人、コロンビア人、パキスタン人の悪党《ワル》どもを取り込むこともね」

「ああ。在日の台湾人は、レッド・チャイニーズにそれほど敵意を持ってない。中国本土から台湾に渡った外省人《がいせいじん》の子や孫は、むしろ親しみを感じてるはずだ」

「ええ。張《チャン》が一連の事件《ヤマ》の首謀者なんでしょうか？」

「それは、まだ何とも言えないな。張《チャン》が黒幕とも思えるが、あるいは、その後ろに大《おお》狸《だぬき》がいる可能性もある」

「そうですね」

「おれも代々木に行く。大松商事の近くに何か目標になる物は？」

「JR東京総合病院の近くです。六階建ての白い磁器タイル貼りのビルですよ」

梶浦が答えた。

鰐沢は電話を切ると、事務所の照明を落とした。きちんとドアをロックし、エレベーター・ホールに走った。

3

大松商事の本社ビルが見えてきた。

鰐沢は減速した。

表通りには、部下たちの車は停まっていない。梶浦と麻衣は裏通りの目立たない場所に車を駐め、大松商事の近くに張り込んでいるのだろう。

鰐沢はボルボを脇道《わきみち》に入れ、数十メートル先の民家のブロック塀の際《きわ》に寄せた。そこから表通りに戻り、大松商事まで歩く。

二人の部下は、本社ビルの両脇の暗がりに身を潜《ひそ》めていた。

鰐沢は目で合図し、梶浦と麻衣を近くにある月極《つきぎめ》駐車場の中に誘い込んだ。三人は車の陰に入り込んだ。

「ビルの中の様子は？」

鰐沢は梶浦に訊《き》いた。

「牧野が六階でエレベーターを降りたことは、確認済みです。張《チャン》は同じ階にいると思われます」

「そうか。社員たちは何人ぐらいいるんだ？」

「外から確認できたのは、十五、六人です。社員は日本人だと思われますが、五階の窓から中国人やイラン人らしい男たちの姿が見えました」

「張《チャン》は、『三華盟《サンホアモン》』のメンバーを五階に住まわせてるのかもしれない」

「多分、そうなんだと思います。ビルの右側のベランダに、洗濯物を掛けるビニール・ロープが張ってありましたから」

「それは五階のベランダか？」

「そうです。取り込み忘れたらしいサークル・ハンガーには男物の靴下が何組も吊《つ》るしてありました。五階が社員寮になってなければ、きっと『三華盟《サンホアモン》』のアジトにちがいありません。蔡富泰《ツアイフータイ》や胡貴陽《ウーグイヤン》は寝泊まりしてないと思いますけどね」

「だろうな」

「ひょっとしたら、用心棒の閩長江《ミンチャンジャン》は大松商事に泊まり込んでるのかもしれません」

梶浦が言った。

「張季民《チャンジーミン》が『三華盟《サンホアモン》』の真のボスなら、そう考えてもいいだろう」

「最初、閩《ミン》は上海グループのリーダーの楊義安《ヤンイオン》の護衛をしてたんでしたよね？」

「ああ。そのころは、てっきり楊《ヤン》が『三華盟《サンホアモン》』を束ねてるものと思ってたが。しかし、その楊《ヤン》は愛人の清麗《チンリー》ともども閩《ミン》に始末されちまった。それで、北京グループのリーダーの蔡富泰《ツアイフータイ》が『三華盟《サンホアモン》』のボスだと睨《にら》んだんだが……」

「蔡富泰《ツアイフータイ》や福建マフィアの胡貴陽《ウーグイヤン》を操ってたのは、実は台湾人実業家の張季民《チャンジーミン》だった？」

「そう思って間違いないだろう。ただ、張《チャン》が一連の事件の絵図を画《か》いたのかどうかがはっきりしないいんだ」

「現段階では、そうですね。ところで、牧野のオフィスで何か収穫を得られました？」

「収穫はあった。牧野は新手の企業恐喝屋だよ」

鰐沢は、オリエンタル経済研究所の奥にあった怪しいパソコンルームのことを話した。さらに、自分の推測も部下たちに語った。

「キャップの推測は当たってると思います」

麻衣が言った。

「だといいがな」

「絶対にそうですよ。キャップがおっしゃったように、牧野拓郎は単に企業の不正や弱みを強請の材料にしてるんじゃないと思います。もちろん、それだけでも多くの企業は口止め料を出すでしょう。しかし、そうした露骨な脅し方をしてたら、いつか牧野の要求を突っ撥《ぱ》ねる会社も出てくるにちがいありません」

「だろうな」

「でも、狙った企業の株を取得してれば、たとえプレミアムが大きな株譲渡でも一応、合法的な商取引ってことになります」

「そうだな。牧野はそういう方法で、株の譲渡益を稼いでるんだろう」

「張《チャン》と『北海エステート』の菊池健吾に何か接点がありそうですね」

梶浦が口を挟んだ。

「そのあたりのことは、ヤメ検先生に調べてもらおう」

「それは適任ですね」

「麻衣、張季民《チャンジーミン》に関する情報を外事課から引っ張ってくれないか」

「もうデータを貰《もら》いました。張《チャン》は台北《タイペイ》市生まれで、満五十六歳です。十九歳で日本の大学に私費留学し、その後は同胞の経営する貿易会社に十年ほど勤務して、板橋にパチンコ店の一号店を出してますね。数年後に不動産取引、中古車販売、健康器具販売と事業を拡げ、今日の大松商事にしたわけです」

「家族構成は？」

「三十二のときに同じ台湾の女性と結婚してますが、夫人は十三年後に病死しました。二人の間に子供はいません。現在は、日本人の内妻と自由が丘の豪邸で二人暮らしです」

「内妻に関するデータは？」

鰐沢は畳みかけた。

「八坂香美《やさかこうみ》、三十四歳です。元ショーダンサーですね」

「張《チャン》の事業に関わってるのか？」

「そのあたりのことは不明です。それから、大松商事の経営状態もわかりませんでした」

「そうか」

「北海道の菊池と張《チャン》は不動産取引を通じて何年も前に知り合ったのかもしれませんね」

「そのあたりのことも、ヤメ検先生に調べてもらうか」

「そうですね」

麻衣が口を結んだ。

鰐沢は畑弁護士の携帯電話を鳴らした。今度は、すぐにつながった。鰐沢は経過を話し、調べてもらいたいことを手短に伝えた。

「その件は、さっそく調べてみるわ。それはそうと、三人で大松商事に乗り込むんやね？」

「チャンスがあったら、そうするつもりです」

「敵の牙城《がじょう》に乗り込むのは、どないなんやろ？　外国人の不良どもは、めちゃくちゃしよるで」

「それは、わかってます」

「ちょいと辛抱《しんぼう》して、牧野か張《チャン》が外に出てくるのを待ったほうがええんとちゃう？」

「危険は承知で、牧野と張《チャン》の二人を同時に押さえたいんです。回り道をして、いたずらに時間を無駄にしましたんでね。それに、多くの犠牲者も出してしまいました」

「そこまで気持ちが固まってるんやったら、わし、もう何も言わんわ。三人とも死なんといてや」

畑が訴えるように言った。

鰐沢は携帯電話を上着の内ポケットに戻し、二人の部下を等分に見た。

「残業してる社員たちがいなくなったら、ビルの中に押し入る。それまで二人とも車の中で待機してろ。おれがしばらくビルの前で張り込む」

「マシンガンピストルのヘッケラー＆コッホＶＰ70Ｚも携行したほうがいいですよね？」

梶浦が訊いた。

「そうしてくれ。非致死性手榴弾《スタングレネード》は車に積んであるな？」

「はい、十発あります」

「張《チャン》と牧野のいる部屋に達したら、スタングレネードで内部制圧《クリアリング》する。いいな？」

鰐沢は言った。二人の部下が同時にうなずいた。

スタングレネードは閃光《せんこう》と大音響を発し、室内に籠《こも》った人間の平衡《へいこう》感覚を奪う。その隙を衝《つ》いて、室内に突入するという作戦だった。

「二人とも車に戻って、無線連絡を待て」

「はい」

梶浦と麻衣が声を揃え、表通りに足を向けた。

鰐沢は路上で一服した。それから、大松商事の前まで引き返した。ロールスロイスは、駐《と》められたままだった。

鰐沢は路上駐車中の大型ワゴン車の陰に隠れ、改めて大松商事の建物を見上げた。ビルの片側に、鉄骨の非常階段が取り付けられている。屋上には鉄柵《てっさく》が巡らされていた。

反対側の壁面は割に窓が少ない。しかも、隣接しているビルの窓は真っ暗だ。

梶を非常階段から侵入させ、自分と麻衣は錨鉤《グラップリング・フック》付きのロープを使って屋上から忍び込もう。

鰐沢は特殊無線で二人に作戦計画を伝え、必要な武器やロープを用意するよう指示した。

それから数十分が経過したころ、残業を片づけた社員たちが三々五々、玄関から出てきた。

鰐沢は無線機を使って、梶浦と麻衣を呼び寄せた。

二人は黒のバトル・ジャケットを着込み、同色のデイパックを背負っていた。デイパックの中にはやガスマスクや予備の弾倉《マガジン》クリップが入っているはずだ。

「お先に！」

梶浦が腰を屈《かが》めながら、非常階段の下まで走った。

鰐沢は麻衣を伴い、ビルの左手に回り込んだ。

あたりに人の気配はうかがえない。麻衣が左肩に掛けている二本のグラップリング・フック付きの太いロープの束を外した。

鰐沢は片方の束を受け取った。

屋上までの高さは、およそ二十メートルだ。下から錨鉤《いかりかぎ》を思いきり投げても、鉄柵までは届きそうもない。鰐沢は、まず三階のエアコン・フレームにフックを引っ掛けた。麻衣も数メートル横に移動し、同じように錨鉤を投げた。

二人は三階まで壁面をよじ登り、それぞれ再度フックを投げた。二つの錨鉤は屋上の鉄柵を嚙んだ。

鰐沢と麻衣はロープを張り、素早く屋上まで登った。すぐに二人はロープを束ね、左肩に担《かつ》いだ。

姿勢を低くして、塔屋《とうや》に接近する。ドアはロックされていなかった。

鰐沢はシグ・ザウエルP226を腰から引き抜き、消音器を装着させた。麻衣も同じようにグロック17に、サイレンサーを取りつけた。

二人はビル内に忍び入った。

踊り場には人影はなかった。鰐沢と麻衣は階段を下《くだ》り、六階の踊り場で足を止めた。

鰐沢は担いでいたグラップリング・フック付きのロープの束を床に置き、麻衣に小声で言った。

「ガスマスクとスタングレネードを出してくれ」

「はい」

麻衣がロープの束とデイパックを肩から外した。デイパックの口が開かれ、ガスマスクとスタングレネードが取り出された。

鰐沢はガスマスクで顔面を覆い、筒状の非致死性手榴弾を受け取った。

麻衣がデイパックの中から、ドイツ製のマシンガン・ピストルを取り出した。自動拳銃型の短機関銃だ。装弾数は、フルで二十発である。

麻衣は左手にグロック17、右手にマシンガン・ピストルを握り、鰐沢と背中合わせに立った。

数秒後、廊下の向こうの非常扉が開いた。

姿を見せたのは梶浦だった。片手にS&W410、もう一方の手にマシンガン・ピストルを構えていた。

鰐沢は身振りで梶浦に、エレベーターの前を固めろと指示した。梶浦が大きくうなずき、エレベーター前まで歩いた。

鰐沢は廊下を進みはじめた。

左側に四室、右側に三室ある。いずれもドアは閉ざされていた。

社長室は左側の二番目だった。鰐沢は木製の茶色いドアに耳を近づけた。二人の男が談笑している。張《チャン》と牧野だろう。

鰐沢はシグ・ザウエルをベルトの下に差し込み、スタングレネードのピン・リングを引っ張った。ドアを開け、非致死性手榴弾を社長室の中に投げ込む。

ドアの横の壁にへばりついたとき、大音響とともに閃光が走った。

室内で、驚きの声が重なった。床も揺れた。

火薬臭い白煙が廊下に噴き出された。

鰐沢は消音器付きの自動拳銃を手にして、社長室に躍り込みかけた。そのとき、麻衣の高い悲鳴が耳に届いた。

鰐沢は首を捩《ねじ》った。

麻衣の喉元に三角形の特殊ナイフを当てているのは、閩《ミン》だった。すでに麻衣が握っていた自動拳銃とマシンガン・ピストルは、廊下に叩き落とされていた。

「おまえたち、武器捨てる。それしないと、女死ぬね」

閩《ミン》が癖のある日本語で怒鳴った。

鰐沢は進退谷《きわ》まった。梶浦も事態を知り、銃口を下げた。

「撃って！　わたしにかまわずに、後ろの奴を撃ってちょうだいっ」

麻衣が高く叫んだ。

鰐沢は撃てなかった。ガスマスクを取る。

「女と一緒に、わたし、撃つか？　いいよ。それ、面白いね」

閩《ミン》は麻衣を楯《たて》にしながら、愉《たの》しげに言った。

五階から複数の男たちが何か喚《わめ》きながら、勢いよく階段を駆け上がってきた。中国人らしい男が三人、イラン人と思われる男が二人だった。五人ともノーリンコ54を手にしていた。

中国人らしい三人は、すぐさま鰐沢を取り囲んだ。そのうちのひとりが、鰐沢の武器を乱暴に奪い取った。

イラン人らしい男たちは梶浦の動きを封じ、自動拳銃とマシンガン・ピストルを足《あし》許《もと》に置かせた。

ピンチとチャンスは、背中合わせだ。

鰐沢は自分に言い聞かせた。

そのすぐあと、二人の男が社長室から出てきた。ひとりは牧野だった。もうひとりの五十代半《なか》ばの小柄な男は、張季民《チャンジーミン》だろう。二人とも咳込《せきこ》んでいた。目も赤い。

「あんたが大松商事の張《チャン》社長だな？」

鰐沢は小柄な男に声を投げつけた。すると、男が達者な日本語で言った。

「そうだ、張季民《チャンジーミン》だよ。おまえは警視庁のアリゲーターだなっ」

「おれが刑事だって⁉ おれたち三人は、ただの恐喝屋グループさ。あんたの狂言を見破ったんで、銭を強請《ゆす》りに来たんだ」

「下手な芝居はやめろ。おまえが本庁の警視だってことは、とうに知ってる。鰐沢賢だったかな、本名は。鰐のように獰猛《どうもう》なんで、アリゲーターという渾名《あだな》がついた。そうだったね？」

「始末した航空隊パイロットの勝呂から聞いたんだなっ」

「さあ、誰から聞いたんだっけな？」

「あんたが『三華盟《サンホアモン》』のボスだったとは驚いたぜ」

鰐沢は言った。

張《チャン》は曖昧《あいまい》な笑い方をした。

「否定しないのかっ」

「くっくっく。おまえたちのような連中を日本の諺《ことわざ》で何とか言ったな。そうだ、飛んで火に入る夏の虫だ」

「ここで、おれたち三人を始末する気なのかっ」

鰐沢は吼《ほ》えた。

そのとき、牧野が張《チャン》に耳打ちした。張《チャン》が、にやりとした。

牧野が鰐沢の前に進み出てきた。

「おれに協力してくれたら、おまえら三人の命は助けてやってもいい」

「協力？」

「ああ。落合彰彦《あきひこ》という男の首を青竜刀で刎《は》ねて、奴の生首を見せてくれ。それまで仲間の二人は、人質として預かる」

「おれに人殺しをさせたあと、三人を片づけるって段取りだな？」

「刑事は疑り深いな。おれは約束したことは決して破らん男だ。どうする？」

「いいだろう。あんたに協力しよう」

鰐沢は答えた。

牧野の言葉を信じる気になったわけではない。代理殺人を実行する気もなかった。時間稼ぎをしながら、反撃のチャンスを摑《つか》むつもりだった。

「落合は昔おれの下で働いてた奴なんだが、恩義を忘れて銭の無心をしてきたんだよ。で、消す気になったんだ。しかし、自分で手を汚す価値もない奴でな」

「だから、このおれに片づけさせる気になったわけか」

「まあな」

「その男のいる所まで、あんたが案内してくれるのか？」

「ああ、アパートの前までな。おまえの仕事は胡《ウー》さんに見届けてもらう。さ、行こう」

牧野が促した。二人の中国人が鰐沢の両腕を取る。

「おとなしくしてたほうがいい」

鰐沢は二人の部下に言い、エレベーター前に向かった。

牧野たち三人と一階に降りると、どこからか、胡《ウー》が現われた。数枚の古新聞に包まれた青竜刀を小脇に抱えていた。刃渡りは一メートル近い。

牧野が先に外に出て、ロールスロイスの運転席に入った。

胡《ウー》が後部座席のドアを開けた。

「おまえ、先に乗る」

「ちょっと待ってくれ。靴の紐《ひも》が緩《ゆる》んじまったんだ」

「早く結び直す」

「わかったよ」

鰐沢は屈《かが》み込む振りをして、ワークブーツの踵《かかと》で胡《ウー》の向こう臑《ずね》を蹴った。胡《ウー》が呻《うめ》いた。

すかさず鰐沢は振り向きざまに、胡《ウー》の顎を右のショート・アッパーで掬《すく》い上げた。胡《ウー》が大きくのけ反《ぞ》った。その手から、青竜刀が零《こぼ》れ落ちた。

鰐沢は両手で受け、ロールスロイスの後部座席に乗り込んだ。古新聞を払い、運転席の牧野の首に両腕を回す。

青竜刀の刃を牧野の喉元に浅くめり込ませた。牧野が、ひっ、と喉を軋《きし》ませた。

「おまえ、死にたいか？」

胡《ウー》が起き上がって、マカロフＰＢの銃口を向けてきた。サイレンサー・ピストルだ。

「ぶっぱなしたら、牧野の喉は破れた提灯《ちょうちん》みたいになるぜ」

「わたし、おまえ、殺す」

「撃てるものなら、撃ってみろ！」

鰐沢は言い返した。と、牧野が細い声を絞り出した。

「撃つな。胡《ウー》さん、撃たないでくれーっ」

「わたし、どうしたら、いい？」

「言われた通りにしてくれ」

「わ、わかったよ」

胡《ウー》が銃口を下げた。鰐沢は胡《ウー》に顔だけを向けた。

「まずマカロフをおれの横にそっと置け」

「置くよ、わたし」

胡《ウー》が言われた通りにした。鰐沢は片手でマカロフを掴み上げるなり、胡《ウー》に一発浴びせた。

狙ったのは脇腹だった。

胡《ウー》が呻いて、尻から落ちる。二人の中国人がノーリンコを構えた。

「騒ぐな。牧野と胡《ウー》を死なせたくなかったら、おれの仲間を連れてくるんだ。おれたちの銃器も返してもらう。とりあえず、人質の交換だっ」

「ひとりと二人、それ、不公平ね。あなた、狡《ずる》いよ」

二人組のひとりが言った。鰐沢は無言で胡《ウー》の左の鎖骨を撃ち砕いた。

胡《ウー》が長く唸って、横倒れに転がった。

「おまえら、早く二人の人質を連れて来い！」

牧野が苛立《いらだ》ちを露《あらわ》にした。二人の男は顔を見合わせ、ビルのエントランス・ロビーに駆け込んだ。

「睦東会の児玉や『三華盟《サンホアモン》』の連中に強奪させた売上金や身代金で、優良企業の株を買い集めたんだなっ。あんたの事務所のパソコンルームで、大手商社のＵＳＢメモリーを見つけたよ。おれが貰っといた」

「………」

「急に日本語を忘れちまったか」

鰐沢は、マカロフの銃口を牧野の側頭部に押し当てた。

「そうだ、そうだよ」

「あんたはハッカーや盗聴・盗視のエキスパートに狙った一流企業の不正や弱みを押さえさせて、それを株の買い取りを迫るときに巧みにちらつかせ、でっかいプレミアムを乗っけた。そうだな?」

「ああ、その通りだ。けど、おれは張《チャン》社長の駒《こま》にすぎない。あの男に命じられたことをやっただけで……」

「張《チャン》の最終的な狙いは何なんだっ」

「歌舞伎町を支配したがってるようだが、よくわからねえんだ」

「奴の後ろに、誰かいるんじゃないのか?」

「それも、わからねえよ。張《チャン》社長に直《じか》に訊いてくれ」

牧野が震え声で言った。

ひとまず今夜は、人質の交換だけにしておくか。

鰐沢は大松商事の玄関を見た。

ちょうどそのとき、梶浦と麻衣が出てきた。二人は歩きながら、デイパックの中を手探りしていた。梶浦たちの後ろには、四、五人の外国人マフィアがいた。

二人は振り向きざまに、スタングレネードを投げつけた。轟音が夜気を裂き、赤い閃光が駆けた。

男たちが宙を舞った。梶浦と麻衣が走りだした。

鰐沢は青竜刀を牧野の喉から離し、後部座席の床に投げ落とした。牧野が安堵《あんど》し、長く息を吐いた。

「地獄で泣け！」

鰐沢は車から降りるとき、牧野の頭を撃ち抜いた。

血と肉片がシールドを汚した。

牧野はステアリングを抱くような恰好《かっこう》で息絶えていた。胡《ウー》が泣きながら、命乞《ご》いした。

鰐沢はマカロフを投げ捨て、地を蹴った。

4

社長室の押し上げ式窓を開けた。

そのとき、鰐沢の目に小さな機影が映った。ラジコン・ヘリコプターだった。炸薬《さくやく》を搭載しているにちがいない。桜田物産の七階だ。

ラジコン・ヘリコプターは道路の向こう側のビルの上空を旋回している。

敵は、このビルを爆破する気らしい。

鰐沢はシグ・ザウエルを腰から引き抜き、消音器を手早く嚙ませた。

顔を上げると、模型ヘリコプターが桜田物産のビルをめがけて飛んでくるところだった。鰐沢は立射の姿勢で、銃把《グリップ》を両手で握った。

二発連射する。

ラジコン・ヘリコプターに命中した瞬間、凄《すさ》まじい爆発音が轟《とどろ》いた。炎の塊が宙に飛び散った。嵌《は》め殺しのガラス窓が、びりびりと打ち震えた。

鰐沢は急いで押し上げ式の窓を閉めた。

このビルの窓から発砲したことを市民に知られると、後で厄介《やっかい》なことになる。鰐沢は向かいのビルの屋上を仰《あお》いだ。

ハンドラーらしい人影が見えた。

しかし、鰐沢は社長室を飛び出さなかった。階下に降りる前に、相手はどこかに身を潜《ひそ》めてしまうだろう。

また、こんなときに『隼』の本部を離れるわけにはいかない。桜田物産には、鰐沢しかいなかった。

変装した梶浦は、大松商事の近くで張り込み中だった。麻衣は、自由が丘にある張《チャン》季民《ジーミン》の自宅に張りついているはずだ。

敵が自分たちのアジトを知っていることは、昨夜《ゆうべ》、代々木から尾《つ》けられていたにちがいない。

鰐沢は社長室を出て、地下一階まで降りた。

ボルボを点検すると、リア・バンパーの裏側に文庫本ほどの大きさの電波発信器がへばりついていた。人質の交換をしているとき、閩《ミン》がこっそり大松商事を抜け出し、ボルボに電波発信器を取りつけたのだろう。

迂闊《うかつ》だった。

鰐沢は電波発信器を引き剥がし、地下二階の射撃訓練場兼武器庫に入った。シューティング・ブースに入り、投げ放った電波発信器を粉々に撃ち砕いた。

そのあと、鰐沢は表に出てみた。

大勢の野次馬があふれ、興奮気味に何か言い交わしている。幸いにも怪我人《けがにん》はいないようだった。

午後二時過ぎだ。

化学消防車がサイレンを響かせながら、オフィス街に入ってきた。鰐沢は桜田物産の中に戻り、エレベーターで社長室に戻った。

執務机に向かったとき、梶浦から電話がかかってきた。

「敵のガードは固いですね。大松商事の建物を『三華盟《サンホアモン》』の連中が取り囲んで、ちょっと近づけない状態です」

「張《チャン》は会社の中にいるんだな？」

「ええ、社内にいることは間違いありません。しかし、社長室にはいないようです」

「牧野のロールスロイスは？」

鰐沢は訊いた。

「見当たりません。牧野の死体と一緒に夜が明ける前に、どこかの谷底にでも棄《す》てに行かせたんでしょう」

「ああ、おそらくな。閩《ミン》は大松商事にいるのか？」

「それは、まだ確認できてません」

「そうか。いったん桜田物産に引き揚げてくれ」

「何かあったんですか？」

梶浦が問いかけてきた。

鰐沢は『隼』の本部が爆破されそうになったことを話し、ほどなく電話を切った。

それから間もなく、麻衣から連絡が入った。

「張《チャン》の自宅のガードも固いんだろうな？」

鰐沢は先に言った。

「ええ、家の周囲は防犯ビデオカメラだらけです。それから、庭にはイラン人とコロンビア人らしい男たちが六人もいます」

「張《チャン》の内妻の八坂香美は、家の中に閉じこもったままなのか？」

「一度だけ庭の野鳥用の餌台《えさだい》に近づきましたが、すぐに家の中に……」

「そうか。どんな女なんだ？」

「彫りの深い顔立ちで、プロポーションは抜群ですね。張《チャン》よりも二十センチ近く背は高いんじゃないかしら？」

「張《チャン》の財力に魅せられて、一緒に暮らしてるんだろう」

「そうなのかもしれません」

「ガードがそんなに固いんじゃ、すぐに八坂香美を人質に取るのは難しそうだな」

「ええ、無理だと思います」

麻衣が答えた。

鰐沢はさきほどの出来事を話し、麻衣にいったん本部に戻るよう言った。携帯電話の終了キーを押したとき、ドアにノックがあった。

来訪者は畑だった。鰐沢は執務机から離れ、畑とソファ・セットに坐った。

「『北海エステート』の菊池社長と大松商事の張《チャン》社長は、まったく面識はないようやったで」

畑が開口一番に言った。

「そうですか。てっきり二人には何らかのつき合いがあると思ってたが……」

「二人に面識はないようやったけど、共通点はあったわ」

「どんな共通点があったんです？」

「『北海エステート』と大松商事のメインバンクは、かえで銀行やったんや」

「かえで銀行は、都銀の中では不良債権額が多くて確かワーストスリーに入ってたんじゃなかったかな？」

「そうやね。トミタ自動車が資金援助するいう話が一時《いっとき》持ち上がったけど、それは実現せんかった」

「新聞報道によると、かえで銀行が実は公表不良債権額の三倍も焦げつかせてたことがわかって、トミタ自動車は資金援助の話を引っ込めたんでしたよね？」

「ああ、そやったな。そこまで経営危機に追い込まれてるかえで銀行が、なぜか『北海エステート』の三百億円分の債権を放棄してるねん」

「何か裏があるな」

「大ありやろうね。大松商事も、五百億円の焦げつきをチャラにしてもらってるねん」

「読めたぞ。張《チャン》や牧野を操《あやつ》ってたのは、かえで銀行だったんだな。牧野は、トミタ自動車の株も買い漁《あさ》ってた。かえで銀行は、資金援助の話を打ち切ったトミタ自動車を逆恨《さかうら》みしてるんだな」

鰐沢は言った。

「そうみたいやな。それから、関東御三家にも一矢《いっし》を報《むく》いたかったんやろう。稲森、住川、極友の企業舎弟《フロント》が、それぞれ総額で数千億円ずつ焦げつかせたままなんや。かえで銀行は、まともな方法では不良債権の回収はできんと判断して、身代金という形で少しでも返済させたかったんとちゃうやろか」

「しかし、その程度じゃ、焼け石に水です。そこで、かえで銀行は『三華盟《サンホアモン》』のボスである張季民《チャンジーミン》に命じて、銀行、大型スーパー、デパートの金を強奪させた。自分が疑われることを恐れた張《チャン》は、自分の店の売上金もわざと奪わせたんでしょう」

「そうなんやろう」

「かえで銀行にしても、張《チャン》にしても、それだけじゃ、たいした旨味《うまみ》はない。それで、銀行と張《チャン》は共謀して、企業恐喝屋の牧野に優良企業の株を買い漁らせ、高値で買い戻しをさせてたんじゃないのかな？」

「多分、そうなんやろうね。それからな、菊池の個人預金口座に一流企業十数社から名目のはっきりしない多額の金が振込まれてたで。最も多いときは八百億円を超えてた。けど、そうした金の大半は数日後には、香港のペーパーカンパニーらしいとこに振込まれてん」

畑が言った。

「その金は牧野が各企業の不正や弱みをちらつかせて、強引に引き取らせた株の譲渡益なんでしょう」

「それは、ほぼ間違いないやろう。そうした裏金は香港のペーパーカンパニーからスイスの銀行の秘密口座《ナンバード・アカウント》に移されて、一定期間プールされるんやろ」

「それから時機を見て、かえで銀行と張《チャン》は自分らの取り分を中南米あたりのタックスヘイブン国に設けた幽霊会社に移してるんでしょう」

「おおかた、そんなとこやろな。しかし、状況証拠だけで悪人どもを裁《さば》くわけにはいかんな」

「そうですね。張《チャン》は警戒して、身辺を固めはじめてるんですよ。菊池を締め上げたほうが手っ取り早そうだな」

「そやね」

「間もなく梶と麻衣が、ここに戻ってくることになってるんです。そうしたら、三人で札幌に行ってみますよ」

鰐沢はキャビンに火を点けた。

畑弁護士と取りとめのない話をしていると、二人の部下が相次いで本部に戻ってきた。それを汐《しお》に、畑が辞去した。

鰐沢は部下たちに経緯《いきさつ》を話し、札幌に向かう準備をさせた。といっても、特別な旅仕度《じたく》をしたわけではなかった。

三人は、空港の金属探知機に引っかからないプラスチック拳銃を携帯しただけだった。鰐沢の車で、羽田空港に急いだ。

空港でキャンセル待ちをする。数十分待っただけで、三人は同じジェット機に搭乗できた。

新千歳《ちとせ》空港に到着したのは、夕方の五時過ぎだった。タクシーで札幌に向かう。北海道は雪だった。

『北海エステート』の本社は、札幌市の大通《おおどおり》公園の近くにあった。

だが、社長の菊池は会社にいなかった。取引先の重役に会うため、北海道庁の斜め前にあるシティホテルに出かけたという話だった。

鰐沢たちは、そのシティホテルに急いだ。広いロビーに、菊池はいなかった。何人かのホテルマンに声をかけると、菊池が宿泊客の部屋に入ったことがわかった。一三〇五号室だった。

鰐沢たち三人は、エレベーターで十三階に上がった。

一三〇五号室のドアはロックされていた。カードロック式だったが、梶浦が万能鍵で七、八秒で解錠した。

鰐沢はプラスチック拳銃を構えながら、真っ先に部屋に躍《おど》り込んだ。

そのとたん、濃い血臭が鼻腔《びこう》を撲《う》った。シングルベッドの上に、血みどろの男の生首が置かれていた。

五十代の前半だろう。無念げに見開かれた両眼は、かっと虚空《こくう》を睨《にら》んでいた。ベッドの下には、首のない死体が横たわっている。俯《うつぶ》せだった。

「菊池でしょうね」

梶浦がそう言いながら、手袋を嵌めた。死体のポケットを探り、運転免許証を抓《つま》み出した。

「どうだ？」

鰐沢は問いかけた。

「やっぱり、菊池健吾です。青竜刀で首を刎《は》ねられたようですね」

「ああ、おそらくな。張《チャン》が刺客を放って、菊池の口を永久に封じさせたんだろう。一足遅かったな」

「くそっ」

梶浦が歯噛《はが》みした。そのすぐあと、麻衣が小声で鰐沢の名を呼んだ。

鰐沢は体ごと振り返った。

麻衣がカーペットを指さした。生乾きの血痕《けっこん》が点々と散っていた。真紅の染《し》みは浴室まで、飛び飛びに連《つら》なっている。

殺し屋はバスルームに隠れているらしい。

鰐沢は二人の部下をベッドサイドまで退《さ》がらせ、浴室のドアを勢いよく開けた。

だが、誰も潜《ひそ》んでいなかった。浴室のドアを閉めたとき、背後のクローゼットの扉が開いた。

鰐沢は振り向いた。血糊《ちのり》でぬめった青竜刀を振りかぶった蔡富泰《ツアイフータイ》の姿が視野に映った。

次の瞬間、青竜刀が振り下ろされた。血の雫《しずく》が飛んだ。

鰐沢はとっさに横に跳《と》び、辛《かろ》うじて刃を躱《かわ》した。壁を叩いた青竜刀が、すぐに蔡《ツアイ》の手許に引き戻された。

「武器を捨てないと、撃つぞ」

梶浦が大声を張り上げた。

だが、蔡《ツァイ》はたじろがなかった。青竜刀を水平に薙《な》いだ。

力強い一閃《いっせん》だった。空気が縺《もつ》れた。大きく屈《かが》んだ鍔沢は、体のバランスを崩してしまった。

蔡《ツァイ》が鬼気迫る形相《ぎょうそう》で、青竜刀を上段に振り翳《かざ》した。

鍔沢はプラスチック拳銃の引き金に指を深く絡めた。

そのとき、くぐもった銃声がした。蔡《ツァイ》が斜めに吹っ飛んだ。顔面に被弾していた。

「肩を撃つつもりだったんですけど……」

銃口に枕を押し当てた麻衣が、当惑顔で言った。

「仕方ないさ」

「わたし、夢中で引き金《トリガー》を絞ってしまったんです」

「おかげで助かったよ」

鍔沢は麻衣に言って、倒れている蔡《ツァイ》の肩を揺さぶった。蔡《ツァイ》が動物じみた唸り声をあげた。

しかし、何も喋ろうとしない。

「張《チャン》に頼まれて、菊池を殺《や》ったんだなっ」

「そう」

「張《チャン》は、かえで銀行と共犯なんだろ？」

「わからない。わたし、知らないよ」

「この近くに、閩《ミン》もいるのか？」

鰐沢は訊いた。だが、返事はなかった。

蔡《ツァイ》は大きく息を吸い込むと、がくりと首を垂れた。

鰐沢は頸動脈《けいどうみやく》に指先を当てた。脈動は熄《や》んでいた。

「ひとまず消えよう。どこかに閩《ミン》が隠れてるかもしれないから、二人とも気をつけろ」

鰐沢はプラスチック拳銃を腰の後ろに差し込み、勢いよく立ち上がった。

三人は部屋を走り出た。

ホテルを出るまで閩《ミン》の影は迫ってこなかった。

エピローグ

門番は二人だった。

張《チャン》の自宅前には、三十歳前後の男たちが立っていた。

どちらも日本人ではない。片方はイラン人で、もうひとりはコロンビア人だろう。

鰐沢は二人の部下を従えて、ゆっくりと張《チャン》邸に近づいた。札幌に出かけた翌々日の夕方である。

鰐沢たち三人は虚無僧《こむそう》に化けていた。

揃《そろ》って黒い袈裟《けさ》をまとい、深編《ふかあ》み笠《がさ》を被り、尺八を手にしていた。手甲《てっこう》に脚絆《きゃはん》という出《い》で立《た》ちで、草鮭履《わらじば》きだった。

やがて、鰐沢たちは張《チャン》邸の前に立った。洋風住宅で、白い門扉《もんぴ》には浮かせ彫り《レリーフ》が施《ほどこ》されている。

「門付《かどづ》けをさせていただく」

鰐沢は見張りの男たちに言って、尺八を口に近づけた。梶浦と麻衣が倣《なら》う。

「門付け？　それ、何のこと？　意味わからないよ」

「あなたたち、サムライ？　刀、どこにある？　ちょっと見せて」

男たちが近寄ってきた。

鰐沢と梶浦は尺八で、門番たちの額を強打した。二人の男が呻《うめ》いて、その場にうずくまった。麻衣が男たちの首筋に麻酔ダーツ弾を撃ち込んだ。

二人の外国人は頽《くずお》れた。

鰐沢と梶浦は男たちの後ろ襟を摑《つか》んで、邸内に引きずり込んだ。見張り役の二人は、すでに意識を失っていた。

梶浦が男たちを庭木の陰に隠した。

西洋芝に覆われた庭は、かなり広かった。陶製のガーデンチェアに、イラン人と思われる男たちが腰かけていた。三人だった。

男たちは虚無僧姿の侵入者に気づくと、一斉に立ち上がった。

「あいつらも眠らせよう」

鰐沢は部下たちに言って、袈裟の袂《たもと》から麻酔ダーツガンを取り出した。

三人は、ほぼ同時に中東系の男たちの首筋にダーツ弾を見舞った。

男たちが次々に芝の上に倒れた。アンプルには、八十ccの全身麻酔薬が入っている。三人とも、三、四時間は麻酔から醒《さ》めないはずだ。

鰐沢たちは三人の男を庭木の陰に引きずり込み、テラスから家屋《かおく》の中に入った。土足だった。

ダイニング・キッチンに、お手伝いの老女がいた。梶浦が老女に走り寄り、麻酔ダーツ弾を浴びせた。老女は、水を吸った泥人形のように足から崩れた。

三人は手分けをして、張《チャン》の内妻を捜した。

八坂香美は階下の奥にあるダンスのレッスンルームにいた。派手な色のレオタード姿だった。

「あなた方は何者なの!?」

「理由《わけ》があって、いまは身分を明かせないんですよ。しかし、あなたに危害を加える気はありません」

鰐沢は香美に穏《おだ》やかに言った。深編み笠は被ったままだった。

「お金や貴金属が欲しいんだったら、好きなだけ持ってってって」

「われわれは押し込み強盗じゃない。張季民《チャンジーミン》に直《じか》に訊《き》きたいことがあるだけです」

「彼が何をしたの？　まさか台湾から麻薬でも密輸してたんじゃないわよね？」

香美が問いかけてきた。

「もっと悪いことをしてたんです」

「いったい何をしてたの？」

「あなたは知らないほうがいいでしょう。しばらくおとなしくしててください。逃げようとしたら、あなたの命は保証できませんよ」

鰐沢は香美に告げて、麻衣に手で合図した。

麻衣が袈裟の下から消音器付きの自動拳銃を取り出し、張《チャン》の内妻に歩み寄った。香美が驚きの声を洩《も》らし、立ち竦《すく》んだ。

「家の中に誰か潜んでないか、チェックしてきます」

梶浦がそう言って、レッスンルームから出ていった。

鰐沢は袂《たもと》から携帯電話を摑み出し、大松商事に電話をかけた。受話器を取ったのは、若い女性だった。

「社長に代わってくれないか」

「失礼ですが、どなたでしょうか？」

「身内の者だよ」

鰐沢は言って、黙り込んだ。

ややあって、張《チャン》の声が確かめた。

「アリゲーターだなっ」

「勘は悪くないな。いま、あんたの自宅にお邪魔してるんだよ。すぐそばに、レオタード姿の香美さんがいる」

「なんだって⁉　家には五人の……」

「ガードのイラン人やコロンビア人は、全身麻酔薬で眠らせた。それから、お手伝いさんもな」

「家内を、香美をどうする気なんだっ」

「そいつは、あんたの出方次第だ。香美さんの声を聴きたいか？」

「ああ。家内を電話口に出してくれ」

「いいだろう」

鰐沢は香美に歩み寄り、携帯電話を渡した。

香美は日本語混じりの台湾語で、内縁の夫と短く話した。鰐沢はモバイルフォンを取り返し、張《チャン》に言った。

「いますぐ自宅に戻れ。付録と一緒とわかったら、香美さんには死んでもらう」

「わ、わかった。必ず独りで家に戻る」

「門を潜《くぐ》ったら、下着だけになれ。それから、テラスから家の中に入るんだっ。いいな！」

「ああ、わかったよ」

「五十分以内に来い！　それ以上は待たないぞ」

「言われた通りにするから、香美にひどいことをしないでくれ。わたしは、彼女を宝物と思ってるんだ」

「無駄話をしてると、残り時間が少なくなるぜ」

「いま、行く！」

張が電話を切った。

鰐沢は携帯電話を袂に入れた。それから間もなく、梶浦がレッスンルームに戻って
「誰も隠れてませんでした。張《チャン》には？」

「ああ、連絡済みだ。すぐに帰宅すると言ってた」

「閩《ミン》が一緒でしょうね？」

「おそらく、そうだろう。迎え撃つことにしよう」

鰐沢は言葉を切って、香美に顔を向けた。

「この家に、かえで銀行の者が来たことは？」

「頭取の桂木義信《かつらぎよしのぶ》氏が二、三度見えたことがありますけど、それが何か？」

「旦那《だんな》と桂木頭取は、どんな話をしてました？」

「いつも犬の話ばかりしてました」

「犬？」

「ええ。桂木頭取は、日本ブルドッグ協会の会長さんなんです。主人も長いことブルドッグを飼ってたんですよ。その犬は、半年ほど前に急死してしまいましたけどね」

「旦那と桂木頭取は飼い犬を通じて知り合ったのかな？」

「ええ、そうです。大松商事のメインバンクが、かえで銀行ということもあって、時々、ゴルフやトローリングをするようになったんです」

「桂木は、どんな男なんです？」

「銀髪の素敵な紳士です。六十五、六歳ですけど、まだ男の色気があって……」

「旦那よりも魅力がある？」

「ええ、比較にならないほどね」

香美が悪びれずに答えた。

この女は贅沢《ぜいたく》な生活がしたくて、張《チヤン》の内妻になったにちがいない。

鰐沢は確信を深めながら、梶浦と一緒にレッスンルームを出た。広い居間のソファに腰かけ、二人は三十分ほど時間を遣《や》り過ごした。

「そろそろお出迎えに行くか。おまえは家の外にいてくれ」

「了解！」

二人はテラスから庭に出た。庭園灯が芝生を淡く照らしていた。

梶浦が門の外に走り出て、暗がりに身を潜《ひそ》めた。それを見届け、鰐沢は広いガレージの陰に入り込んだ。

五分ほど経ったころ、門扉の前に黒いベントレーが停まった。

ステアリングを握っているのは、張《チヤン》自身だった。車内には、ほかに人の姿はない。

張《チャン》がリモコン操作で、洒落《しゃれ》た自動門扉を開けた。ベントレーが車庫に入る。車のエンジンが切られた。

張《チャン》は車の中で下着姿になると、ゆっくりと外に出た。鰐沢は動かなかった。少しすると、ベントレーのトランクリッドが徐々に押し上げられた。トランクルームから現われたのは、閩長江《ミンチャンジャン》だった。

右手にサイレンサー・ピストルを握っている。マカロフPBだ。

やはり、思った通りだ。

鰐沢は苦笑し、消音器付の愛梃を腰から引き抜いた。

わざと音をたてて、スライドを乱暴に滑らせた。その音で閩《ミン》が体を反転させ、マカロフの銃口を上げた。

「待ってたぜ」

鰐沢は言うなり、引き金を絞った。

放った九ミリ弾は、閩《ミン》の心臓部に命中した。閩《ミン》が短く呻《うめ》き、後方に引っくり返った。

そのまま微動だにしない。

ブリーフ姿の張《チャン》が絶望的な表情で肩を落とした。

鰐沢はシグ・ザウエルの銃口を下げた。そのとき、不意に閩《ミン》が上体を起こした。銃弾が連射された。

とっさに鰐沢は身を伏せ、寝撃ちの姿勢をとった。閩《ミン》が敏捷《びんしょう》に起き上がる。すぐにマカロフが小さな発射音を洩《も》らした。

鰐沢は横に転がった。

一回転しきったとき、たてつづけに二発撃ち返した。狙《ねら》ったのは頭部だった。閩《ミン》の頭が弾けた。血しぶきと脳味噌《みそ》を撒《ま》き散らしながら、仰向けに倒れた。

鰐沢は身を起こし、閩《ミン》に歩み寄った。

焦《こ》げて破れた左胸のパーカの下に、ボディーアーマーが覗《のぞ》いている。射入孔《しゃにゅうこう》のケプラー繊維《せんい》は、ささくれだっていた。

「悪かったよ。閩《ミン》を連れてくる気はなかったんだが、やっぱり不安で……」

張《チャン》が石畳に正坐して、小声で言い訳した。

そのとき、梶浦が駆け戻ってきた。鰐沢たちは張《チャン》を立ち上がらせ、居間に連れ込んだ。

最初のうち、張《チャン》は白《しら》を切りつづけた。

鰐沢は梶浦に張《チャン》を床に押さえ込ませると、袂から大型ニッパーを取り出した。張《チャン》が這《は》って逃げようとした。しかし、それは無駄な努力だった。

鰐沢は、張《チャン》の右手の指を一本ずつ大型ニッパーで切断した。

張《チャン》は中指と薬指を失うと、桂木頭取と共謀して一連の事件を引き起こしたことを自白した。鰐沢たちは調書を取らなかった。ICレコーダーも回していない。

「強奪した金の大半は、まだスイス中央銀行の秘密口座に入ってる。七十億円以上はあるはずだ。その金をそっくりやろう。だから、桂木さんとわたしのことは見逃してくれ」

張《チャン》が痛みに顔を歪《ゆが》めながら、必死に鰐沢に訴えた。

「おれたちは強請屋《ゆすりや》じゃないんだ。一千億円積まれても、お目こぼしはできない」

「………」

「牧野の株譲渡で、あんたたち二人はいくら儲《もう》けたんだ？」

「たいした額じゃないよ。まだ一千億も儲けてない。これから大きく稼ごうと思ったときに、あんたたちに……」

「悪事は、いつかバレるもんさ」

「全財産をやってもいい」

「同じことを何度も言わせるなっ。おれたちは、金なんか欲しくないんだ」

「それじゃ、何が欲しいんだね？」

「あんたと桂木の命さ」

「刑事がわれわれを私的に裁くというのか⁉」

「ああ、そうだ」

「日本は法治国家じゃないか。われわれには、ちゃんと裁判を受ける権利があるんだぞ」

「気の毒だな。おれたちには、法律は通用しないんだよ」

「どういうことなんだ？」

「おれたちは覆面捜査官であると同時に、私刑執行人でもあるのさ」

鰐沢は言って、張《チャン》の首筋に麻酔ダーツ弾を撃ち込んだ。

張《チャン》は一分も経《た》たないうちに、意識を失った。

鰐沢は、笠原に電話をかけた。

「若頭《カシラ》、今夜中にかえで銀行の桂木義信頭取を拉致《らち》してくれないか」

「合点でさあ。その頭取が黒幕だったんですね？」

「そういうことだ」

「桂木って大悪党を押さえたら、すぐに旦那に連絡しますさあ」

笠原が陽気に言って、電話を切った。

翌日の夜明け前である。

富士山麓《さんろく》の朝霧高原の上空をスカイ・カイトが泳いでいた。巨大な凧《たこ》には、張《チャン》と桂木が括《くく》られている。

二人の体には炸薬《さくやく》が仕掛けられていた。

鰐沢は起爆スイッチを押した。二つの火の玉が爆《は》ぜ、巨大凧《きょだいだこ》が千切れ飛んだ。

梶浦が指笛を鳴らした。高い音だった。

麻衣が拍手をした。

「いまごろ、東京で家宅捜索《ガサイレ》をやってるだろう。外国人マフィアどもは、あらかた捕まるはずだ。おれたちは、どこかで祝杯をあげよう」

鰐沢は二人の部下の肩を抱き寄せた。

そのとき、巨大凧を支えていたワイヤーが枯草の上に落下した。弾みで、土塊《つちくれ》が撥《は》ねた。

本書は二〇〇一年七月に徳間書店より刊行された『非合法捜査官1　卑劣』を改題し、大幅に加筆・修正した文庫オリジナルです。

なお本作品はフィクションであり、実在の個人・団体などとは一切関係がありません。

文芸社文庫

密命警視

二〇一三年二月十五日　初版第一刷発行
二〇一三年三月五日　　初版第二刷発行

著　者　南英男
発行者　瓜谷綱延
発行所　株式会社　文芸社
〒一六〇－〇〇二二
東京都新宿区新宿一－一〇－一
電話　〇三－五三六九－三〇六〇（編集）
　　　〇三－五三六九－二二九九（販売）
印刷所　図書印刷株式会社
装幀者　三村淳

ISBN978-4-286-13775-9